보이저
Voyager

이 소설은 가상의 사건을 다루고 있으며,
소설에 등장하는 인물, 회사 및 단체는 현실과 관련이 없습니다.

보이저
2

제레미 오 SF소설

보이저 2 | 보이저 1호와의 랑데부

초판 1쇄 발행 2017년 9월 5일

지은이 제레미 오
펴낸이 배선아
펴낸곳 (주)고즈넉이엔티

출판등록 2017년 3월 13일 제2017-000022호
주소 서울시 강서구 공항대로 649 제성빌딩 303호
대표전화 02-6269-8166 **팩스** 02-6166-9199
이메일 gozknock@naver.com

ⓒ 제레미 오, 2017
ISBN 979-11-88504-14-5   04810
     979-11-88504-12-1   (세트)

잘못된 책은 구입하신 서점에서 교환해 드립니다.
이 책은 저작권법에 따라 보호받는 저작물이므로 무단 전재와 복제를 금합니다.
이 책의 전부 또는 일부 내용을 재사용하려면 사전에 저작권자와 본사의
서면 동의를 받아야 합니다.

보이저 1호와의 랑데부

Docking with Helion

2024년 2월 20일

"자, 다들 랑데부 후에 할 일이 많이 있으니, 업무목록을 다시 한 번 확인하도록 합시다. 탐사선에 오르고 나면, 사라는 9번모듈의 식량과 물품이 제대로 선적되었는지 다시 한 번 확인해주세요. 토마스는 발전모듈과 조종실을 확인하고, 저는 모듈 전체에 대한 점검을 진행하겠습니다. 한 번 출발하면 되돌릴 수 없으니, 빠진 것이 없는지 다시 한 번 확인해야 해요."

존이 계기화면 옆 스크린을 터치하며 말했다.

"우리 이 녀석은 어떻게 하는 거죠?"

토마스가 타고 있는 엔데버 우주선의 천장을 가리키며 물었다.

"원래는 이온추진기를 최대로 가동하기 전에 분리하기로 되어 있었는데, 마지막 회의에서 그냥 가져가는 걸로 변경되었어요. 다른 이유는 아니고, 엔데버 우주선은 대기권에 진입해도 타지 않는 재질이라 지상에서 회수를 해야 하는데 그 비용 문제가 조금 걸린 것 같아요."

사라가 대답했다.

"거참, 인색하군······."

토마스가 헤드셋을 만지막거리며 말했다.

"이 녀석이 에어로크에 계속 도킹되어 있어 에어로크를 한 개밖에 사용을 못하는데, 만약 문제가 생길 것 같으면 탐사기간 중 어느 때라도 분리하면 돼요."

사라가 매뉴얼을 확인하며 말했다.

세 사람이 업무목록을 확인하는 사이, 엔데버 우주선이 탐사선 근처에 도달하고 있다는 알람이 울렸다.

모든 과정이 휴스턴의 통제 아래 자동으로 진행되고 있지만, 랑데부는 언제나 부담스러운 절차였다. 사라가 몸을 틀어 창밖을 내다보자, 2주 전 조립이 완료된 헬리온 탐사선의 모습이 멀찌감치 눈에 들어왔다.

아직 이온추진기는 가동되지 않고 있지만, 발전시스템과 기타 장비들은 모두 정상가동하고 있었기 때문에 내부의 불빛이 창밖으로 새어나오고 있었다. 우주선이 100여 미터 거리까지 접근하자, 이온추진기 휠 앞에서 천천히 돌아가고 있는 중력휠의 모습이 눈에 들어왔다.

"중력휠은 이미 가동하고 있는 거예요?"

창밖을 바라보던 사라가 물었다.

"응, 조립 완료되고 나서부터 하루에 8시간씩 계속 가동 중이야. 문제가 생길 것 같으면 하루라도 빨리 알아내야지. 도중에 멈추기라도 하면 곤란하니까."

토마스가 대답했다.

"네, 자꾸 저기에 집착하게 되는 것 같아요. 지구에 있을 때는 중력이 없는 우주공간을 손꼽아 고대했는데…….."

사라가 좌석으로 돌아와 몸을 고정하며 말했다.

"다들 자리에 와서 앉읍시다. 곧 랑데부가 진행될 거예요."

존이 차분한 말투로 말한 뒤 승무원들의 상태를 점검했다.

이제 탐사선에 오른다는 것은 멈출 수 없는 기나긴 여정이 시작된다는 것을 의미했다.

잠시 후, 계기화면이 외부카메라 화면으로 자동 전환되면서 헬리온 탐사선의 에어로크 모습을 보여주고 있었다. 예전과 달리, 헬리온 탐사선에 상주하고 있는 인원이 없기 때문에 랑데부 과정은 전적으로 지상에서 담당하고 있었다. 만에 하나 교신이 끊기거나 자동 랑데부 절차에 오류가 생길 것을 대비해, 토마스가 좌석 옆에 설치된 조종간을 가볍게 쥐고 있었다.

"랑데부까지 10미터 남았습니다."

토마스가 오른손에 조금씩 힘을 쥔 채 계기판을 바라보며 말했다. 거리가 가까워질수록 조종프로그램이 좌우로 미세하게 추진체를 분사하며 엔데버 우주선의 위치를 조정했다.

"남은 거리 5미터입니다."

헬리온 탐사선의 에어로크와 엔데버 우주선의 중심선이 아직 정렬하지 못한 것을 확인한 토마스가 미간을 찌푸렸다.

"남은 거리 3미터."

토마스가 말했다.

"잘 되고 있는 거죠?"

사라가 애써 태연함을 유지하며 물었다.

"2미터…… 1미터……."

토마스가 사라의 질문에 대답하지 않은 채 숫자를 되뇌이며 조종간을 힘껏 쥐었다.

그제야 자동조종시스템이 추진체를 왼쪽으로 강하게 분사하더니 우주선이 오른쪽으로 빠르게 움직였다. 이내 세 승무원의 몸이 앞으로 쏠리며 도킹 구조물이 결합하는 소리가 났다.

"휴스턴, 여기는 헬리온. 방금 도킹을 완료하였습니다."

토마스가 말했다.

"헬리온, 여기는 휴스턴. 도킹 과정 확인했습니다. 압력상태 확인 후 헬리온 우주선으로 이동하는 것을 승인합니다."

휴스턴이 대답했다.

"이건 뭐, 토마스가 직접 하는 것만 못하군."

존이 가볍게 고개를 내저으며 말했다.

"아직은 제가 인공지능보다 한 수 위죠."

토마스가 조종간에서 손을 떼며 여유로운 표정을 지어 보였다.

"자, 이제 저 녀석 안으로 들어가봅시다."

존이 좌석에서 벨트를 풀고 일어나 에어로크의 해치 레버를 돌렸다.

"비록 반겨줄 사람은 없지만, 헬리온 탐사선에 오신 것을 환영합니다."

토마스가 오른손에 작은 가방을 쥐고 몸을 일자로 세운 채, 헬리온 탐사선으로 빠르게 유영하며 말했다.

세 사람이 완성된 헬리온 탐사선을 직접 보는 것은 처음이었다. 9개월 전 마지막으로 헬리온 탐사선에 들렀을 당시에는 발전모듈이 장착되지 않았기 때문에 전력 사용이 제한적이었다.

조립이 한창일 때는 12명의 우주비행사들이 상주하고 있었기 때문에 탐사선은 비좁고 불편한 공간이었다. 임시로 설치된 태양광전지판을 통해 충전된 전력으로는 기껏해야 하루 1시간밖에 중력휠을 가동할 수 없었다.

중력휠이 움직이는 시간에는 모든 우주비행사들이 공동거주구역에 모인 후에, 카운트다운을 하며 중력휠의 가동을 기다리곤 했다. 거주구역과 중력휠을 연결하는 통로를 따라 내려가면서, 조금씩 몸이 무거워지는 느낌을 겪는 것은 언제나 기이하면서도 기분 좋은 경험이었다.

안전을 위한 무게 제한 때문에 한 번에 최대 6명의 사람만 중력휠에 머물 수 있었는데, 순번을 정해서 30분씩 사용하는 것이 에티켓이었다.

하지만 세 사람이 임무를 마치고 지구로 귀환한 이후, 발전시스템의 조립과 가동이 진행되면서 이제 전력과 열은 걱정할 요소가 아니었다. 이온추진기가 멈춰 있는 경우에는 오히려 너무 넘쳐나는 에너지 때문에 발전기의 출력을 최저로 유지해야만 했다. 오랜만에 다시 돌아온 탐사선 내부는 예전보다 훨씬 더 밝고, 깔끔하게 정돈되어 있었다.

"이건 마치 호텔방 같군."

토마스가 자신의 거주모듈로 빠르게 유영하며 말했다.

"마지막 탐사대한테 '정리 임무'가 주어졌었대. 우리를 위해 최대한 공간을 깨끗하게 정리하라는…….”

존이 무전을 통해 말했다.

“아이고, 그 친구들 불만에 가득 찬 표정이 눈에 선한데요.”

사라가 자신의 거주구역에 마지막 짐을 풀며 말했다.

“그래도 임무는 완벽하게 수행한 것 같군. 생각보다 훨씬 쾌적해.”

존 역시 자신의 거주구역을 둘러보며 말했다.

“네, 기대 이상이에요. 얼른 짐을 정리하고 침실을 둘러봐야겠어요.”

사라가 웃음을 띤 얼굴로 맞장구쳤다.

“좋습니다. 앞으로 30분 동안 개인 짐을 정리한 후에, 중앙공동거주구역에서 만납시다. 나누어줄 것도 있으니.”

존이 말했다.

잠시 후, 세 사람은 가벼운 복장을 한 채, 중력휠이 돌아가고 있는 공동거주구역 안에서 만났다.

소리 없이 돌아가고 있는 중력휠의 내부 벽에 신기한 듯 사라가 주위를 두리번거렸다.

“다들 저 안으로 들어가고 싶겠지만, 먼저 갖추어야 할 것이 있어.”

존이 작은 USB 크기의 칩이 달린 목걸이를 나누어주며 말했다.

“이 목걸이는 방사선 계수기가 담겨 있지. 핵반응로에서 나오고 있는 미량의 방사능에 각자 얼마나 노출되는지를 확인하는 것이니, 항상 몸에 지니고 있어야 해. 1주일에 한 번씩 내가 수거해서 방사능 노출치를 기록할 거야.”

존이 말했다.

“아, 갑자기 이런 것을 차고 있으려니까 섬뜩한걸요.”

토마스가 제일 먼저 목걸이를 목에 걸며 말했다. 내색하진 않았지만, 그는 마크와 함께 이미 발전모듈이 장착된 타키온의 조립을 위해 우주유영을 나갈 때마다 방사능 계측기를 확인하던 기억이 떠올랐다.

"모듈마다 방사능 경보기가 설치되어 있지만, 그래도 개개인의 노출량을 아는 것이 필요하니까. 휴스턴에 협조해주자고."

존이 토마스를 달래듯 말했다.

"대장, 오늘 우리가 할 일은 어떻게 되죠? 아까 리스트에 적혀 있던 것 이외에 혹시 해야 할 일이?"

사라가 존를 바라보며 말했다.

"앞으로 보이저 1호를 향한 궤도에 들어서는 두 달 동안은, 매일 해야 할 업무가 리스트에 시간 단위로 적혀 있어. 다들 리스트를 꼼꼼히 챙겨 보자고. 리스트에 의하면 지금 우리가 할 일은……."

존이 태블릿을 손가락으로 쓸어 넘기며 말했다.

"개인 정리는 이미 마쳤고, 다음 할 일은 저녁 식사네요."

사라가 웃음을 띠며 선수를 쳤다.

"아, 벌써 그렇게 되었나? 그럼 리스트에 적힌 대로 해야지!"

존이 멋쩍은 표정을 지으며 대답했다.

"네, 이번 주 식사 당번은 저군요. 제가 저장모듈에 가서 식사할 것들을 챙겨올게요."

사라가 몸을 틀어 9번모듈을 향해 이동하며 말했다.

"그래, 그럼 나는 휴게실에 있는 텔레비전을 틀어볼게. 아직 저궤도에 있어서 지상 방송들이 나올 거야. 꼭 봐야 할 프로그램들이 있다고."

토마스가 휴게실로 가기 위해 중력휠로 향하는 사다리를 손으로 움켜쥐며 말했다.

"좋아요. 그럼 오늘은 지구에서처럼 앉아서 식사를 하기로 하죠."

사라가 저장모듈의 인식장치에 손바닥을 올린 채 무전으로 대답했다.

인식장치가 사라의 정보를 처리하는 잠깐의 시간 동안, 저장모듈과 연결된 커다란 창밖으로 지구의 모습이 드러났다. 그동안 수없이 본 풍경이었지만, 지표면과 우주를 잇는 경계선이 오늘따라 유난히 빛났다. 그리고 그 경계선 아래로 어둠을 알리는 지구 위의 불빛들이 조용히 드러나고 있었다.

"빛에서 어둠으로."

교신버튼을 누른지도 모른 채, 사라가 조용히 속삭이며 고개를 돌렸다.

"사라, 방금 뭐라고 한 거지?"

의아해하며 묻는 토마스의 교신을 무시한 채, 사라는 이내 마음을 추스르며 저장모듈 안으로 몸을 옮겼다.

A front yard
:
:

2024년 3월 12일

"사라, 뭘 그렇게 보고 있어?"

벌써 몇 십 분째 공동거주구역 창밖을 바라보고 있던 사라에게 토마스가 물었다.

"지구 말고는 보이는 것도 없는걸요. ISS에서 볼 때는 거대했는데, 멀리서 보니 초라하네요."

사라가 여전히 눈을 떼지 못한 채 말했다.

"초라하지. 창백한 푸른 점."

토마스가 태블릿을 든 채 업무목록을 확인하며 중얼거렸다.

"칼 세이건이 했던 말이네요. 아세요? 그 사진도 보이저 1호가 찍은 거라는 거."

그제야 사라가 고개를 돌려 토마스를 바라보며 말했다.

"그럼, 사진이 공개되기 전에 NASA 사무실에서 처음 봤는걸. 충격적이었지. 사진을 본 동료들 모두 한동안 허무주의에 빠졌다니까."

토마스가 말했다.

"그 정도는 아니지만······. 토마스는 이렇게 멀리서 지구를 본 적이 있어요? 한눈에 들어올 정도로."

사라가 다시 창 쪽으로 고개를 돌리며 말했다.

"아니. 그동안 지구 저궤도 임무만 했으니까. 우주에서 이렇게 멀리까지 온 것은 1972년 마지막 아폴로 프로젝트 이후로 우리가 처음일걸?"

토마스가 가볍게 웃으며 대답했다.

지난 몇 주 동안의 검수 절차를 마친 이후, 헬리온 탐사선은 본격적으로 이온추진기를 가동했다. 예정된 기간보다 2주나 빠른 것이었다.

발전시스템과 이온추진기 모듈 모두 정상적으로 작동했기 때문에, 굳이 지구 저궤도에서 머물며 시간을 낭비할 필요가 없었다. 탐사팀은 발사최적화 시기에 이르기 전까지 지구를 근일점으로 하는 타원궤도를 선회하면서, 탐사선의 상태를 마지막으로 점검하고 있었다. 혹시나 문제가 생기더라도 아직은 돌아올 수 있는.

지구로부터 일정 거리 이상을 벗어나면, 지구뿐 아니라 달의 중력도 궤도에 영향을 끼치기 때문에, 궤도의 최장지름은 지구에서 달까지 거리의 절반인 19만 킬로미터를 유지했다.

이온추진기의 출력을 적절히 조절하면서, 지구와의 근일점인 600킬로미터 상공에 도달했을 때 지구궤도 탈출속도인 초속 11km/s를 얻을 수 있도록 천천히 가속하는 것이 앞으로 한 달 동안의 주 임무였다.

탐사선이 이심률이 극대화된 불안정한 궤도를 돌고 있었기 때문에, 호쏜의 미션컨트롤센터와 조종을 맡고 있는 토마스 모두 탐사선의 궤도와 속도 변화를 예의주시하고 있었다.

"호쏜, 여기는 헬리온. 현재 지구와의 거리 98,290킬로미터, 속도는 초속 2킬로미터입니다."

토마스가 조종실에 앉아 임무컴퓨터가 계산한 결과 화면을 바라보며 교신했다.

"헬리온, 여기는 호쏜. 궤도 정보 확인했습니다."

미션컨트롤센터에서 대답했다.

탐사선의 궤도와 이온추진기의 출력은 전적으로 임무컴퓨터에 의해 통제되고 있었지만, 호쏜과 헬리온 탐사선은 두 시간마다 교신을 통해 상태를 확인했다.

특히 탐사선이 지구로 다가가는 순간에는 긴장감이 더 심해졌다. 궤도의 진입 각도가 조금이라도 어긋나는 경우에는 지구중력에 이끌려 지상으로 추락하거나, 발사최적화 시기에 원하는 지점에 도달하지 못하고 임무를 종료할 수도 있었다.

이 때문에, 세 명의 승무원은 1조 3교대로 나누어 근무를 서야만 했다. 존은 지난 8시간의 근무를 마치고 이미 중력휠로 내려가 수면을 취하고 있었다.

"사라도 좀 자두는 게 어때?"

존이 호쏜과의 교신을 마치고 다시 공동거주구역으로 옮겨왔다.

"글쎄요, 어제도 충분히 잔 건 아닌데, 그냥 잠이 잘 안 와요. 벌써 일주일도 더 되었는걸요."

사라가 저장창고에서 아침식사를 챙겨오며 말했다.

"나도 불면이 익숙하다고. 이 빌어먹을 우주에 와서는 제대로 자본 적이 한 번도 없어."

토마스가 사라로부터 아침식사를 건네받으며 말했다.

"아침식사하고 내려가서 운동 좀 하려고요. 샤워하고 나면 몇 시간은 푹 자겠죠, 뭐."

사라가 대수롭지 않다는 듯이 말했다.

"그래 나처럼 익숙해져야만 해. 아직 4년이나 남았다고."

토마스가 팩에 담긴 오렌지주스를 짜 마시며 말했다.

간단한 식사를 마친 후, 사라는 사다리를 타고 중력휠로 이동했다. 러닝머신을 이용하기 위해 그녀가 고무줄로 된 허리 밴드를 착용한 뒤, 다른 쪽을 기계에 고정했다. 이곳의 중력은 지구의 4분의 3밖에 되지 않았기 때문에, 조깅과 같은 간단한 운동도 지구에서와는 그 움직임이 달랐다. 평소처럼 발을 힘차게 내딛는다면, 그 반동으로 인해 몸이 지상에서 10센티미터 가량 떠올랐다. 따라서 뛴다는 것보다는 가볍게 점프하며 걷는다는 표현이 더 적절했다.

1시간가량 운동을 마친 후, 사라는 땀을 닦으며 바로 옆에 위치한 샤워부스로 향했다. 샤워는 제한된 자원과 공간에서 생활해야 하는 승무원들에게 탐사팀이 제공한 최고의 선물이었다. 성인 한 명이 들어갈 수 있는 이 좁은 공간에서, 승무원들은 원할 때마다 따뜻한 물을 사용할 수 있었다.

다만 중력휠 안쪽에 고르게 저장된 2톤가량의 물이 전부였기 때문에, 무제한 샤워를 하는 것은 어려웠다. 이론상, 샤워에 이용된 물은 정화과정을 거쳐 다시 저장탱크로 복귀하지만, 4년 동안 처음과 같이 깨끗한 상태를 유지할 것이라 믿는 승무원은 없었다. 결국 세 사람은 이틀에 한 번씩만 샤워시설을 사용하는 것으로 합의를 보았다.

샤워부스에 들어가 레버를 당기자, 사라의 머리 위로 따뜻한 물이 쏟아졌다.

사라는 고개를 숙인 채 미동도 하지 않고 몸이 물을 타고 흐르도록 놔두었다. 우주에서는, 중력을 따르는 것이라면 작은 느낌도 소중했다.

샤워실 안이 뜨거운 김으로 가득 찰 무렵, 눈을 감고 있는 사라는 순간 붉은색 불빛이 번쩍이는 것을 느꼈다. 그리고 곧이어 강한 경보음이 샤워실 문틈으로 들려왔다.

-중대 경보, 근접충돌경보!
-중대 경보, 근접충돌경보!

예상치 못한 경보음에 사라가 샤워실 레버를 잠근 후, 문 밖으로 뛰쳐나왔다.

교신기를 착용할 새도 없이, 재빠르게 옷을 입은 사라가 빠르게 사다리로 이동했다. 마침 경보음에 잠에서 깬 존이 몸을 던지다시피 공동거주구역으로 이동하고 있었다.

두 사람이 조종실에 이르자 토마스가 의자에 앉은 채 호쏜과 교신을 시도하고 있었다.

"호쏜, 여기는 헬리온. 방금 임무통제컴퓨터로부터 AA급 경보를 전달 받았다. 경보 내용은 근접충돌경보이며, 자세한 사항은 현재 파악 중이다."

헬리온 탐사선의 경보단계는 A부터 C로 나뉘어 있었다. C는 가장 위험도가 낮은 것으로서, 별다른 조치를 취하지 않아도 되지만, 승무원이 직접 확인할 필요가 있는 단계를 의미했다. 반면 A급 경보는 적절한 조치를 취하지 않으면, 임무의 실패를 가져올 수도 있는 상황을 의미했다.

A급 경보는 다시 A에서 AAA로 나뉘었는데, 이는 승무원들이 대응하는 데 필요한 시간을 의미했다.

A급 경보 상황은 수 일 내 해결이 필요한 문제인 반면, AAA급은 지체없이 조치를 취해야 하는 상황을 가리켰다. 지금 탐사선 내에 울리고 있는 AA 경보 상황은, 적어도 수 시간 내에 해결책을 찾아야만 하는 상황이었다.

조종실에 도착한 존이 마스터알람 스위치를 누르자, 주기적으로 울리던 알람소리가 잦아들었다. 하지만 스위치는 여전히 오렌지색으로 깜빡이며, 승무원들이 경보 상황에 대한 적절한 해결책을 제시할 것을 재촉하고 있었다.

"헬리온, 여기는 호쏜. 방금 우리도 같은 경보메시지를 전달받았다. 경보 항목은 근접충돌경보이며, 현재 탐사선으로부터 자세한 사항을 수신 중이다. 지금 우리 측에서 파악하기로는 임무통제컴퓨터가 무언가 알 수 없는 물체와의 충돌을 예상한 것 같다. 구체적인 정보 내용은 확인되는 대로 통지하겠다."

미션컨트롤센터에서 대답했다.

"토마스, 어떻게 된 거지?"

존이 조종실 의자에 앉으며 물었다.

"아직 모르겠어요. 임무컴퓨터 화면에는 아직 '분석 중'이라고만 나오고 있어요. AA급 근접충돌경보인 것으로 볼 때, 우리 궤도 위에 충돌 가능한 어떤 물체가 있는 것으로 생각돼요."

토마스가 대답했다.

"음…… 그럴 리가 없는데. 여기는 우리가 잘 모르는 지역도 아니잖아. 지구에서 9만 킬로미터 떨어진 곳이면 NASA한테는 완전 앞마당이라고."

존이 바쁘게 계기화면을 조작하며 말했다.

"그러게요. 지구궤도를 돌고 있는 물체라면 이미 합동우주운영센터(JSpOC)에서 다 파악하고 있을 텐데요."

토마스가 고개를 가로로 저으며 말했다.

미국과 러시아는 이미 오래전부터 지구궤도를 돌고 있는 위성체와 우주쓰레기들의 크기와 속도를 추적하고 있었다. 고성능 우주감시레이더 20여 대와 대형 우주망원경 3대를 이용해 '앞마당'을 샅샅이 뒤진 결과, 지름 10센티미터가 넘는 우주쓰레기 2만 여개의 구체적인 위치와 예상궤도에 대한 데이터를 축적해놓았다.

특히 이번 헬리온 미션은 가속과정에서 지구 저궤도를 비스듬하게 여러 차례 통과해야 했기 때문에, 예상궤도 위에 위협이 될 만한 물체가 없는지 면밀한 조사가 이루어졌다.

워낙 물체의 수가 많아 확률이 0퍼센트라고 단정할 수는 없었지만, 탐사선에 손상을 일으킬 만한 속도로 직접 충돌하리라 짐작되는 물체는 찾을 수 없었다.

반면, 헬리온 탐사선에는 수백만 킬로미터의 거리에서도 보이저 1호 크기의 금속 물체를 탐지할 수 있는 강력한 위상배열레이더가 장착되어 있었다.

3만 개의 작은 송수신소자들로 이루어진 이 레이더는 탐사선이 운영하는 내내 가동되면서, 궤도 앞에 충돌을 일으킬 만한 요소는 없는지 실시간으로 탐색하고 있었다. 방금 '근접충돌경보'는 이 위상배열레이더의 데이터를 바탕으로 울린 것이 분명했다.

잠시 후, 계기화면에 '분석 중'임을 알리는 표시창이 사라지면서, 경보 상황에 대한 자세한 정보가 떠올랐다.

화면에는 탐사선이 지구로 접근하는 궤도 위로, 붉은색으로 표기된 물체의 궤도 여러 개가 깜박이고 있었다.

"젠장, 이게 뭐지."

결과 화면을 살펴보던 토마스가 중얼거렸다.

"탐사선과의 거리가 32,000킬로미터네요. 지금 속도라면······."

사라가 화면에 나타난 정보를 읽을 무렵, 아직 커서가 깜박이고 있던 예상 충돌시간에 구체적인 숫자가 나타났다.

"4시간 후 충돌 예정이네. 이런."

존이 애써 침착함을 유지하며 말했다. 토마스는 태블릿을 들고 비상상황을 대비한 매뉴얼을 뒤지며 대응책을 찾고 있었다.

"아니, 근데 저게 뭐죠? 지구로부터 6만 킬로미터 높이를 돌고 있었다면, 우리가 몰랐을 리가 없어요."

사라가 조종실 옆 자리에 몸을 고정하며 말했다.

"그렇지, 몰랐을 리가 없지. 거리만 놓고 본다면······. 그런데 크기가 너무 작아. 제일 큰 녀석이 겨우 지름이 10센티미터밖에 안 되니까."

계기화면에 나타난 보고서를 자세히 살펴보던 존이 대답했다.

"네, 그렇군요. 게다가 한두 개가 아니네요. 이 녀석들이 어디서

온 거죠?"

사라가 물었다.

"글쎄…… 혜성이 지나가면서 떨어뜨린 녀석들이 지구중력에 이끌려 왔을 수도 있고…….."

"잠깐만요. 지금 이 녀석들의 고향이 어디인지는 중요하지 않다고요. 어떻게 대응해야 할지 생각해봅시다!"

토마스가 존의 말을 끊으며 말했다.

존이 자리를 옮겨 자신의 컴퓨터 화면에서 궤도 시뮬레이터 화면을 띄웠다.

"토마스, 임무통제컴퓨터가 제안하는 대안은 없어?"

존이 물었다.

"네…… 이 녀석이 웬만하면 대안 궤도를 제시해줄 텐데, 지금은 계산 중이라고만 나와요. 충돌 예상물체가 한두 개가 아니고 수백 개라서 계산에 조금 시간이 걸리는 것 같네요."

토마스가 대답했다.

"매뉴얼에는?"

존이 다시 물었다.

"딱히 지금하고 같은 상황은 없는데, '충돌회피기동' 장이 있기는 해요."

토마스가 말했다.

"어떤 내용이죠?"

사라가 물었다.

"이 장에는 나중에 보이저 1호 혹은 예상치 못한 물체와 충돌이 예상될 때 이온추진기의 출력을 비대칭적으로 조절하는 방법이 나와 있어요. 그런데 적어도 예상 충돌 수 일 전에 알아야만 피할 수 있어요. 이온추진기가 워낙 출력이 작아서 궤도를 변경하는 데는 시간이 필요하니까요. 쓸모없겠어요. 지금 상황에서는."

토마스가 고개를 가로로 저으며 대답했다.

"음…… 임무컴퓨터의 대안이 나왔어요."

화면을 응시하고 있던 사라가 말했다.

"이런……."

일순간 존과 토마스의 표정이 일그러졌다.

화면에는 '대안 궤도 없음'이라는 문구가 깜빡이고 있었다.

같은 시각, 헬리온 탐사선의 임무통제컴퓨터가 보내온 데이터를 받아본 미션컨트롤센터의 직원들은 순간 공황 상태에 빠졌다.

그들은 적어도 탐사선이 지구 주위를 돌고 있는 동안은 별다른 위험이 없을 것이라고 생각했다. 비록 50여 년 전 아폴로 우주선이 달로 향한 궤도와는 차이가 있지만, 헬리온 탐사선이 돌고 있는 곳은 인류가 '잘 알고 있는' 우주공간에 속했다.

탐사선이 지구와 가장 멀리 떨어져 있다 하더라도 지구와 달 사이의 절반 거리에 불과할 뿐 아니라, 탐사선이 지나가는 경로의 대부분은 여러 무인 탐사선과 위성들이 안정적으로 작동하고 있는 궤도였다.

사무실에서 급히 내려온 브라이언의 머릿속 역시 당혹스러움으로 가득 차 있었다.

사태를 채 파악할 겨를도 없이, 스크린 한편에 이제 막 세팅된 타이머 숫자가 브라이언의 눈에 들어왔다.

충돌까지 남은 시간은 고작 4시간. 그 안에 탐사선이 미상의 물체와 충돌하지 않도록 궤도를 조절해야 할 뿐 아니라, 궤도가 바뀐 후에도 적절한 속도를 가지고 지구궤도를 돌 수 있는 방법을 찾아야만 했다.

"대안 궤도가 없다는 의미가 뭐지?"

브라이언이 궤도 담당 피터의 콘솔 옆으로 다가가며 물었다.

"그러니까 탐사선이 가진 방법을 이용해서는 충돌을 피할 수 없다는 말 같아요."

피터가 키보드를 빠르게 두드리면서 말했다.

"그게 말이 되나? 탐사선의 속도를 조금 늦추거나 빠르게만 해도, 충돌은 피할 수 있는 거 아니야?"

브라이언이 답답함이 몰려오는 듯 셔츠의 목 단추를 풀며 말했다.

"음...... 잠깐만요. 그렇게 간단하지 않은 것 같아요."

피터가 아직 채 확인하지 못한 데이터를 응시하며 말했다.

"탐사선과 충돌할 가능성이 있는 우주운석들이 꽤 넓은 범위에 걸쳐 퍼져 있어요. 운석들이 분포한 범위가 수백 킬로미터는 되는 것 같아요. 크기는 제일 큰 녀석이 지름 10센티미터, 나머지 녀석들은 모두 5센티미터 미만이에요. 이 정도 크기라면 합동우주센터에서는 알 수가 없었을 거예요."

피터가 말을 이어갔다.

"그럼 탐사선 속도를 좀 줄이면 되지 않을까? 4시간, 아니 이제 3시간 50분이군. 어쨌든 이 정도 시간이면 속도를 조절해서 운석 구름을 피할 수 있을 것 같은데……."

브라이언이 탐사선 컴퓨터의 계산을 믿을 수 없다는 듯이 고개를 저으며 말했다.

"그렇지가 않은 것 같아요……."

옆 콘솔에서 펜을 든 채 계산에 몰두하고 있던 오웬이 말했다.

"이온추진기를 최대 출력의 130퍼센트로 3시간 50분 동안 가동해도, 겨우 속도를 초당 50미터, 그러니까 시속 180킬로미터 남짓만 증가시킬 수 있어요. 가속시간을 고려한다면 거리로는 50킬로미터 정도 앞서는 것인데, 이 정도 변화로는 우주운석지대와의 충돌을 피할 수 없어요."

오웬이 얼굴을 찌푸리며 말했다.

"젠장, 아직 출발도 못했는데 이런 상황이 생기다니……."

브라이언이 주먹으로 콘솔을 내리치며 말했다.

지금까지 여러 번의 위기 상황을 겪으면서도 한 번도 보이지 않았던 모습이었다.

순간 미션컨트롤센터 직원들의 시선이 브라이언에게로 향했다.

"무조건 해결책을 찾아야만 해요. 시간이 없습니다. 이제 3시간 45분 남았습니다."

브라이언이 시선을 의식한 듯, 스크린 앞으로 걸어 나오며 말했다.

"어느 방법이라도 좋아요. 탐사선이 운석과 충돌하는 것을 막으면서도 지구 궤도를 이탈하지 않도록 해야 합니다. 누구 좋은 아이디어 있나요?"

브라이언이 주위를 둘러보며 큰 소리로 말했지만, 컨트롤센터 내부는 쥐 죽은 듯이 고요했다.

'속도를 변화시켜야 해…… 속도를…….'

브라이언이 고개를 숙인 채 단상 위를 서성이며 혼자 되뇌었다.

직원들은 줄리엔의 콘솔 주위에 모여 탐사선의 궤도를 변경시킬 방법에 대해 이야기를 나누고 있었다. 일부 직원들은 자신의 자리에 앉아 시뮬레이션 프로그램을 켠 채, 운석지대와 충돌을 피할 수 있는 시나리오를 검색하고 있었다.

 10여 분 후, 브라이언이 빠른 걸음으로 피터 앞으로 다가왔다.

 "지금 로켓을 작동시키면 어떻게 되지? 지구궤도 탈출용 로켓 말이야."

 브라이언이 흥분한 말투로 물었다.

 "타이탄 IV 고체추진로켓 말인가요? 그건 마지막에 지구 근일점에 도달했을 때 사용하는 것인데……."

 피터가 당황스러운 표정으로 대답했다.

 1단 로켓의 폭발 사고 이후, 탐사선의 설계에도 중대한 변화가 있었다. 설계 초안에서는, 탐사를 마치고 지구궤도로 복귀하는 헬리온 탐사선의 속도를 줄이기 위해 타이탄 IV 로켓의 개량형이 탈출선의 뒤쪽에 장착되어 있었다. 하지만 탐사선이 일찍 도달하는 것으로 계획을 변경하면서, SpaceZ는 임무기간 내내 무게 340톤의 타이탄 로켓을 가지고 있는 것을 포기했다.

 대신 지구로 복귀하는 마지막 3개월 동안 이온추진기의 출력을 극대화하여, 지구궤도 진입을 위한 속도를 확보할 수 있도록 하였다. 이온추진기가 이상을 일으킬 위험을 감수하더라도, 무게를 줄여 탐사기간을 단축하는 것이 더 유리하다고 판단한 것이다.

 그렇다고 탐사선에서 타이탄 로켓이 완전히 사라진 것은 아니었다.

 탐사팀은 이 고체추진로켓에 새로운 역할을 부여했다. 헬리온 탐사선의 맨 뒤쪽에 장착되어 있는 타이탄 로켓은, 탐사선이 지구궤도를 여러 차례 선회한 후 고도 600킬로미터의 근일점에 도달하는 순간 강력한 힘을 보태어 탐사선을 지구궤도 밖으로 쏘아 보내는 역할을 담당했다.

이러한 방법을 통해 6분간의 짧은 연소시간 동안 추가로 2km/s의 속도를 보낼 수 있었기 때문에, 탐사선이 발사최적화 지점에서 지구와 태양의 중력을 동시에 벗어나는 것이 가능했다.

하지만 타이탄 로켓을 사용하기 위해서는 두 가지 조건이 필요했다. 먼저 헬리온 탐사선이 발사최적화 위치에 있어야만 했다.

로켓은 일직선 방향으로만 힘을 가하기 때문에, 탐사선의 진행 방향이 보이저 1호의 위치를 향하는 순간에 맞추어 로켓을 점화해야 했다. 그렇지 않으면, 엉뚱한 방향으로 화살을 쏘는 격이 될 수밖에 없었다.

두 번째는, 탐사선이 지구 주위를 여러 차례 선회하면서 지구중력 탈출에 필요한 속도에 도달해야만 했다. 타이탄 로켓은 스스로 지구궤도를 벗어날 능력이 있는 탐사선에게, 태양의 중력까지 함께 벗어날 수 있도록 하는 부스터와 같은 역할이었다.

"이미 잘 아시겠지만…… 지금은 타이탄 로켓을 사용할 때가 아니에요. 아직 탐사선이 지구궤도를 벗어날 속도에 이르지도 못했어요."

피터가 한숨을 내쉬며 말했다.

"그건 나도 알아요. 하지만 당장 3시간 후가 중요하잖아요. 타이탄 로켓을 지금 사용하면, 운석지대는 피할 수 있는 건가요?"

브라이언이 물었다.

"네…… 6분 만에 초당 2킬로미터의 속도를 추가로 얻을 수 있으니, 앞으로 1시간 내에만 가동한다면, 운석지대를 가까스로 앞질러

갈 수 있어요."

피터가 시뮬레이션 프로그램의 변수들을 확인한 후 대답했다.

"그래, 그럼 일단 최악의 상황을 피할 방법은 찾았군요. 혹시 다른 대안이 있습니까?"

브라이언이 주위를 둘러보며 물었다.

"잘 아시겠지만, 운석지대는 어떻게 피한다 하더라도 더 큰 문제가 있어요."

오웬이 대답했다.

"지금 타이탄 로켓을 가동한다면, 24시간 뒤에 탐사선이 지구 근일점에 도달했을 때는 이미 지구중력을 벗어날 만한 속도를 가지게 되요. 지구가 더 이상 탐사선을 붙들지 못하고 밖으로 튕겨져 나가는 거죠."

오웬이 차분한 표정으로 말을 이어나갔다.

"이후에 이온추진기를 최대로 가동한다면, 이틀 후에는 태양계 탈출속도에 도달하게 됩니다. 탐사선이 정말로 태양계를 벗어날 수 있게 되는 거죠. 예상보다 3주 빠른 시점에요."

오웬이 자신의 콘솔 화면에 나타난 궤도 프로그램의 결과값들을 확인하며 말했다.

"문제는, 그 방향이 비뚤어졌다는 데 있어요. 그것도 아주 많이요."

결과 창을 확인한 오웬이 눈을 지그시 감으며 고개를 가로로 저었다.

"만약 말씀하신대로 지금 타이탄 로켓을 가동한다면, 보이저 1호가 있는 방향과 무려 12도나 어긋난 채로 날아가게 될 거예요. 이 정도면 우리가 타키온을 발사할 때 경험했던 것과는 비교할 수도 없을 만큼 큰 오차에요."

눈을 다시 뜬 오웬이 차분한 목소리로 말했다.

"날아가면서 궤도를 보정할 방법은 없나요?"

오웬의 말이 끝나기 무섭게 브라이언이 물었다.

"글쎄요, 타키온 때처럼 이온추진기 출력을 조정하더라도 원래의 궤도로 진입하기 위해서는 너무 먼 거리를 돌아가야 해요. 아마 보이저 1호의 신호가 사라지기 전에는 도착할 수 없을 거예요."

오웬의 말에 컨트롤센터 내부에 다시 침묵이 찾아왔다.

브라이언은 다시 고개를 숙인 채 아무런 말없이 콘솔과 단상 사이를 거닐고 있었다.

이렇게 시간을 흘려 보낸다면, 운석지대와의 충돌은 피할 수 없을 것이 분명했다. 타이탄 로켓을 가동시켜 운석지대를 앞지르더라도, 원래의 궤도를 크게 벗어나기 때문에 탐사를 포기해야 할 판이었다.

순간 브라이언은 머릿속이 텅 빈 채 심장이 두근대는 것을 느꼈다. 위기는 기어코 빈틈을 찾아내고 말았다.

스크린의 한쪽 구석에서 운석지대와의 충돌 시각을 알리는 타이머 시계가 소리 없이 변화하고 있었다. 시계의 숫자가 T-마이너스 3시간 40분을 가리킬 무렵, 브라이언이 입을 열었다.

"잠시 상황을 요약해봅시다. 운석지대를 피할 수 있는 방법은 어떻게든 속도를 내서 앞질러 가는 방법 밖에 없습니다. 지금으로서는 타이탄 로켓만이 충분한 속도를 낼 수 있고요. 타이탄 로켓을 사용하면 운석과의 충돌은 피할 수 있지만, 탐사선이 전혀 엉뚱한 곳을 향하게 됩니다. 궤도를 원래대로 교정할 수 있는 가능성도 없어

보이고요. 우리가 지금까지 알아낸 게 이게 맞나요?"

브라이언의 말에, 직원들이 아무 말 없이 고개를 끄덕였다.

"그럼, 어쨌든 지금으로서는 타이탄 로켓을 가동하는 방법밖에 없겠군요."

브라이언이 이내 결심한 듯 단호한 목소리로 말했다.

"아, 저도 대안이 없다는 데는 동의합니다만……."

잠시 동안 침묵을 지키고 있던 피터가 브라이언의 말이 끝나자마자 자리에서 일어나 이야기했다.

"로켓을 가동해서 운석지대를 피하고 나면, 이번 탐사는 포기해야 합니다."

피터가 말했다.

"말씀하시는 동안 궤도를 계속 계산해봤는데, 12도나 어긋난 궤도를 교정할 방법을 찾을 수가 없어요. 탐사선이 운석지대를 벗어난 후에는, 탐사선의 방향을 반대로 돌려 다시 감속을 해야만 합니다. 어떻게든 속도를 줄여 지구 저궤도에 진입한 다음, 승무원들을 지구로 귀환시키는 방법밖에 없습니다. 지금으로서는 그것이 최선입니다. 승무원들의 목숨이라도 살려야만 해요."

피터의 단호한 목소리에 브라이언이 다시 생각에 빠졌다.

무리해서 탐사를 진행하는 것보다 어떻게든 승무원들을 무사히 귀환시키는 것은 당연한 일이었다. 로켓을 이용해서 성공적으로 운석지대와의 충돌을 피한 후에는 즉시 탐사의 중단을 선언하고, 탐사선을 180도 회전시켜 속도를 줄인 후, 지구 귀환 절차를 밟는 것이 올바른 수순이었다.

문제는 그 이후부터였다. 우여곡절 끝에 발사된 헬리온 탐사선이 채 지구궤도를 벗어나기도 전에 돌아온다면, 그것은 곧 헬리온 프로젝트의 종말을 의미했다.

탐사선과 승무원들을 온전히 복귀시킨다 하더라도, 프로젝트를 재정비하고 다시 탐사선을 발사시키기 위해서는 최소 1년여의 시간이 필요했다. 발사최적화 시기가 도래하기까지 다시 1년을 기다리고 나면 이미 보이저 1호를 구조하기엔 늦어버릴 것이 분명했다.

브라이언의 머릿속에서 꼬리에 꼬리를 무는 생각들 사이의 고리를 깬 것은, 헬리온 탐사선에서 들려온 사라의 목소리였다.

"지금까지 상의하신 내용을 저희도 듣고 있었어요."

스피커를 통해 울려 퍼지는 사라의 목소리에 직원들이 놀란 표정을 지어 보였다.

"엿들으려 한 건 아니고, 아마 마이크가 계속 켜져 있었던 것 같네요."

사라의 말에 자신의 마이크 스위치가 켜져 있는 것을 확인한 오웬이 민망하다는 듯이 양손을 들어 보였다.

"아무튼, 브라이언의 계획을 듣고 저희 쪽에서도 시뮬레이션을 해봤는데, 아주 불가능할 것 같지는 않다는 생각이 들어서요."

사라가 말을 이어나갔다.

"무슨 다른 방법이 있나요?"

브라이언이 스크린에 나타난 사라의 얼굴을 보며 물었다.

"아뇨, 기본적인 방향은 브라이언이 말한 것과 같아요. 우리가 찾아낸 것은 그 이후예요."

사라가 태블릿의 화면을 들여다보며 말했다.

"우연인지는 모르겠지만, 지금 타이탄 로켓을 점화해서 지구궤도를 벗어난다면 토성 근처를 지나가게 돼요. 즉 토성의 중력을 이용해서 궤도를 틀어볼 수 있다는 거죠."

사라가 탐사선 임무컴퓨터가 계산한 궤도의 궤적을 스크린에 띄웠다. 타이탄 로켓을 사용한 뒤 예상되는 탐사선의 궤도 왼편으로 거대한 크기의 토성이 위치하고 있었다.

탐사선과 토성 사이의 거리가 수 천만 킬로미터 떨어져 있었기 때문에, 별다른 개입을 하지 않는다면, 탐사선은 토성중력의 영향을 거의 받지 않은 채로 지나칠 수 있었다. 하지만 탐사선이 궤도를 12도 가량 틀어 토성을 향하도록 하자 이내 토성의 중력에 이끌리듯 스쳐 지나가는 새로운 궤도가 나타났다.

"슬링샷을 하자는 거군요."

브라이언이 갑작스런 사라의 제안에 놀란 표정을 지어 보였다.

중력을 이용한 슬링샷은 마땅한 추진체가 없는 탐사선들이 태양계를 벗어나기 위해 널리 사용하는 방법이었다. 하지만 슬링샷이 성공하기 위해서는 행성들이 반드시 적절한 위치에 있어야만 한다는 제약이 있었다.

"네, 토성의 중력을 이용하자는 거죠."

사라가 답했다.

"타이탄 로켓을 점화하고 난 후, 이온추진기의 출력을 조금 조절하면 토성의 중력 영향권으로 진입할 수 있어요. 다행히 토성이 탐사선 진행 방향의 왼쪽에 있기 때문에, 우리는 태양에 대한 상대속도를 높이면서 토성을 스쳐 지나갈 수 있고요. 이 방법의 더 좋은 점은 토성 주위를 지나치는 동안 잃어버린 12도의 각도를 되찾을 수 있다는 거죠."

사라가 임무컴퓨터의 계산 결과 화면을 가리키며 말했다.

"피터 생각은 어때요?"

브라이언이 다시 피터의 콘솔 앞으로 다가오며 물었다.

"아…… 좋은 생각이에요. 빗나간 궤도 근처에 토성이 있다는 것은 알았지만, 슬링샷을 떠올리지는 못했어요. 하지만……."

피터가 불안한 듯 탁자를 손가락으로 두드리면서 말했다.

"사라가 제안한 방법이 정말로 가능한지를 계산해보려면 조금 더 시간이 필요해요. 지금 헬리온 탐사선의 임무컴퓨터가 계산한 결과는 그냥 추정치일 뿐이에요. 탐사선의 구체적인 능력을 고려하지 않은. 토성의 중력 영향권으로 진입하기 위해 이온추진기의 출력을 어떻게 조절해야 할지, 어느 시점에서 빠져나와야 할지를 정하기 위해서는 정밀한 계산이 필요해요."

피터가 더 빠른 속도로 손가락을 두드리며 말했다.

"얼마나 필요하죠?"

브라이언이 물었다.

"그게, 그러니까……."

피터가 말을 더듬었다.

"적어도 수 일이요."

피터가 대답했다.

"우리에겐 그럴 시간이 없군요."

브라이언이 이제 막 3시간 15분을 가리키고 있는 타이머를 바라보며 말했다.

"지금 결정해야 해요, 피터. 3시간을 넘어서면, 로켓을 가동해도 운석지대와의 충돌을 피할 수 없다고요."

브라이언이 다그치듯 말했다.

"로켓을 점화시켜서 지구궤도를 벗어난 다음, 토성의 중력을 이용해서 궤도 방향을 수정할 수 있겠어요? 그게 실패할 확률이 얼마나 되죠?"

브라이언이 십 여초의 침묵을 깨고 다시 물었다.

"음……."

피터가 입을 다문 채 머뭇거렸다.

"30퍼센트 미만이요."

이내 피터가 대답했다.

"좋습니다. 지금과 같은 상황에서 70퍼센트의 확률이라면 충분히 모험을 걸어볼 만하군요. 우선 타이탄 로켓을 점화하여 운석지대를 벗어나도록 하겠습니다. 제 결정에 이의 있으신 분?"

브라이언이 손을 들어 보이며 컨트롤센터 내부를 둘러보았다.

그의 갑작스런 결정이 썩 내키지는 않았지만, 모두들 마땅한 대안이 없다는 듯 침묵을 지키고 있었다.

"네, 별다른 이의가 없으면 진행하도록 하겠습니다. T-마이너스 3시간 5분에 타이탄 로켓을 점화하도록 하겠습니다. 존, 모든 승무원들을 정위치에 자리하도록 하고, 로켓점화 점검 절차를 수행해주세요. 오웬, 남은 시간 동안 탐사선의 시스템 점검을 진행하고 로켓에 이상이 없는지 다시 확인해주세요."

브라이언의 지시에 미션컨트롤센터 내부가 갑작스레 분주해졌다. 앞으로 채 10분도 남지 않은 시간 안에 타이탄 로켓을 작동시켜야만 했다.

브라이언의 결정이 내려진 직후, 헬리온 탐사선 내부의 승무원들 역시 바쁘게 움직였다. 존과 토마스, 사라 모두 조종실 의자에 앉아 벨트로 몸을 고정시켰다.

　1,500톤에 이르는 탐사선의 무게 때문에 몸을 잡아당길 만큼 큰 가속은 없을 테지만, 고체로켓의 특성상 꽤 큰 진동이 전해질 수 있었다. 불필요한 진동으로 부품들이 손상되는 것을 막기 위해, 제일 먼저 중력휠의 작동을 멈추는 것이 필요했다.

　"중력휠 중단 절차를 수행할 시간이 있나?"

　존이 깜박이는 타이머 시계를 보며 물었다.

　"아니요……. 원칙대로라면 중력휠 내부의 모든 물체를 고정시키고 나서, 중력휠 중단 버튼을 눌러야 해요."

　사라가 고개를 저으며 대답했다.

　"할 수 없군. 그냥 가동을 중단시킬 수밖에. 예상되는 문제점은?"

　존이 오버헤드 콘솔의 버튼들을 작동시키며 물었다.

　"아마 난장판이 되어 있겠죠. 세면대에 담아둔 물도 빼지 못했는 걸요."

　사라가 어쩔 수 없다는 표정을 지으며 말했다.

　"그래, 청소는 나중에 생각하자고. 사라는 중력휠 비상중단 절차를 지금 진행하세요."

　존의 말에 사라가 스크린 화면에서 중력휠 중단 버튼을 누르자, 미세한 진동과 함께 중력휠의 회전 속도가 천천히 줄어들었다.

　이내 중력휠이 완전히 멈추자마자 CCTV 화면에는 각종 물건들이 서서히 떠오르는 모습이 나타났다.

　지난 밤 토마스가 마시고 남겨둔 커피 잔부터 사라가 미처 문을 닫지 못한 샤워실의 물까지 공중을 떠다니고 있었다.

"로켓을 가동하고 나면 정말 난장판이 되겠군."

사라의 화면을 힐끗 본 토마스가 중얼거렸다.

"타이탄 로켓 점검 절차 시작하겠습니다."

토마스가 매뉴얼이 나타난 태블릿을 오른쪽 무릎 위에 올려놓은 채 말했다.

"임시 전원."

"온."

"노즐 핀 상태."

"활성."

"추진체 압력."

"확인."

"점화장치 상태."

"양호."

3분간에 걸친 점검 절차가 끝나자, 존이 호쏜으로 무전을 보냈다.

"호쏜, 여기는 헬리온. 타이탄 로켓의 작동 준비가 모두 완료되었다. 발사 준비완료."

"헬리온, 여기는 호쏜. 타이탄 로켓의 작동상태에 대한 정보를 모두 확인했다. 다소 시간이 촉박하지만 별다른 이상 상황은 발견되지 않았다. 1분 후 타이탄 로켓의 점화를 승인한다."

타이머가 T-마이너스 3시간 3분을 가리킬 무렵, 호쏜으로부터 발사 승인이 떨어졌다.

"자 이제 지구궤도를 떠나봅시다."

호쏜의 무전이 끝나자마자, 토마스가 스크린의 자동발사 프로세스 버튼을 눌렀다. 운석지대와의 충돌시간을 경고하는 타이머 아래로, 남은 발사시간을 알리는 초록색 타이머가 새롭게 떠올랐다.

"30초 후 점화 진행합니다."

"10, 9, 8……."

"로켓 점화!"

토마스의 말이 떨어지기 무섭게 탐사선의 오랜 적막을 깨듯 거대한 진동이 의자를 타고 승무원들에게 전해졌다.

"타이탄 로켓 점화되었습니다. 현재 상태 양호. 남은 연소시간 230초."

토마스가 한 손으로는 조종실 창 위의 손잡이를 잡고, 다른 손으로는 조종간을 쥔 채 말했다.

"초속 500미터 증가했습니다."

계기화면 위로 탐사선의 속도와 방향을 나타내는 화살표의 길이가 조금씩 길어지기 시작했다.

"남은 연소시간 100초. 현재 상태 양호."

토마스가 좀처럼 진동이 잦아들지 않는 조종실 내부에서 계기화면에 몰두한 채 말했다.

"생각보다 진동이 더 격렬하네. 고체추진로켓은 스페이스셔틀 이후로 처음이라……."

존이 대수롭지 않다는 미소를 지어 보이며 말했다.

"이제 다 끝나갑니다. 사라, 속도는 잘 증가하고 있죠?"

토마스가 물었다.

"네, 현재 추가 속도 초속 1.5킬로미터예요. 연소가 끝나면 예상대로 초속 7킬로미터에 도달할 것 같아요."

사라가 대답했다.

"연소 종료 10초 전입니다."

연소 막바지에 이르자 조금씩 진동이 줄어들기 시작했다.

잠시 후, 금속이 부딪히는 소리가 몇 차례 나더니, 작은 폭발 진동이 탐사선 선체를 타고 전해졌다.

"타이탄 로켓 분리되었습니다."

토마스가 말했다.

탐사선 뒤쪽을 비추는 카메라 화면으로, 4분간의 연소를 마치고 내부가 텅 빈 타이탄 로켓이 멀어지는 모습이 보였다.

분리된 로켓이 한쪽 방향으로 기울더니, 이내 탐사선의 시야에서 사라져갔다.

"호쏜, 여기는 헬리온. 성공적으로 로켓을 분리했다. 현재 탐사선의 위치와 예상궤도 확인 바란다."

존이 말했다.

"헬리온, 여기는 호쏜. 정상적으로 연소가 종료된 것을 확인했다. 현재 헬리온 탐사선의 정확한 위치를 다시 확인 중이다. 먼저 임무 컴퓨터의 충돌경보상황에 대해 확인 바란다."

호쏜의 대답에 토마스가 조종실 주계기판 위의 주알람 토글 스위치를 두세 차례 눌렀다.

충돌경보가 해제되었다면 바로 스위치의 불빛이 꺼져야 하지만, 주알람 스위치는 여전히 오렌지색으로 깜박이고 있었다.

"이게 왜 안 꺼지지?"

토마스가 당황스러운 듯 존를 보며 말했다.

"임무컴퓨터가 아직 탐사선의 속도 변화를 눈치 못 챈 거 아니야?"

존이 대수롭지 않다는 듯이 대답했다.

"음…… 아마 그렇지는 않을 거예요. 임무컴퓨터의 연산속도가 그렇게 느리지는 않거든요."

토마스가 다기능 계기화면을 레이더 영상으로 전환하며 말했다.

몇 차례 화면을 터치하고 나자, 탐사선의 예상궤도와 레이더가 탐지한 물체들이 화면 위에 어지럽게 나타났다.

"젠장……."

화면 옆에 나타난 보고서를 찬찬히 살펴보던 토마스가 말했다.

"운석지대를 완전히 벗어난 게 아니었어요. 아까 탐지한 녀석들 앞에 더 작은 녀석들이 있었어요."

토마스가 왼손으로 이마를 쓰다듬으며 말했다.

"그게 무슨 말이죠? 처음 경보가 울렸을 때는 그런 보고가 없었 잖아요."

사라가 물었다.

"응, 지금 이 데이터는 30분 전에 업데이트된 것 같아. 우리가 로켓 가동에 집중하느라 제대로 파악하지 못했던 거고. 레이더 영상에 의하면, 최초로 발견된 운석지대 앞쪽으로 지름 5센티미터 미만의 작은 운석들이 수십 킬로미터에 걸쳐 퍼져 있는 것 같아."

"이 녀석들 때문에 예상 충돌시간도 앞당겨졌어. 이제 2시간 30분밖에 안 남았다고."

토마스가 존과 사라를 번갈아 바라보며 말했다.

"그럼 어떻게 해야 하죠?"

사라가 걱정스러운 표정으로 물었다.

"속도를 더 높여야지……. 서로 마주치기 전에 앞질러 지나가는 수밖에 없다고."

토마스가 단호한 목소리로 말했다.

"호쏜, 여기는 헬리온. 그쪽에서도 데이터를 확인했겠지만, 최초로 발견한 운석지대 앞쪽으로 아주 작은 운석 파편들이 위치하고 있는 것으로 나타났다. 여전히 임무통제컴퓨터는 근접충돌경보를 울리고 있으며, 예상 충돌시간은 T-마이너스 147분이다."

토마스가 교신했다.

"헬리온, 여기는 호쏜. 우리도 방금 해당 내용을 확인했다. 해결책을 고민 중이니 잠시만 기다려주기 바란다."

호쏜에서 대답했다.

"고민할 시간이 없을 텐데……."

토마스가 답답한 듯 고개를 가로로 저으며 말했다.

"사라, 무슨 좋은 아이디어 없어? 타이탄 로켓을 사용하는 것도 사라의 생각이었잖아."

토마스가 불안함을 감추지 못한 채 말했다.

"글쎄요……. 아까 새롭게 발견된 운석들이 얼마나 퍼져 있다고 했죠?"

사라가 물었다.

"여기 화면상으로는 수십 킬로미터야. 혜성의 꼬리와 같은 존재들이지."

토마스가 대답했다.

"밀도는요? 그 작은 운석들이 얼마나 조밀하게 모여 있는 거죠?"

사라가 계기화면을 들여다보며 물었다.

"정확히 나와 있지는 않지만, 대략 길이 1킬로미터의 사각형 안에 수십 개가 들어 있는 것 같아. 지구에서라면 텅 빈 수준이지만, 우주에서는 가득 찬 셈이지."

토마스가 화면을 확대하고 축소하기를 반복하더니 대답했다.

"그럼 그냥 지나가보죠. 몇 분만 버티면 될 것 같은데요?"

대수롭지 않은 사라의 태도에 존마저 당황스러운 표정을 지었다.

"사라, 우리 탐사선의 길이만 해도 150미터가 넘어. 아무리 크기가 작고 밀도가 낮다고 하지만, 저 운석지대를 통과하면 적어도 몇 개의 운석과는 충돌하게 될 거야. 단 한 개와 부딪히더라도 탐사선은 산산조각이 날 테고."

존이 차분한 목소리로 설명했다.

"저도 알고 있어요. 무작정 돌파하자는 것이 아니라. 속도를 조금 더 높여서 통과하면 돼요. 제가 계산해보니, 이온추진기의 출력을 일시적으로 150퍼센트 정도까지 높이면 아슬아슬하게 충돌을 피할 수 있어요. 물론 빠르면 빠를수록 좋겠죠."

사라가 말했다.

"이온추진기의 최대출력이 130퍼센트까지 아니었어? 저번에 스티브가 분명 그렇게 이야기했었다고."

토마스가 물었다.

"네, 맞아요. 130퍼센트는 지속적으로 사용 가능한 범위 안에서의 출력이에요. 예전에 글렌우주센터를 방문했을 때, 스티브가 전력만 충분하다면 1.5배까지 일시적으로 출력을 증가시켜볼 수 있다고 이야기했던 것이 기억나요."

사라가 말했다.

"그럼 호쏜하고 상의해보고 나서 정말로 이온추진기에 무리가 없는지 확인을 받아야겠군."

존이 교신 스위치로 손을 가져가며 말했다.

"잠깐만요, 존. 그러면 호쏜에서는 분명 이온추진기의 스펙을 확인하고 시뮬레이션을 하려 할 테고, 다시 소중한 시간이 낭비될 거예요. 제가 말씀드린 것은 지금 당장 이온추진기의 출력을 올렸을 때나 겨우 가능해요. 지금 바로 이온추진기의 출력을 최대출력의 150퍼센트로 증가시킬지 결정해야만 해요."

사라가 존의 손을 가로막으며 단호한 목소리로 말했다.

"난감하군……."

예상 밖으로 강하게 나오는 사라의 태도에 존이 손을 거두며 말했다.

"사라도 이온추진기가 앞으로의 탐사에서 얼마나 중요한지 알고 있는 거지?"

존이 물었다.

"네, 알고 있어요."

사라가 존의 눈을 응시하며 대답했다.

"그럼에도 앞으로 2시간 30분 동안 매뉴얼에 없는 고출력 기동을 할 수밖에 없는 거고."

존이 다시 물었다.

"네, 맞아요. 무리가 갈 수는 있겠지만 지금으로서는 달리 대안이 없어요."

사라가 고개를 끄덕이며 대답했다.

"좋아, 그럼 사라의 말대로 해봅시다. 이번 결정으로 인해 생기는 문제에 대해서는 선장인 내가 책임지겠습니다."

존이 재빠르게 사라의 아이디어를 승인하더니, 계기화면에서 이온추진기 탭을 클릭했다.

설정 창을 클릭하자, 이온추진기의 출력을 조절할 수 있는 바가 나타났다. 존이 바를 오른쪽으로 끝까지 당기자, '이온추진기 시스템에 손상을 줄 수 있습니다' 하는 경고 메시지가 나타났다.

존이 오버라이드 버튼을 누르자, 바의 상한선이 해제되었다. 붉은색이 깜박이는 화면 위로 존이 이온추진기의 출력을 150퍼센트로 조정했다.

"이온추진기 소비전력 상승 중. 현재 100MW."

토마스가 소비전력을 나타내는 계기 창을 바라보며 말했다.

"발전시스템의 최대 출력이 105MW이기 때문에, 이온추진기가 사용하는 전력이 104MW를 넘어가면 안 돼요. 탐사선의 다른 장비들을 유지하려면 최소 0.7MW의 전력이 필요하니까요."

사라가 발전시스템 계기화면을 조작하며 말했다.

"좋아요, 이온추진기 쪽은 이미 150퍼센트 출력에 도달했어요. 발전시스템은 무리가 없나요?"

토마스가 물었다.

"네, 발전기가 모두 최대 rpm으로 돌아가고 있는데, 아직 별다른 이상은 없어요. 2시간 30분 동안 잘 버텨주기를 기도해야죠."

사라가 계기화면에서 눈을 떼지 못한 채 말했다.

"좋아요, 운석지대를 앞질러갈 수 있는지 기다려봅시다."

존이 고개를 들어 등받이에 몸을 기댄 채 말했다.

"탐사선에서 새로운 경고 메시지가 전달되었습니다."
미션컨트롤센터에서 탐사선의 상태를 주시하고 있던 헤더가 경고 창을 스크린에 띄우며 말했다.

-이온추진기 출력 오버라이드
-초과 출력 경고

"어떻게 된 일이지?"
브라이언이 물었다.
"음…… 이온추진기 출력 상한선이 130퍼센트로 설정되어 있는데, 누군가 그 리밋을 해제한 것 같아요."
헤더가 대답했다.
"우리 쪽은 아닐 테고…… 승무원들이 승인한 건가?"
브라이언이 다시 물었다.
"네, 아마도요. 권한을 가진 사람은 존밖에 없으니까요. 어떻게 된 일인지 헬리온 탐사선에 물어볼까요?"
헤더가 브라이언을 바라보며 물었다.
브라이언이 잠시 동안 생각에 잠기더니 입을 열었다.
"아니야. 그럴 필요는 없을 것 같아. 아마 새롭게 발견된 운석지대를 만나기 전에 서둘러 통과하려는 계획인 것 같군. 승무원들이 우리와 상의할 시간이 없다고 판단한 것 같아. 우리 쪽에서 다른 방법을 찾은 게 있나?"

브라이언이 물었다.

"아직 없습니다."

다른 직원들과 모여 대책을 의논하고 있던 오웬이 대답했다.

"존의 계획이 어떻게 되는 거지? 속도를 최대한 더 높여서 운석지대를 지나치자는 생각 같은데……."

브라이언이 말했다.

"네, 지금으로서는 그 방법 외에는 대안이 없습니다. 저희 쪽에서 계산해본 바로는 이온추진기 출력을 150퍼센트로 증가시키더라도 운석지대를 완전히 피할 수 있는 것은 아닙니다. 앞쪽에 작은 녀석들이 모여 있는 지대와는 5분가량 조우하게 될 것으로 보입니다."

오웬이 대답했다.

"아슬아슬하군."

브라이언이 말했다.

"충돌 확률은?"

브라이언이 다시 오웬을 바라보며 물었다.

"탐사선에 치명적인 손상을 입힐 수 있는 충돌 확률은 25퍼센트입니다. 가장 충돌 가능성이 높은 구조물은 이온추진기와 중력휠이고요. 둘 다 단면적이 제일 넓은 녀석들입니다."

오웬이 대답했다.

"4분의 1의 확률이라……. 모험을 하기에는 조금 높은 수치군."

브라이언이 혼잣말로 중얼거렸다.

"우선 승무원들의 판단을 믿어봅시다. 우리가 지금 당장 해줄 수 있는 것이 없다면."

브라이언이 이제 막 1시간 59분을 가리키고 있는 타이머를 바라보며 말했다.

　예상밖의 위험이 다가오고 있었지만 헬리온 탐사선은 생각보다 평온했다.
　조종실 주 패널에서 주황색 불빛이 깜박였지만, 그것을 주목하는 이는 없었다.
　오른쪽 창가 좌석에 앉아 계기화면을 지켜보고 있던 사라가 10여 분의 침묵을 깨고 입을 열었다.
　"그런데 이 녀석들은 어디서 온 걸까요? 지구하고 이렇게 가까운 위치에 운석지대가 있으리라고는 아무도 상상을 못했잖아요."
　사라의 엉뚱한 질문에 존과 토마스가 당황하는 표정을 지어 보였다.
　"역시 사라다운 질문이야. 이 순간에도 과학적인 마인드를 놓치지 않는군!"
　존이 실소하며 말했다.
　"아마도 목성의 중력에 이끌려 왔을걸요? 목성과 토성 부근을 돌고 있던 운석들 중에서 상대적으로 무게가 가벼운 녀석들이 이탈했다가 지구궤도 근처로 몰려온 것 같아요."
　토마스가 대답했다.
　"네, 저도 그럴 가능성이 높다고 생각했어요. 크기가 너무 작으니까."
　사라가 창밖으로 몇 시간 전에 비해 부쩍 커진 지구를 바라보며 말했다.
　"이러한 순간에도 감상적일 수 있다는 거. 그게 사라의 장점이야.

토마스는 그렇게 못하거든."

존이 가볍게 웃으며 말했다.

"저는 감상적인 것과는 거리가 멀죠. 항상 긴장 상태를 유지하고 있어야 아무 일도 일어나지 않는다니까요."

토마스가 몸을 고정하고 있는 4점식 안전벨트를 잡아당기며 말했다.

"그건 그렇고, 예상궤도는 어때요? 운석지대를 그냥 지나칠 수 있겠어요?"

토마스가 물었다.

"아직 근접충돌경보가 사라지지 않고 있어요. 거리가 가까워질수록 레이더에 안 잡히던 작은 녀석들까지 발견되어서 그런 것 같아요."

사라가 대답했다.

"그래서 운석지대와의 조우를 피할 수 없다?"

존이 걱정스런 표정으로 물었다.

"아마도요. 그래도 우리가 지나가게 될 곳은 운석의 밀도가 낮고 크기가 작은 녀석들만 있는 지역이에요. 이제 40분 남았네요."

사라가 다시 대답했다.

"기도를 하는 수밖에 없군. 딱히 할 수 있는 것이 없을 테니."

존이 눈을 지그시 감으며 말했다.

"운석들이 눈에 보이기라도 하면, 어떻게 조금씩 회피 기동을 해볼 텐데……."

토마스가 대답했다.

"드론을 사용해보면 어떨까요?"

사라의 갑작스런 제안에 존이 놀란 듯한 표정을 지어 보였다.
"드론을?"
존이 물었다.
"아, 원래는 보이저 1호 구조 미션 때 사용하기 위해서 드론 중에 강한 조명을 탑재한 녀석들이 있어요. 그 중 몇 기를 운석지대 쪽으로 발사해서 빛을 비추는 거죠. 도움이 될지는 모르겠지만."
헬리온 탐사선에는 지름 1미터 크기의 드론 10여기가 탑재되어 있었는데, 역할에 따라 세 종류로 나뉘었다. 승무원대신 넓은 시야와 고해상도 카메라를 가진 촬영용 드론, 승무원들이 우주유영 도중 사고를 당했을 때 긴급히 이송할 수 있는 구조용 드론 그리고 조명용 드론이 그것이었다.
이 중 조명용 드론에는 수 킬로미터까지 빛을 비출 수 있는 백만 루멘 밝기의 LED 조명이 탑재되어 있었다.
"음...... 아주 무모한 생각은 아닌 것 같은데요. 레이더 분석결과를 보면, 운석들은 대부분 철과 니켈 같은 금속물질들로 이루어져 있어요. 그래서 레이더 전파 반사율도 상대적으로 높은 편이구요. 빛을 얼마나 잘 반사할지는 아직 미지수지만요."
토마스가 말했다.
"운석들의 속도가 어떻게 되지?"
존이 물었다.
"대략 초속 1킬로미터요."
사라가 대답했다.
"적어도 30초 전에는 눈에 띄어야 피할 수 있을 거야. 그럼 드론이 30킬로미터 거리까지 빛을 비춰야 할 텐데, 가능할까?"

존이 다시 물었다.

"빔을 한곳에 집중하면 가능할 것 같아요. 레이더를 통해서 운석들의 개략적인 위치는 확인할 수 있으니까, 드론에 좌표를 보내주면 어느 정도 보일 거예요."

사라가 대답했다.

"좋아, 그렇게 하려면 드론이 몇 기나 필요하지?"

존이 물었다.

"많으면 많을수록 좋겠죠. 하지만 이번에는 드론을 수동으로 조종을 해야 하니, 3기 정도가 최대일 것 같아요. 저는 탐사선 조종간을 잡고, 대장님하고 사라가 나눠서 조종하는 거죠."

토마스가 대답했다.

"좋습니다. 우리로서는 크게 손해볼 게 없으니, 한 번 시도해봅시다."

존이 사라의 제안을 승낙하며 계기화면에서 드론제어 창을 띄웠다. 비활성화되어 있는 10기의 드론 중에서 조명드론 3개를 선택하자 '준비됨'이라는 초록색 메시지가 나타났다.

"드론을 발사하면 자동적으로 탐사선 주위를 따라올 거예요. 이후에 탐사선에서 1킬로미터 정도 떨어진 곳까지 이동시킨 다음, 레이더와 연동시키면 돼요."

사라가 드론의 조종을 위해 조종실 뒤편에 마련된 드론제어 콘솔로 이동하며 말했다.

"그럼 준비된 드론을 출발시킬게요."

존이 고개를 끄덕이자, 사라는 조종콘솔에서 발사 버튼을 클릭했다.

잠시 후 중력휠 안쪽에 나란히 붙어 있던 드론에 밝은 LED 조명이 들어오더니, 질소추진체를 내뿜으며 탐사선 옆쪽으로 빠르게 이동했다. 드론제어 콘솔 화면에는 드론의 카메라가 촬영한 탐사선의 모습이 나타나고 있었다.

"존, 나머지 2기의 드론이 제가 조종하는 녀석을 따라오도록 설정했어요. 이제 탐사선 왼편으로 1킬로미터 정도 이동시킬게요."

사라가 드론 조종간을 잡은 채 말했다.

"좋아요, 사라. 이제 30분 정도 남았으니까 미리 위치에 대기시켜 놓기로 하죠."

존이 대답했다.

사라가 조종간을 앞으로 밀자, 한 기의 드론이 재빠르게 이동하기 시작했다.

이어서 나머지 두 기의 드론들이 그 뒤를 쫓기 시작했다. 사라는 창밖과 콘솔 화면을 번갈아 바라보며 붉은색으로 깜박이는 드론이 제대로 움직이고 있는지를 확인했다.

5분 정도 지나자, 콘솔 화면에 나타난 드론과의 거리가 1,000미터에 이르렀다.

"드론들이 위치에 도착했습니다."

사라가 말했다.

"좋습니다. 그럼 드론에 레이더 데이터를 공유시키고, 가장 가까이 있는 운석을 향해 빛을 비추도록 해봅시다."

존이 대답했다.

잠시 후, 토마스의 레이더 화면 위로 수많은 점들이 나타났다. 그 중 탐사선과의 충돌 확률이 10퍼센트 이상인 녀석들이 붉은색으로 깜박였다.

충돌 예상시각이 10분 아래로 내려가자, 타이머의 시계가 '부정확함'이라는 메시지가 뜨며 카운팅을 멈추었다.

"운석지대에 진입했어요!"

드론이 전송한 화면을 보고 있던 사라가 소리쳤다. 화면 위로, 빛을 반사하며 희미하게 빛나는 검회색 물체 하나가 빠른 속도로 드론을 지나쳐가고 있었다.

"예상 궤적은?"

토마스가 물었다.

"탐사선 위쪽으로 500미터 지점을 지나칠 예정입니다. 크기는 7센티미터 정도예요."

사라가 대답했다.

"충돌하면 탐사선이 산산조각 나겠군."

토마스가 조종간에서 손을 놓지 못한 채 중얼거렸다. 잠시 후, 탐사선 내부에 근접충돌 위험을 알리는 경보음이 크게 울리더니 10여 초 후 다시 잦아들었다.

"소리 한 번 요란하네. 우리가 마스터 알람을 꺼놓은 거 아니었나?"

토마스가 고개를 돌려 뒤를 보며 말했다.

"네, 메인레이더가 보내는 충돌경보는 다 무음으로 바꾸어놓았는데, 방금 울린 것은 근접경보 레이더에서 울린 것 같아요. 저 녀석들은 꺼놓을 수가 없으니 아마 계속 경보가 울릴 거예요."

사라가 말했다.

"한동안 계속 시끄럽겠네."

토마스가 가벼운 미소를 지으며 사라를 바라보는 순간, 그녀가 다급한 목소리로 말했다.

"토마스, 드론이 촬영한 화면을 좀 보세요."

토마스가 화면을 전환하자, 검은 우주를 배경으로 수십 개의 물체가 희미하게 빛나고 있었다.

"이런, 이제 본격적으로 운석지대에 들어왔군. 충돌 가능성이 가장 큰 녀석들만 분류해서 빛을 비춰줘요. 우리 탐사선은 아주 느리고 둔해서 여러 개를 피할 수는 없다고."

토마스가 재빠르게 말했다.

"네, 지금 충돌 가능성을 확인하고 있⋯⋯."

사라가 채 말을 마치기도 전에, 두 번째 드론의 신호가 갑작스럽게 끊겼다.

"젠장, 이게 뭐지?"

사라가 당황하고 있는 사이, 존이 재빠르게 드론 조종콘솔로 이동했다.

"드론이 운석과 충돌한 것 같아요. 1, 3번 드론 화면에 집중해, 사라!"

존이 다그치며 말했다.

"당장 우리 쪽으로 오는 운석은 없어요. 가장 가까운 녀석이 100여 미터 떨어진 곳을 지나갈 거예요. 그런데 문제는⋯⋯."

순간 사라의 표정이 굳어졌다.

"드론이에요⋯⋯. 드론은 우리랑 같은 높이에 위치하고 있었는데, 충돌로 산산조각이 났다면⋯⋯."

사라가 채 말을 끝마치지 못한 순간, 탐사선 내부에 근접충돌을 알리는 경보음이 요란하게 울려 퍼졌다.

사태를 직감한 토마스가 조종간을 아래로 당기자, 탐사선 앞부분에서 질소추진체가 빠르게 뿜어져 나왔다. 하지만 1,500톤에 이르는 탐사선을 빠르게 움직이기에는 역부족이었다.

10여 초 후, 금속끼리 부딪히는 큰 소리가 나면서 탐사선이 옆쪽으로 크게 흔들리더니, 이내 내부조명이 꺼지며 비상조명으로 변경되었다.

미처 자리에 몸을 고정하지 못한 채 이동하고 있던 존이 충격으로 인해 조종실 벽으로 내동댕이쳐졌다.

"충돌! 피해상태 보고!"

조종간을 부여잡은 채, 계기화면에서 눈을 떼지 않고 있던 토마스가 소리쳤다.

"발전 유닛 가동중단. 이온추진기 가동중단. 비상전원으로 자동 전환되었습니다."

사라가 빠르게 대답했다.

"내부압력은 정상입니다. 현재 외부 손상여부 확인 중입니다."

사라의 말이 끝나자마자 쓰러져 있던 존이 몸을 일으키며 다시 제자리로 돌아왔다.

"존 괜찮아요?"

사라가 물었다.

"응, 어깨를 조금 부딪힌 것 같은데, 다른 데는 괜찮아. 나는 신경 쓰지 말고, 정확한 탐사선 상태를 확인하도록 합시다."

존이 오른쪽 어깨를 부여잡은 채 말했다.

"드론 파편과 충돌한 것 같아요. 내부압력이 급격히 떨어지지는 않은 것으로 봐서 다행히 관통된 것 같지는 않고요. 현재 통제컴퓨터가 손상 여부 확인을 위해 카메라 영상을 분석 중입니다."

사라가 답했다.

"다른 운석들은?"

존이 토마스를 바라보며 말했다.

"2분 후면, 운석지대를 벗어날 예정이에요. 아직 충돌 확률이 10퍼센트 이상인 녀석들이 몇 개 있어요. 창밖으로도 희미하게 빛나는 녀석들이 많이 있고요."

토마스가 냉정을 되찾은 듯 차분한 목소리로 말했다.

"그럼 2분 동안 운석과 충돌하지 않도록 기도하는 수밖에 없겠군."

존이 의자에 앉아 벨트를 매며 이야기했다.

"드론이 탐사선과 일직선상에 있는 줄은 미처 몰랐어요. 운석이 아닌 우리가 보낸 녀석과 충돌하다니……."

사라가 자책하듯 고개를 저으며 말했다.

"발전시스템은 어떻게 된 거지?"

존이 물었다.

"충격을 감지하면, 자동으로 발전기가 작동을 중단하도록 설계되어 있어서요. 발전모듈이 직접 타격을 받지 않는 이상은 괜찮을 거예요. 현재 노심 온도나 가동상태는 모두 괜찮습니다."

사라가 시스템 화면을 확인하며 말했다.

"그나마 다행이군. 곧 운석지대를 통과하고 나면 피해상황을 확인해서 대책을 세우도록 합시다."

존이 말했다.

Damage control
:
:

2024년 3월 27일

운석지대를 통과한 직후, 호쏜의 임무통제관들은 헬리온의 손상 상태를 확인하느라 정신이 없었다.

오웬과 팀은 헬리온 탐사선이 보내온 데이터와 외부 영상을 바탕으로 손상 정도를 파악하고 수리 방법을 찾기 위해 며칠째 이곳에서 숙식을 해결하는 중이었다.

드론 파편과의 충돌로 인한 탐사선의 손상 부위와 정도는 비교적 명확했다. 수백 개의 파편들 중 일부가 두 번째 개인거주구역에 충돌하면서 외벽에 30센티미터 크기의 구멍이 뚫렸지만, 다행히 거주공간과 직접 닿아 있는 내벽은 관통되지 않고 움푹 패이는 정도에 그쳤다.

하나의 벽으로 이루어진 ISS와 달리, 헬리온 탐사선의 모듈은 거주공간과 맞닿아 있는 내벽 주위를 복합소재와 알루미늄 그리고 케블러로 구성된 외벽이 둘러싸고 있었다. 이러한 구조 덕분에 비교적 느린 속도로 충돌한 파편들이 내부로 침투하여 급격한 감압폭발을 일으키는 것을 막을 수 있었다.

더 큰 문제는 미세한 파편들이 탐사선 전반에 걸쳐 충돌하면서 발생했다.

이온추진기나 중력휠 같은 주요 구조물들의 손상은 경미했지만, 지름 3미터의 안테나에 생긴 손상이 가장 심각했다. 신호를 한데 모아 지구로 전달하는 안테나 접시의 표면이 파편들로 인해 긁히거나 깨진 것이다.

또한 안테나가 지구를 향할 수 있도록 방향을 조절하는 구동모터에도 이상이 생겼다.

지금과 같이 가까운 거리에서는 어느 정도 신호의 손실을 감수하고 교신이 가능했지만, 거리가 조금만 멀어져도 탐사선과 지구의 통신에 심각한 문제가 생길 것이 분명했다. 미션컨트롤센터에서는 이 문제를 해결하기 위해 이틀 동안 밤샘 회의가 열렸다.

호쏜에서 적절한 해결책을 찾을 때까지는, 중력휠의 재작동뿐 아니라 우주유영도 금지되었기 때문에 사라와 존 그리고 토마스가 할 수 있는 일은 많지 않았다.

이들은 남은 9기의 드론을 이용해 우주선의 외부 상태를 촬영하고, 토성을 이용한 슬링샷 궤도를 계산하는 데 대부분의 시간을 보냈다. 탐사선의 정확한 손상 정도를 확인하기 전까지는 구조물에 부담을 주지 않기 위해 개인거주구역의 공기를 모두 빼고 폐쇄했기 때문에, 세 사람은 공동거주구역과 중력휠을 오가며 함께 시간을 보내야만 했다.

"토마스, 방금 호쏜에서 임무리스트가 새로 전송되었네요. 확인 하셨어요?"

조종실에서 당직 근무를 서고 있던 사라가 헤드셋을 통해 말했다.

"내 태블릿으로 리스트를 좀 전송해줄래?"

존이 인터폰을 통해 사라에게 말했다.

"네, 호쏜에서 생각보다 복잡한 계획을 들고 온 것 같아요."

임무리스트를 찬찬히 훑어보던 사라가 말했다.

존이 중력휠 침실에서 일어나 태블릿을 확인하자 항목별로 정리된 새 임무리스트가 나타났다.

탐사선 손상 보고서. 2024년 3월 27일
1. 주 안테나 손상 (70%) : 안테나 접시와 구동모터 교체 필요
2. 외부 패널 손상 (15%) : 두 번째 모듈 외벽 (2-BT31, 2-BT32, 2-BT-33) 교체 필요
……

보고서의 요약 페이지를 읽은 후에 페이지를 빠르게 넘기던 존이 갑작스레 태블릿을 내려놓고 조종실로 바쁘게 올라왔다.

"수리 작업이 생각보다 커지겠는데?"

존이 토마스와 사라를 번갈아 바라보며 말했다.

"네, 저도 방금 확인했어요. 안테나 구동모터는 예비부품을 가지고 있는데, 안테나 접시와 모듈 외벽은 탐사선에 여유분이 없다고요."

토마스가 탑재물품 리스트를 다시 확인하며 말했다.

"당연히 없을 거야. 안테나만 해도 지름이 3미터가 넘는데, 그걸 통째로 교체하리라고 누가 생각했겠어."

존이 대답했다.

"모듈 외벽도 우리한테 부품이 없어요. 작은 손상을 수리할 수 있는 케블러 수리키트만 가지고 있는데……."

사라 역시 당황스러운 표정을 지으며 말했다.

그때, 호쏜에서 영상통화를 요청하는 메시지가 도착했다.

존이 수신 버튼을 누르자 화면에 브라이언와 오웬의 얼굴이 나타났다.

안테나의 상태 때문에 화질이 좋지는 않았지만, 다행히 음성은 명확하게 전달되고 있었다.

"존, 사라, 토마스, 고생이 많습니다."

브라이언이 피곤이 역력한 표정으로 인사를 건넸다.

"오랜만이에요, 브라이언. 방금 임무리스트를 전송 받았습니다. 수리해야 할 부분이 생각보다 많군요."

존이 말했다.

"네, 안 그래도 그 문제 때문에 상의드릴 것이 있어서 연락을 드렸습니다. 이틀 동안 내부에서 많은 논의를 해보았는데, 보내드린 세 가지 부품을 교체하지 않고서는 탐사를 진행할 수 없을 것 같습니다. 다 아시다시피, 탐사선에는 이 부품들의 여유분이 실려 있지 않습니다."

브라이언이 잠시 머뭇거리며 말을 이어갔다.

"그래서 저희가 내린 결론은, 탐사선이 지구궤도를 벗어난 직후에 해당 부품들을 실은 우주선을 헬리온 탐사선 쪽으로 보내기로

했습니다."

브라이언이 말했다.

"네? 부품을 이리로 보내준다고요?"

사라가 놀란 목소리로 말했다.

"네, 랑데부를 하는 거죠."

브라이언이 고개를 끄덕이며 말했다.

"아…… 지구궤도를 벗어나는 시점이 대략 이틀 후인데, 그 사이에 지상에서 부품을 실은 로켓을 발사하는 것이 가능합니까?"

존이 당황한 표정을 숨기지 못한 채 물었다.

"헬리온 탐사선이 지구궤도를 도는 동안, 플로리다에서는 델타 IV 헤비로켓이 발사대기 상태를 유지하고 있었습니다. 지구궤도 근처에서 탐사를 중단해야 하는 비상사태를 대비해서 일종의 '구조대기'를 하고 있었던 셈이죠. 문제는 우리가 가진 가장 강력한 로켓인 델타 로켓도 리스트에 있는 4개의 부품을 모두 싣고 헬리온 탐사선과 랑데부하기 위해서는 무리가 따른다는 점입니다."

오웬이 로켓의 상세 제원과 모습이 담긴 태블릿을 카메라 앞으로 가져갔지만, 영상 상태로 인해 탐사선에서는 제대로 확인할 수 없었다.

"어떤 무리가 있다는 거죠?"

사라가 화면 앞으로 얼굴을 가져가며 물었다.

"탐사선이 워낙 빠른 속도로 지구궤도를 벗어나고 있어서, 랑데부를 할 수 있는 기회가 딱 한 번밖에 없습니다."

오웬이 대답했다.

"랑데부는 언제나 기회가 한 번뿐이라니까……."

오웬의 말에 토마스가 혼잣말로 중얼거렸다.
"그럼 그게 정확히 언제죠?"
사라가 물었다.
"지금으로부터 49시간 후 입니다. 랑데부를 위해 탐사선이 궤도를 조정할 필요는 없습니다. 저희가 알아서 쫓아갈 겁니다."
오웬이 대답했다.
"시간이 부족하군요. 그러면 지금 에어로크에 도킹하고 있는 엔데버 우주선은 어떻게 해야 하죠?"
사라가 다시 물었다.
"네, 앞으로 3시간 내에 사출시키면, 자연스럽게 지구궤도에 진입한 후 대기권에서 사라질 겁니다."
오웬이 대답했다.
"좋아요. 엔데버는 어차피 버릴 것이었으니까. 그런데 부품을 실은 우주선이 도킹하고 나서는 어떻게 해야 하죠? 존슨우주센터에서 교육을 받을 때, 안테나 접시와 외부 모듈을 교체하는 훈련은 받은 적이 없다고요. 조립하는 방법은 배웠어도, 이미 장착되어 있는 녀석을 분해하는 법은 배운 적이 없어요."
토마스가 다소 짜증 섞인 목소리로 말했다.
"아, 조립과정에 대한 절차는 아직 정해진 게 없습니다. 지금 존슨우주센터에서 교관들이 이런저런 방법을 시험하고 있는 중이니까, 매뉴얼이 정해지는 대로 다시 연락을 드릴 겁니다."
브라이언이 대수롭지 않다는 듯이 말했다.
"아무튼 수리를 하고 나면 탐사를 진행할 수 있다고 하니 다행이군요. 우리가 딱히 더 준비해야 하는 것이 있나요?"

존이 다시 차분함을 되찾은 듯한 말투로 물었다.

"사실 저희로서 제일 우려되는 부분은, 우주선의 도킹보다도 부품의 교체를 위해 우주유영을 하는 부분입니다. 두 부품 모두 이온추진기 뒤쪽에 위치하고 있기 때문에, 작업을 하기 위해서는 이온추진기의 전원을 차단하거나 추진기의 위험반경 안에 들어가지 않도록 주의하면서 작업을 해야만 합니다."

오웬이 말했다.

"궤도를 교정하기 위해서 토성 근처로 다가가려면 시간이나 출력이 빠듯한데, 이온추진기를 하루에 몇 시간씩 꺼놓는 것이 가능한가요?"

사라가 우려 섞인 목소리로 말했다.

"저희도 그 부분에 대한 해답을 찾고 있습니다. 부품이 크고 예상 작업시간이 길기 때문에, 작업시간 동안 이온추진기를 아예 꺼놓으면 궤도 수정이 불가능할 수 있습니다. 그렇다고 최대로 가동하고 있는 이온추진기 근처에서 작업을 하기에는 이온화염이 너무 위험합니다."

오웬이 다소 조심스러운 말투로 대답했다.

"네, 이 부분에 대해서는 이온추진기를 제작한 글렌우주센터와 상의해서 정확하고 안전한 방안을 상의하고 있으니, 결정이 내려지는 대로 알려드리도록 하겠습니다. 우선은 델타 IV 로켓의 발사와 랑데부가 성공적으로 이루어지도록 최선을 다하겠습니다."

브라이언이 서둘러 영상통화를 마무리하며 말했다.

"아직 답을 찾지 못한 모양이군······."

통화 종료 버튼을 누르며 존이 말했다.

"이온추진기를 켜놓고 그 뒤에서 작업을 한다…… 스릴은 끝내주겠는데요?"
토마스가 헛웃음을 터뜨리며 말했다.
"본부에서 하라면 그렇게 해야지. 우선은 호쏜에서 보내온 보고서를 보면서 손상목록을 다시 한번 확인하자고. 저쪽에서 빠뜨린 것이 있을지도 모르니까."
존이 두 사람을 다독이며 말했다.

이틀 후, 헬리온 탐사선은 지구 표면에서 600킬로미터 높이까지 근접했다.
탐사선의 속도가 지구 저궤도의 공전속도보다 훨씬 빨랐기 때문에, 반나절이면 반환점을 돌아 지구궤도 밖으로 튕겨져 나갈 예정이었다. 탐사선의 왼쪽 창으로, 어지럽게 대륙을 뒤덮은 구름이 태양빛을 반사하며 하얗게 빛나고 있었다.
"이제 곧 로켓을 발사하겠네요."
사라가 손목시계를 들여다보며 말했다.
"그래, 10분 후면 발사시각이군. 여기서 플로리다가 보이면 좋을 텐데……."
존이 조종실에 앉아 창밖으로 고개를 돌리며 말했다.
아직 안테나의 구동장치를 교체하지 않았기 때문에, 탐사선이 지구에 근접한 이후로는 안테나가 지구를 향하지 못한 채 기울어져 있었다. 기초적인 데이터와 간단한 교신은 예비안테나를 통해 이루어졌지만, 델타 로켓의 발사 상황을 중계하기에는 역부족이었다.
"발사가 정상적으로 이루어지면, 호쏜에서 메시지를 보내줄 거예요."

사라가 아쉬운 표정으로 창밖을 바라보았다.

"토마스, 예상 랑데부 시각까지는 얼마나 남았지?"

존이 물었다.

"2시간 후입니다. 발사가 확인되면 타이머를 작동시키려고요."

토마스가 오버헤드 콘솔을 조작하며 말했다.

잠시 후, 조종실 계기화면에 새로운 메시지 수신을 알리는 알림음이 울렸다.

-델타 로켓 발사. 1단 로켓 분리 성공
-예상 랑데부 시간 UTC 11:32
-우주선 교신 주파수 UHF 402.33MHz

"델타 IV 헤비 발사되었습니다."

토마스가 조종실의 콘솔의 교신 주파수를 402.33MHz에 맞추며 말했다.

헬리온 탐사선의 속도가 상대적으로 빠를 뿐 아니라, 안테나 이상으로 지상에서 탐사선을 조종하는 데 어려움이 있었기 때문에, 이번 랑데부는 호쏜이 아닌 헬리온 탐사선에서 주도하기로 되어 있었다.

2단 로켓이 분리된 후, 부품을 실은 우주선이 가동을 시작하면, 토마스가 원격으로 우주선을 유도할 예정이었다.

"랑데부를 직접 해보는 것은 오랜만이군."

토마스가 계기판 세팅을 다시 한 번 확인한 후, 우주선 조종을 위해 조종실 뒤편으로 이동했다. 드론을 조종하기 위해 마련된 콘솔에서 우주선과의 랑데부를 진행할 계획이었다.

-2단 로켓 분리 완료
-UTC 10:58:31 우주선 가동 시작

알람 소리와 함께 도착한 메시지를 확인한 토마스가 콘솔 화면에 집중하며 조종간을 움켜쥐었다.
잠시 후 화면 위로 우주선에 장착된 카메라 화면에 푸른 지구와 대비하여 검은 우주의 모습이 드러났다.
"사라, 거리와 속도 좀 확인해줄래?"
토마스가 조종실 앞자리에 앉은 사라를 향해 말했다.
"거리는 520킬로미터, 탐사선과의 상대속도는 초속 0.7킬로미터예요."
사라가 빠르게 변화하는 숫자를 주시하며 말했다.
"더럽게 빠르군. 임무컴퓨터에도 우주선의 위치가 확인됐지?"
토마스가 물었다.
"네, 방금 우주선 위치를 포착했어요. 헬리온 탐사선으로부터 500미터까지는 자동으로 유도하고, 이후에는 수동으로 랑데부할 예정입니다."
사라가 계기화면 위에 깜박이는 우주선 아이콘을 확인하며 말했다.
"좋습니다. 조금 있으면 근접경보장치가 자동으로 울릴 테니까 당황하지들 마시고……."
토마스가 여전히 화면에서 눈을 떼지 않은 채 말했다.

"아, 이번에는 안 울릴 거예요."

사라가 토마스를 바라보며 말했다.

"어떻게? 경보를 해제하는 법을 호쏜에서 알려줬어?"

토마스가 사라를 힐끔 쳐다보며 물었다.

"아, 아니요. 원래 근접경보장치는 앞쪽과 측면에만 설치되어 있어요. 엄청난 속도로 날아가는 탐사선 뒤쪽에서 어떤 물체가 다가올 것이라고는 누구도 예상하지 못했으니까요. 시끄러운 경보음은 없을 테니 더 잘 집중할 수 있을 거예요."

사라가 웃으며 대답했다.

"다행이군. 귀마개라도 해야 하나 걱정했는데."

존이 미소 지었다.

잠시 후, 존의 화면 테두리에 붉은 불빛이 점등되며 우주선의 접근을 알렸다. 곧 자동에서 수동으로 조종이 전환됨을 의미하는 신호였다.

"거리 950미터, 상대속도는 초속 50미터에서 계속 줄어들고 있습니다."

사라가 말했다.

토마스의 콘솔 화면으로 원 모양의 푸른 불빛이 점점 커지기 시작했다.

눈부심을 줄이기 위해 토마스가 화면의 다이얼을 돌려 밝기를 감소시키자, 우주선에서 분사하는 소형 역추진 로켓의 화염이 가장자리로 붉게 나타났다.

"드디어 오셨군요. 우리의 구세주."

토마스가 혼잣말로 중얼거렸다.

"궤도 및 속도 양호합니다. 랑데부 예상 시각 3분 후."

사라가 긴장된 목소리로 말했다.

"수동 유도 시작합니다."

토마스가 우주선의 속도를 더 줄이기 위해 조종간을 가볍게 뒤로 당기며 말했다.

잠시 후 우주선의 뒤쪽으로 접근하자, 토마스가 조종간을 왼쪽으로 당겨 우주선의 위치를 조정했다. 중력휠과 이온추진기와의 충돌을 피하기 위한 조치였다.

"우주선이 탐사선 끝쪽에 도달했습니다. 현재 상대속도 초속 5미터, 랑데부 예상 시각 1분 후."

사라가 계기화면을 응시하며 큰 소리로 말했다.

우주선이 중력휠을 지나치자, 조종실 옆쪽으로 위치한 도킹스테이션의 출입문이 시야에 들어왔다.

중력휠 앞쪽에서 비춘 강한 조명을 도킹스테이션의 금속 결합구조물이 강하게 반사하고 있었다.

"좋아…… 한 번에 성공시켜야지…… 랑데부에 두 번이란 없으니까."

토마스가 습관처럼 중얼거렸다. 그가 조종간을 미세하게 움직이며 화면에 나타난 십자조준선이 가운데 위치하도록 노력했다.

"컨택!"

탐사선 전체를 울리는 쿵 소리와 함께 토마스가 조종간을 조심스럽게 놓으며 외쳤다.

"랑데부 확인했습니다. 도킹시스템 고정합니다."

사라가 말했다.

"랑데부 정상적으로 진행되었습니다. 수고했어요, 토마스."

잠시 후, 사라가 계기화면에 나타난 수치들이 정상임을 확인하며 말했다.

"역시 실력은 녹슬지 않았군."

존이 토마스의 어깨를 두드리며 말했다.

"화면을 보면서 수동유도를 해보기는 오랜만이라. 조금 긴장하긴 했죠."

토마스가 미소를 감추지 못한 얼굴로 말했다.

"이제 가서 선적물품을 확인해보자고. 앞으로 2주일 동안은 쉬지 않고 일할 거리를 가져다준 호쏜에도 감사의 인사를 전해야지."

존이 도킹스테이션으로 이동하며 말했다.

존과 사라가 도킹 어댑터를 지나 문에 장착된 잠금장치를 돌렸다.

사라가 벽을 잡고 문 손잡이를 당기는 순간, 두 사람은 눈앞에 펼쳐진 우주선 내부의 모습에 할 말을 잃어버리고 말았다. 불빛 하나 없이 어두운 우주선 안은 어떠한 물건도 실려 있지 않은 채로 텅 비어 있었다.

Repair of Hellion

2024년 3월 28일

같은 시각, 사라와 존은 손전등을 들고 우주선 내부를 확인하고 있었다.

원래 사람을 수송하기 위해 만든 우주선이었지만, 의자나 계기 콘솔 같은 부품이 모두 제거되어 있었다.

단열을 위해 필수적인 내벽 또한 없었기 때문에, 우주선 내부는 입김이 뿜어져 나올 정도로 추웠다.

"어떻게 된 거죠, 존?"

우주선 안에 아무것도 없음을 확인한 사라가 물었다.

"글쎄, 호쏜에서 별다른 얘기가 없었는데……. 부품을 아예 싣지 않은 것은 아닐 테고."

존이 의아한 듯 고개를 기울이며 말했다.

"토마스, 호쏜에서 연락온 것은 없어요?"

사라가 조종실 쪽을 향해 큰 소리로 물었다.

"랑데부가 성공했다고 메시지를 보냈어. 아직 답은 없는걸."
토마스가 계기화면을 확인하며 말했다.

주 통신안테나가 지구를 향하지 못한 이후부터, 모든 교신은 10단어 미만의 단문 메시지를 통해서만 이루어지고 있었다. S-밴드 PM 안테나와 예비 Ku-밴드 안테나 모두 탐사선의 데이터를 전송하는 데 모든 대역폭을 사용하고 있었기 때문에 응급상황을 제외하고는 음성 교신이 제한되었다.

"토마스, 호쏜에 다시 연락 좀 해줘요. 화물칸이 텅 비어 있다고."
사라가 다시 말했다.

"뭐? 그게 무슨 말이야."
토마스가 좌석에서 벨트를 풀더니, 도킹스테이션 쪽으로 이동하며 말했다.

"이런……."
직접 눈으로 우주선이 빈 것을 확인한 토마스가 다시 자리로 돌아가 교신을 시도했다.

-랑데부 성공. 화물칸에 물건 없음

잠시 후, 호쏜에서 메시지가 도착했다.

-문제 없음
-안테나 구동장치 복구 먼저 시도할 것

"아니, 이게 무슨 소리야. 이상이 없다니."

토마스가 이내 화를 억누르며 다시 메시지를 보냈다.

-상세사항 설명 바람

이어서 호쏜에서 답문이 도착했다.

-부품은 우주선 외부에 장착되어 있음
-통신 복구 후 상세사항 전달 예정

"부품이 우주선 외부에 있다고?"
메시지를 확인한 토마스가 탐사선의 외부 카메라 화면을 확인했다.
호쏜의 메시지대로, 우주선의 뒤편에 안테나 접시로 추정되는 둥근 물체가 금색 보호막에 둘러싸인 채로 부착되어 있었다.
"안테나를 저기에 숨겨놨군."
화면을 확인한 존이 말했다.
"이걸 이제야 알려주다니······."
사라가 고개를 휘휘 저으며 말했다.
"안테나야 분해를 할 수 없으니 그렇다고 치고, 외벽 모듈은 어디에 있는 거지?"
존이 외부 카메라 화면을 이리저리 돌려보며 물었다.
"통신 안테나를 복구하고 나면 상세히 알려주겠답니다."
토마스가 투덜대며 자리로 이동했다.
"안테나 부품은 도착했으니, 교체작업은 언제 시작하죠?"
사라가 토마스의 어깨에 손을 얹으며 말했다.

"안테나 교체 절차에 대한 매뉴얼이 오늘 아침에 도착했어요. 점심 전에 모여서 같이 의논하고 가급적이면 오후부터 작업을 시작하는 게 좋겠군요. 호쏜이 무슨 생각을 가지고 있는 건지 궁금해서 못 참겠네요."

토마스가 태블릿에서 매뉴얼 파일을 열며 말했다.

"좋아, 구동모듈 교체는 다들 수십 번 연습해봤을 테고, 안테나 분리하는 법만 확인하면 되니까 오후에 시작하기로 합시다."

존이 고개를 끄덕이며 말했다.

두 사람 모두 이미 수십 차례 경험해본 우주유영이었지만, 이번에는 작은 차이가 있었다. 아무런 속도 변화 없이 지구 저궤도를 공전하던 때와 달리, 지금은 탐사선이 지구궤도를 벗어나며 미세하게 가속을 하고 있었다.

비록 큰 가속도는 아니었지만, 작업 도중 주기적으로 자신의 위치를 확인하지 않으면, 자신도 모르는 사이에 탐사선으로부터 멀어질 수도 있었다. 결국 사라와 토마스는 만약의 경우를 대비해, MMU를 장착한 상태에서 우주밧줄로 몸을 고정하기로 했다. 그리고 거추장스러운 이 줄로 인해 작업 속도는 평소보다 절반가량으로 줄어들었다.

더 큰 문제는 이온추진기에 있었다.

탐사선이 속도를 올리지 않으면 예정된 궤도를 유지할 수 없었기 때문에, 호쏜에서는 이온추진기를 그대로 켠 채 작업을 진행할 것을 지시했다.

이온추진기의 지름이 탐사선의 동체보다 훨씬 더 컸기 때문에 탐사선에서 10여 미터 이상 벗어나지만 않는다면, 이온 흐름에 우주복이 손상될 가능성은 많지 않았다. 결국 두 사람은 평소에 비해 극히 제한된 환경에서 안테나 교체작업을 진행해야만 했다. 그리고 이러한 제약으로 인해 교체작업은 예상 시간을 훌쩍 지나 8시간을 넘어가고 있었다.

두 사람은 에어로크에서 MMU와 생존유지 장비를 충전하기 위해 두 차례 잠시 휴식을 취한 것 이외에는 쉴 새 없이 작업을 지속하고 있었다.

"마치 좁은 통 안에서 일하는 것 같은 느낌이군."

토마스가 로봇팔에 달린 새 안테나 접시를 안테나 구동모터 위로 옮겨다놓으며 말했다.

"차라리 통이라면 낫겠어요. 경계가 보이기라도 하니까."

사라가 고개를 돌려 이온추진기를 바라보며 말했다. 추진기에서 뿜어져 나온 푸른색 화염이 점점 옅어지며 십여 미터 남짓 뻗어나가고 있었다.

"그래도 새 안테나를 부착하기만 하면 되니 조금만 참자고."

토마스가 로봇팔의 컨트롤 레버를 당기자, 지름 3미터 크기의 안테나가 사라의 시야를 가렸다.

"눈이 부시지 않아 좋군요."

사라가 안테나가 태양을 가리며 만들어낸 그늘 밑으로 몸을 숙였다.

"이제 그 밑에서 안테나 뒷부분을 고정해줘."

토마스가 뒤로 물러서며 말했다.

"네, 알겠습니다."

사라가 안테나의 끝 부분을 잡은 채 결합 부위를 구동모터 쪽으로 가져갔다.

유격 없이 빽빽하게 끼어 있는 두 부품을 결합하기 위해 사라가 고무망치로 결합 부위를 몇 차례 두드렸다. 몇 분간 거대한 부품과 씨름한 끝에 안테나 구동축에 샤프트가 결합되자, 사라가 마지막으로 키를 집어넣었다.

"안테나 접시는 교체를 완료했습니다. 이제 케이블만 연결하면 돼요."

사라가 접시 그늘 밖으로 나와 구동모터와 접시를 잇는 굵은 케이블을 결합하며 말했다.

"수고했어요, 사라, 토마스."

작업 상황을 모니터로 지켜보고 있던 존이 말했다.

"잘 작동하나요?"

사라가 숨을 내쉬며 물었다.

"안테나 연결이 된 것은 확인했어요. 테스트가 완료되고 나서 이상이 없으면 복귀합시다."

존이 콘솔 화면을 확인하며 말했다.

"그나저나 토마스, 저 녀석은 어떻게 해야 하죠?"

사라가 심하게 찌그러진 안테나 접시를 가리키며 말했다.

"그러게, 저렇게 묶어놓은 채 가지고 갈 수는 없을 테고······. 존, 호쏜에서 교체한 안테나를 어떻게 처리하라는 지침이 있었어요?"

토마스가 물었다.

"응, 매뉴얼 마지막 페이지에."

존이 대답했다.

"이거 우리가 가져가나요?"
토마스가 다시 물었다.
"아니, 매뉴얼에는 정확히 이렇게 적혀 있어."

교체한 안테나는 주변에 위험이 없는지를 확인한 후, 탐사선 동체와 직각한 방향으로 강한 힘을 가하여 처리한다.

"이런, 2024년에 어울리지 않게 비과학적이군."
존이 난감하다는 표정을 지으며 말했다.
"호쑨도 어지간히 정신이 없나 보군요. 하긴 여기는 뭐, 위성들이 다니는 궤도가 아니긴 하지만."
토마스가 대수롭지 않다는 듯이 말했다.
"그럼, 안테나 접시는 매뉴얼대로 처리할게요."
사라가 고장 난 안테나 쪽으로 몸을 옮기며 말했다.
사라가 몸을 탐사선 동체에 고정시킨 후, 양손으로 접시의 가장자리 부분을 잡았다. 그녀가 있는 힘껏 접시를 밀어내자, 100kg에 가까운 접시가 천천히 탐사선 동체로부터 멀어지기 시작했다. 몇 초 후, 접시가 동체로부터 10여 미터 떨어진 곳에서 갑자기 반 바퀴 회전하더니, 순식간에 속도가 증가하며 탐사선으로부터 멀어졌다.
"우리가 생각이 짧았군. 호쑨이 옳았어."
토마스가 멋쩍은 웃음을 지으며 말했다.
"그러게요. 이온추진기 흐름 안으로 들어가면 저렇게 될 수 있다는 것을 경고하는 것 같군요."
사라가 동체에 고정되어 있던 줄을 풀며 말했다.

"작업이 다 끝나고 나서 알게 되어 다행이군."

토마스가 우주밧줄을 당기며 사라 쪽으로 다가왔다.

"아직, 외부 모듈 교체가 남았잖아요. 어떻게 하려는 건지 이제 들어가서 호쏜의 의견을 들어보자고요."

사라가 에어로크로 향하며 말했다.

에어로크의 외부 해치를 열고 안으로 들어가면서 사라는 잠시 뒤를 돌아보았다.

탐사선이 지구를 반 바퀴 돌아 궤도를 벗어나기 시작한 이후부터, 지구는 그 크기가 눈에 띄게 줄어들었다.

작업을 시작할 즈음 시야의 절반을 채우던 지구는 어느덧 밤하늘에서 보던 달 크기만큼이나 작아져 있었다. 지구와 52만 킬로미터 떨어진 이곳에서 사라와 승무원들은 곧 다가올 토성과의 조우를 준비해야만 했다.

Repair of Hellion II

2024년 3월 30일

사라와 토마스가 에어로크에서 우주복을 갈아입자마자, 존이 두 사람을 조종실로 호출했다. 조종실에서는 존이 호쏜과 영상통화를 진행하고 있었다.

"급하게 작성하느라 매뉴얼이 완벽하지 않았을 텐데, 수고가 많았어요."

스크린 너머로 브라이언이 인사를 건넸다.

"네, 그동안 통신이 제대로 되지 않아 불편함이 많았는데, 안테나 수리가 잘되어서 다행이네요."

사라가 말했다.

"미리 전해주지 못해서 우리도 미안하게 생각하고 있어요."

브라이언 옆에 서 있던 오웬이 입을 열었다.

"아, 안테나를 숨겨놓은 것 말하시는군요?"

토마스가 미소를 띠며 말했다.

"네, 그것도 그렇지만, 다음 작업과 관련한 사항이요. 우리도 시간이 촉박해서 우선 아이디어 단계에서 계획을 승인했는데, 이제야 구체적인 작업지침을 마련했습니다."

오웬이 말했다.

"외벽 교체작업 말씀하시는 거군요. 그나저나 교체해야 할 외벽은 어디에 있는 거죠?"

사라가 끼어들며 물었다.

"안테나를 운반했던 우주선의 외벽 구조물이 바로 교체에 사용할 부품입니다."

오웬이 무뚝뚝한 표정으로 대답했다.

"이런……."

토마스가 무언가 예상했다는 듯이 중얼거렸다.

"어쩐지 안테나를 운반하면서 보니까 우주선의 외벽이 케블라 재질로 되어 있더라고요. 단순히 일회용으로 사용할 우주선에 이런 비싼 재료를 사용할 리가 없다고 생각했는데, 역시나였군요."

토마스가 말했다.

"네, 맞아요. 외벽 모듈 자체의 크기 때문에 델타 로켓에 온전히 실을 수가 없었습니다. 그렇다고 부품을 로켓 바깥 부분에 부착할 수도 없었고요. 결국 급조해낸 것이 외벽 모듈로 이루어진 우주선을 만들고 그것을 보내는 방법이었어요. 이 모든 게 3일 만에 일어난 일임을 이해해주세요."

브라이언이 몸을 비켜 호쏜의 미션컨트롤센터 내부를 비추며 말했다.

늦은 시간임에도 센터는 오가는 사람들로 분주했다. 군데군데 빈

자리가 보이는 콘솔 위에는 각종 커피음료와 먹을거리들이 잔뜩 쌓여 있었다.
　잠시 자리를 비운 직원들은 통제실 옆에 마련된 의자에 누워 쪽잠을 자고 있었다.
　"안테나야 그냥 조립하면 되지만, 외벽은 어떻게 분리하고 조립해야 할지 존슨우주센터와 맞춰봐야 했어요. 구체적인 작업 동영상도 촬영해야 했고. 아무튼 결과적으로는 매뉴얼이 나왔으니, 곧 영상을 전송하도록 하겠습니다."
　브라이언이 이전보다 활기찬 목소리로 말했다.
　"아, 그리고. 이틀 후부터는 실시간으로 영상통화하는 것은 어려울 거예요. 신호 전송 딜레이가 5초를 넘어가면, 서로 대화하는 데 많이 어려울 테니."
　브라이언이 말했다.
　"이런, 아들 녀석이 알면 난리가 날 텐데……."
　토미스키 난감한 표정을 지으며 말했다.
　"외벽 모듈 교체작업은 언제부터 시작해야 하죠?"
　사라가 물었다.
　"토성 근처에 가기 전까지는 충돌 위험지역이 없기는 한데, 그래도 우주는 예상한 것과는 항상 다르니까요. 저희 쪽에서 검토한 바에 의하면, 우주선을 분해하고 모듈을 조립하는 데 작업시간으로 50시간 정도 필요합니다. 넉넉히 일주일 정도는 잡아야 할 거예요."
　오웬이 대답했다.
　"그래요, 그럼 전송된 스케줄표를 확인하고 우리 쪽에서 바로 작업을 시작하겠습니다."

존이 고개를 끄덕이며 말했다.

"그 전에 저는 잠깐 가족들이랑 통화 좀 해야겠네요."

토마스가 한 손에 태블릿을 챙긴 채 급히 공동거주구역으로 향했다.

아들이라면 꼼짝 못하는 토마스의 모습에 존과 사라가 웃음을 지었다.

"그리고, 중력휠은 언제부터 가동할 수 있죠? 난장판을 정리하는 것도 큰일인데······."

사라가 다시 화면을 바라보며 물었다.

"중력휠 사용은 외벽 모듈 교체를 완료하고, 개인거주구역 폐쇄를 해제한 이후에나 고려하고 있습니다. 불편하더라도 조금 더 기다려야 할 것 같군요."

브라이언이 대답했다.

"좋습니다. 아직은 중력에 대한 그리움이 조금 덜할 때니까. 아무튼 수고 많으셨습니다. 작업을 진행하는 대로 다시 연락하겠습니다."

존이 가볍게 손을 들어 보이며 말했다.

"두 사람 다 오늘은 좀 쉬고, 내일부터 작업을 시작하도록 하지. 동영상 매뉴얼을 보면서 작업 방식에 대해서도 논의를 해야 하니까."

존이 사라를 바라보며 말했다.

"네, 바깥에 오래 있었더니 피로가 좀 몰려오네요. 저는 3번 구역에서 좀 쉬고 있을게요."

사라가 손잡이를 잡고 몸을 밀쳐내며 말했다.

"좋습니다. 내가 조종실에 있을 테니, 8시간 후에 다시 만나기로 합시다."

존이 조종실 한편에 마련된 간이침대로 이동하며 말했다.

사라는 개인거주구역으로 돌아와 침대가 마련된 공간으로 몸을 이동했다.

이곳은 중력이 없는 탓에 앉는 것과 눕는 것의 구분은 없었다. 다만 눕는 자세를 취하면 조금 더 다리를 편 채 창밖을 더 가까이서 바라볼 수 있었다.

파편과의 충돌로 사라의 공간이던 1번 거주구역이 폐쇄되었기 때문에 그녀는 임시로 존의 공간을 사용하고 있었다. 이것저것 개인물품으로 가득한 그녀의 공간과 달리, 이곳은 단정하고 깔끔한 존의 성격이 그대로 묻어났다.

27인치 모니터 두개가 놓인 책상에는 바닥에 고정된 무선키보드와 트랙패드 이외에 다른 물품은 없었다. 모니터 옆에는 5년 전 사별한 아내와 젊은 시절 찍은 사진 한 장만이 붙어 있었다. 그의 유일한 혈육이던 아들 역시, 같은 사고로 목숨을 잃었지만 존의 방에서는 그 흔적을 찾을 수 없었다.

존은 아내와 아들의 사고 소식을 4번째 우주정거장 체류 임무 중에 접했다. 아내가 운전하던 SUV는 눈이 옅게 쌓인 커브 길에서 뒷바퀴가 미끌어지며 논두렁으로 빠졌다. 안전벨트를 하지 않은 채 뒷좌석에 앉아 있던 아들은 그 자리에서 사망했으나, 아내는 의식을 잃은 채 3개월을 중환자실에서 보내야만 했다.

존은 사고 소식을 접하고도 눈물을 보이지 않았다. 평소보다 말수가 적어지긴 했지만, 그는 정해진 임무를 모두 완수하고 예정대로 2주 후에 소유즈 우주선을 타고 귀환했다. 존은 휴스턴에 자신의 귀환일정을 앞당겨줄 것을 요구하지도, 아내의 상태에 대해 재촉하며 묻지도 않았다.

지구에 돌아온 직후에야, 그는 아들의 늦은 장례식에 참석할 수 있었다. 그리고는 남은 2개월 동안 휴가를 제출한 채 중환자실의 아내를 돌보며 지냈다.

별다른 차도 없이 눈 한 번 마주치지 못한 채 아내를 떠나보내야 했지만, 두 번째 장례식을 마친 그날 오후, 존은 직장으로 복귀했다.

이 기간 동안 그가 딱 한번 화를 낸 순간은, 존슨우주센터의 스케줄러가 존의 다음 비행 스케줄을 연기했다는 것을 알게 되었을 때 뿐이었다. 그는 정중하면서도 격앙된 목소리로, 스케줄을 원래대로 돌려놓을 것을 주문했다. 동료들은 존이 집으로 돌아가는 것을 주저하고 있다는 것을 느낄 수 있었다. 그에게는 이전처럼 바쁜 생활을 유지하는 것만이 슬픔에서 벗어날 수 있는 유일한 출구인 것처럼 보였다.

브라이언이 가족들과의 영상통화를 권유했을 때, 사라는 순간 움찔했다. 아마 브라이언이 존의 사정을 모르고 있을 것이라는 생각이 들었다.

아무렇지도 않다는 듯이 먼저 제 방으로 날아간 토마스가 원망스럽기도 했지만, 존의 표정에서는 작은 감정적 동요도 느껴지지 않았다. 존이 사라에게 자신의 방을 내어준 것은 그나마 그가 '상실감'을 잃어버리지 않고 있음을 보여주는 작은 단서였다.

잘 정돈된 존의 방을 둘러보던 사라는, 탐사선의 상태 확인을 위해 벽에 붙어 있는 모니터 옆으로 시선을 돌렸다. 그곳에는 지상과 언제든지 영상통화를 할 수 있는 단말기가 붙어 있었다.

평소라면 개인 태블릿으로도 영상통화가 가능했지만, 안테나 교체 이후 생긴 펌웨어 버전 차이 때문에 당분간은 전용단말기로만 통화가 가능했다. 사라는 1년 전 가족들이 있는 카리부를 마지막으로 방문할 때 스스로 했던 말을 떠올렸다.

'기간은 예전에 비해 조금 긴데 영상통화도 할 수 있고 계속 편지도 주고받을 수 있어요.'

오랜 탐사기간을 걱정하는 부모님께 직접 얼굴을 맞대고 통화할 수 있다고 안심시켰지만, 막상 우주에 온 이후에는 한 번도 영상통화를 한 적이 없었다.

첫날 잘 도착했다는 영상 메시지를 부모님께 보낸 이후로는 단지 남동생과 몇 차례 이메일과 메시지를 주고받았을 뿐이었다. 오랫동안 떨어져 지내면서 생긴 거리감은, 시간이 지나도 쉽게 극복할 수 없었다.

잠시 머뭇거리던 사라가 태블릿을 통해 미국 동부의 시각을 확인했다.

조금 늦긴 했지만, 아직 부모님이 주무실 시간은 아니었다.

단말기로 전화를 걸면 탐사 시작 며칠 전 NASA에서 집에 설치해준 '통신전용 컴퓨터'로 신호가 갈 터였다. 새로운 전자제품이 집에 도착한 이후, 몇 번이고 전화벨이 울리기를 기다렸을 어머니를 생각하며 사라는 순간 미안한 마음이 들었다.

몇 분을 머뭇거린 후, 사라는 단말기 앞으로 다가가 수화기를 들었다. 그동안의 송수신 목록에 아무것도 뜨지 않는 것을 확인하자 잠시 존의 모습이 떠올랐지만, 그녀는 카리부를 연결하는 번호를 눌렀다.
 잠시 후 신호가 잠깐 멈추더니 화면에 '연결 중'이라는 메시지가 나타났다.
 이어서 어색하게 수화기를 들고 있는 아버지의 얼굴이 나타났다.
 시선을 어디에 두어야 할지 두리번거리고 있는 아버지를 향해 사라가 먼저 웃으며 인사를 건넸다. 딸의 얼굴이 잘 보이지 않는지, 한 발 뒤로 물러서서 화면을 바라보는 아버지를 보며 사라는 가슴이 뭉클해지는 것을 느꼈다.

Randezvous with Saturn

2024년 7월 8일

    작업은 예상했던 것보다 더 어려웠다. 지상에서 충분히 시뮬레이션을 거치지 않은 까닭에 우주유영 도중 작업이 중단되는 일도 여러 차례 있었다. 토성궤도에 진입하기 전까지는 어떻게든 외부 모듈 교체를 마쳐야 했기 때문에 작업을 지연시킬 수도 없었다.
    사라와 토마스는 하루에 8시간으로 예정된 우주유영 시간을 훌쩍 넘겨, 반나절 이상을 답답한 우주복 안에서 보내야만 했다.
    존이 한두 차례 작업을 도와주기도 했지만, 큰 도움이 되는 것은 아니었다. 그는 훌륭한 파일럿이었지만, 임무비행사로 제대로 훈련을 받은 적이 없었다. 사라와 토마스는 자신들이 중노동자임을 인정하며, 강도 높은 작업을 이어가야만 했다.
    결국 토성궤도 진입을 한 달여 남겨두고 보기 흉하게 찌그러진 3개의 외벽 모듈의 교체가 완료되었다.

호쏜에서는 손상된 외벽을 떼어내면 내벽 일부에도 흠집이나 관통 부위가 있을 것이라고 예상했지만, 다행히 실내와 맞닿아 있는 내벽은 별다른 손상 없이 멀쩡했다.

조종실 옆 도킹스테이션에는 손상된 외벽들을 이용하여 다시 조립된 탐사선이 고스란히 놓여 있었다.

안테나 교체작업 때와는 달리, 외벽들은 우주공간으로 버려지지 않고 다시 탐사선의 부품으로 재활용되었다. 토마스의 끊임없는 불만을 자아낸 이 '쓸데없는' 작업에는 나름의 이유가 있었다.

헬리온 탐사선이 곧 지나가게 될 토성은 NASA의 태양계 행성 탐사에서 가장 미지의 존재 중 하나였다.

2006년 토성 탐사선 카시니-하위헌스 호가 토성의 위성 중 하나인 엔셀라두스에서 물이 뿜어져 나오는 듯한 용출 흐름을 발견한 이후로, 토성탐사는 다시 주목을 받기 시작했다.

NASA의 JPL연구소는 2015년 발사를 목표로, 엔셀라두스에서 생명의 근원을 찾기 위한 탐사 프로젝트 '엔셀라두스 라이프파인더'를 기획했지만, 예산 문제로 마지막 단계에서 좌절을 맛보아야만 했다.

결국 NASA는 엔셀라두스 라이프파인더에 탑재할 예정이던 관측 장비들을 헬리온 탐사선에 부품을 전달한 우주선에 싣기로 결정했다.

헬리온 탐사선이 토성 주위를 지나치는 동안, 새롭게 조립된 이 작은 탐사선은 헬리온으로부터 분리되어 엔셀라두스의 궤도에 진입할 예정이었다.

이후 엔셀라두스의 극점을 선회하며 물줄기의 구성 성분과 위치를 상세히 분석한 후, 그 결과를 헬리온 탐사선으로 전송하도록 했다.

수십 번의 극궤도 선회가 끝난 뒤에는 물줄기를 향해 자유낙하하면서 엔셀라두스의 옅은 대기를 분석하고, 지표면과 충돌하는 것이 엔셀라두스 탐사선으로 붙여진 이 작은 우주선의 마지막 임무였다.

다소 급조된 이번 미션으로 인해, NASA와 SpaceZ는 헬리온 프로젝트의 체면을 챙기면서도 대중의 관심을 유지할 수 있는 발판을 마련했다. 단독으로 진행되었다면 수천억 원 이상이 필요했을 '토성 위성 엔셀라두스 탐사 프로젝트'를 저렴한 비용으로 추진할 수 있다는 것은 분명 큰 매력이었다.

며칠 전부터 창밖을 가득 채우고 있는 토성을 바라보면서 사라가 무심한 표정으로 감탄했다.

"정말 거대하군요. 믿을 수가 없어요."

"인류 역사에서 처음으로, 토성을 직접 보게 된 것을 축하합니다."

조종실에 앉아 스윙바이 관련 매뉴얼을 살펴보고 있던 토마스가 고개도 들지 않은 채 대답했다.

"사진으로 보던 모습과는 전혀 달라요. 화려한 줄무늬도 잘 눈에 띄지 않고, 훨씬 더 무채색에 가까운 느낌이에요."

사라가 여전히 창밖을 보며 말했다.

"인터넷에 돌아다니는 사진은 다 포토샵을 해서 그렇다니까."

토마스가 살짝 고개를 들어 조종실 창문 밖을 바라보았다.

"아무리 그래도, 저는 토성의 고리는 선명하게 보일 줄 알았어요. 실제로 보니 가느다란 선들이 모여 있는 것만 같아요. 집중해서 보지 않으면 놓치기 쉬울 정도로."

사라가 멈춘 듯 토성 주위를 돌고 있는 고리를 응시하며 말했다.

"토마스는 별로 감흥이 없는 것 같네요."

사라가 토마스를 바라보며 말했다.

"자꾸 쳐다보면 놀랍기만 하고 별다른 이득이 없잖아. 무엇보다 저 '손님'을 안전하게 모셔다드리는 게 중요하니까."

토마스가 조종실 왼쪽 창문으로 어렴풋이 보이는 엔셀라두스 탐사선을 가리켰다.

"얼마 후에 발사해야 하죠?"

사라가 물었다.

"1시간 20분 정도 후에. 임무컴퓨터가 조만간 카운트다운을 시작할 거야. 이제부터는 호쏜의 도움 없이 우리가 알아서 해야 한다고."

토마스가 태블릿의 매뉴얼 화면을 쓸어 넘기며 말했다.

"아, 토마스. 그런데 그 손님, 이름이 뭐죠?"

사라가 토마스를 바라보며 물었다.

"워터폴."

토마스가 천천히 고개를 가로로 저으며 대답했다.

"NASA에서 지은 이름은 분명 아니군요."

사라가 가볍게 웃으며 말했다.

같은 시각, 호쏜의 미션컨트롤센터는 다시 분주해졌다.

탐사선이 지구로부터 15억 킬로미터 이상 멀어지면서, 호쏜의 역할은 그동안 지시를 내리던 것에서 일방적으로 보고를 받는 입장으로 바뀌었다.

이제 둘 사이의 거리는 빛의 속도로도 1시간 넘게 걸리기 때문에, 서로 의견을 교환하기 위해서는 2시간 이상의 시간이 필요했다.

"피터, 궤도에는 별다른 이상 없나요?"

구겨진 검은색 셔츠를 입은 채, 몇 시간째 단상 위를 서성이고 있던 브라이언이 물었다.

"네, 지금까지는요. 이제 80분 후면 토성과의 근접점을 지나갈 예정입니다."

피터가 대답했다.

"근접점을 지나면서 최대속도가 되었을 때, 이온추진기의 출력을 편향해서 방향을 조절할 거고요."

브라이언이 궤도 수정 절차를 되뇌듯 물었다. 이미 팀 내에서 여러 번 검토를 거치고 난 뒤 헬리온 탐사선의 임무컴퓨터에 전송한 내용이었다.

"네, 이제는 뭐가 잘못되어도 알려줄 수가 없겠네요."

피터가 브라이언의 반복되는 확인에 지친 듯한 말투로 대답했다.

헬리온 탐사선이 토성의 중력을 이용하여 궤도를 바꾸기로 한 이후부터 브라이언은 알 수 없는 불안감에 휩싸였다.

"워터폴 탐사선은 예정대로 투하할 수 있겠지?"

몇 분간 침묵을 지키던 브라이언이 다시 물었다.

"네, 근접점을 지나기 직전에 투하가 진행될 거예요. 토성중력에 이끌려서 궤도에 진입한 후에 엔셀라두스 근처에서 다시 속도를 줄여 극궤도로 들어갈 예정입니다."

워터폴 탐사선의 임무감독을 겸임하게 된 오웬이 대답했다.

"그래, 헬리온 탐사선의 궤도도 중요하지만, 워터폴 탐사선의 성공도 못지않게 중요하다고. 임무를 중단하지 않고 토성을 경유할 수 있게 된 가장 큰 이유니까."

브라이언이 말했다.

엔셀라두스 라이프파인더 프로젝트를 위해 제작되었던 여분의 탐사장비들과 아직 NASA 연구실에서 테스트 중이던 최신 탐사장비들이 탑재된 워터폴 탐사선은, 3조원가량의 예산이 소요된 카시니-하위헌스 탐사선 못지않은 관측 데이터들을 지구로 전송할 예정이었다.

별다른 추가 비용 없이 프로젝트급 성과를 낼 수 있다는 것은, 거듭된 실패로 인해 탐사 임무의 중단 압박을 받고 있던 SpaceZ와 NASA의 관리자들에게는 희망과도 같은 의미였다. 이번 임무가 성공한다면, 적어도 정부 고위관료들에게 탐사의 성과에 대해 이야기할 거리가 조금 더 생기는 셈이었다.

헬리온 탐사선과 실시간으로 교신할 수 있는 시점이 지나가자 비로소 마음의 안정을 되찾은 다른 직원들과 달리, 브라이언은 엄습해오는 불안감으로 인해 더욱 더 힘들어하고 있었다.

그는 탐사선으로부터 즉시 보고를 받을 수 없다는 점뿐 아니라, 문제가 생겨도 자신이 어떻게 해볼 도리가 없다는 사실을 견딜 수가 없었다. 계속해서 단상 위를 서성이던 그는 직원들이 보이지 않는 구석으로 이동한 후 주머니에서 작은 약통을 꺼냈다. 그리고는 수년 전부터 비상약으로 복용하고 있던 자낙스 두 알을 꺼내어 삼켰다.

"이제 5분 후면 토성에 가장 가까이 다가갑니다."

조종실에 앉아 임무컴퓨터의 보고 화면을 바라보던 토마스가 말했다.

"근접점을 지나고 나면 워터폴을 분리할 거죠?"

옆 자리에 앉은 사라가 여전히 조종실 밖 풍경에서 눈을 떼지 못한 채 물었다.

"응, 엔셀라두스가 우리 반대편에 있으니까 아마 근접점을 지나서 투하해야 할 거야.

모든 것은 전지전능하신 임무컴퓨터에게 맡기도록 하자고."

토마스가 능청스러운 목소리로 말했다.

"이름이 뭐죠?"

사라가 고개를 돌려 토마스를 바라보며 말했다.

"무슨 이름?"

토마스가 되물었다.

"임무컴퓨터 이름이요. 토마스가 전적으로 신뢰하고 있는."

사라가 가볍게 웃으며 말했다.

"아, 이름은 따로 붙이지 않을 거야. 이름을 붙이면, 이 녀석이 정말 지능이 있는 것처럼 생각되거든."

"그런 일이 있으면 안 되지. 인간만이 이 탐사선의 유일한 '지능'인데."

토마스가 단호한 표정으로 몸을 앞으로 내밀며 말했다.

"원래 HAL이라는 이름으로 불러볼까 생각했었는데……."

"잠깐만요, 저기 앞에 저게 뭐죠?"

사라가 갑작스레 끼어들며 말했다.

"어떤 거를 말하는 거야?"

토마스가 당황한 표정으로 조종실 주 창문 쪽으로 몸을 숙였다.

"저기 고리 옆쪽에요, 무언가 반짝이는 것들이 모여 있는 것처럼 보이지 않아요?"

사라가 토성의 고리 옆으로 별들이 둥글게 뭉쳐 있는 듯한 광경을 가리키며 말했다.

"저게 뭐지?"

토마스가 말끝을 흐리며 레이더 화면을 응시했다.

계기화면에는 탐사선 주변에 별다른 이상이 나타나지 않고 있었다.

"조금 더 가까이 가볼 수 있어요?"

사라가 토마스를 향해 물었다.

"안 돼. 지금은 우리가 궤도를 임의로 조절할 수 없어. 그랬다가는 영영 우주 미아가 되어버릴 수도 있다고."

토마스가 단호한 목소리로 대답했다.

"아, 그럼 우선 사진부터 확대해서 찍어보기로 하죠. 존? 지금 바로 조종실로 좀 와주세요."

사라가 선내방송 스위치를 켜며 다급한 목소리로 말했다.

잠시 후, 탐사선과 미지의 물체 사이의 거리가 가까워지자 그 윤곽이 조금 더 명확해졌다. 그것은 마치 지름 수백 미터 크기의 물방울이 토성 주위에 정지해 있는 모습이었다. 그 표면은 마치 주위의 모든 별들을 품고 있는 것처럼, 다양한 색깔의 천체들이 가득 차 있었다.

"이런……."

눈앞에 펼쳐진 광경에 몇 분간 넋을 놓고 있던 존이 탄식했다.

"저 구 표면을 잘 봐봐. 주변의 모습을 반사하고 있는 게 아닌 것 같아. 토성의 고리나 표면이 하나도 나타나 있지 않잖아. 여기서 자세히 보이지는 않지만, 반짝이는 녀석들도 행성이나 별의 형상은 아닌 것 같아."

존이 차분한 목소리로 말했다.

"그럼 저 안에서 반짝이는 것들이 도대체 뭐죠?"

사라가 잔뜩 상기된 표정으로 물었다.

"여기 카메라 영상을 한 번 확인해보시죠."

토마스가 방금 망원렌즈를 통해 촬영된 영상을 스크린에 띄우며 말했다.

"믿을 수 없군요……."

사진을 찬찬히 살피던 사라가 말했다.

탐사선이 촬영한 사진에는 주변이 일그러진 구의 경계 안으로 나선 모양의 은하와 몇 개의 밝은 별들이 모여 있는 구상성단들이 가득했다.

"한 가지 확실한 것은, 저 안에 있는 천체들이 우리 은하에 있는 것은 아니라는 거예요."

사라가 무언가를 직감했다는 듯, 고개를 끄덕이며 말했다.

"그럼 어디서 온 거지? 저렇게 작은 공간 안에 수백 개의 은하들이 들어 있을 리는 없잖아."

토마스가 이해할 수 없다는 표정으로 물었다.

"어디서 온 게 아닐 수도 있죠."

사라가 토마스를 바라보았다.

"다른 은하, 아니 다른 우주를 비추고 있는 것 같아요."

그녀가 차분한 목소리로 추측했다.

"다른 우주라니…… 혹시……."

존 역시 무언가를 알아차린 듯 고개를 돌렸다.

"보이저 1호의 사진 근처에서 본 것과 비슷한 것 같아요."

사라가 말했다.

"그럼 저것도 웜홀이라고?"

토마스가 믿을 수 없다는 말투로 물었다.

"그래, 일단 그렇다고 칩시다. 그렇다면 토성 주위를 돌고 있는 카시니-하위헌스 호가 진작 발견했어야 하는데, 왜 그동안 아무도 모르고 있었던 거죠?"

토마스가 의심을 떨쳐내지 못한 채 말했다.

"카시니-하위헌스 호는 2017년에 임무가 종료되었을 거예요, 아마도……."

사라가 대답했다.

"그럼 저게 생긴 지 얼마 안 된다는 얘기군."

사라의 말을 경청하고 있던 존이 말했다.

"네, 카시니-하위헌스가 정상적으로 활동하고 있었더라면, 어떻게든 발견이 되었을 것 같아요. 그렇다면 적어도 그 이후에 나타난 걸로 봐야죠."

사라가 대답했다.

"웜홀이라……. 보이저 1호가 있는 곳까지 갈 필요도 없겠군. 우리가 거기까지 가는 가장 큰 이유가 웜홀의 존재를 확인하기 위해서잖아요."

토마스가 고개를 저으며 말했다.

그 순간, 계기화면에서 워터폴 탐사선의 분리를 알리는 알림창이 깜박이기 시작했다.

헬리온 탐사선의 임무컴퓨터는, 예정대로 1분 후에 워터폴 탐사선을 토성궤도로 놓아버릴 계획이었다. 알림 메시지를 확인한 사라가 잠시 고민하는가 싶더니 메시지 창 아래 '임무중단' 버튼을 눌렀다.

"아니, 사라 그 버튼을 누르면 어떡…….."
"저한테 좋은 생각이 있어요."
사라가 존의 말을 가로막으며 말했다.
"무슨 생각?"
존이 물었다.
"워터폴 탐사선을 저 구 안으로 집어넣는 거예요."
사라의 말에 존과 토마스 모두 어안이 벙벙한 표정을 지었다.
"아니, 잠깐만. 그건 우리가 단독으로 결정할 수 있는 문제가 아니라고. 호쏜뿐 아니라 NASA의 승인도 받아야 하고."
토마스가 당황스러움을 감추지 못한 채 말했다.
"네, 맞아요. 하지만 지금 호쏜에 연락하더라도 답이 오는 데 두 시간은 넘게 걸릴걸요? 게다가 이것저것 자꾸 되묻기만 하고 절대 승인은 해주지 않을 거예요. 그렇게 시간이 지나가버리면 우리도 저 녀석을 지나쳐버릴 테고요."
사라가 다소 격앙된 목소리로 말을 이어나갔다.
"워터폴 탐사선에는 중력측정을 위한 계측기와 고해상도 카메라가 모두 탑재되어 있어요. 저 녀석이 정말 웜홀이 맞다면, 그 부근에서 분명 중력장의 왜곡이 발생할 거예요. 워터폴 탐사선에 탑재된 장비라면, 그 왜곡 정도를 충분히 잡아낼 수 있을 거고요. 이론적으로는, 탐사선이 웜홀 안으로 완전히 빨려 들어가기 전까지는 우리가 그 신호를 받아볼 수 있어요."
사라가 이내 차분해진 말투로 말했다.
"항명을 하자는 거군……."
존이 턱을 괸 채 고민스러운 표정을 지어 보였다.

"항명이 아니라, 인류 역사상 가장 중요한 탐사를 하자는 거죠."
사라가 지지 않고 맞받아쳤다.

잠시 동안 조종실에는 침묵이 흘렀다. 임무 매뉴얼에 의하면, 헬리온 탐사선의 모든 의사결정 권한은 선장인 존에게 있었다. 하지만 탐사선이 지구와 교신이 가능한 태양계 안에서는 모든 결정을 미션컨트롤센터의 브라이언와 상의하도록 되어 있었다. 존의 독자적인 의사결정이 가능해지는 것은, 탐사선이 태양계를 벗어나 심우주로 진입하는 시점부터였다.

"존, 시간이 얼마 없어요. 워터폴 탐사선이 웜홀로 향하는 새로운 궤도를 입력하려면 적어도 수십 분이 필요해요."

사라가 침묵을 깨고 이야기했다.

"……"

존이 별다른 대답을 하지 않은 채 천천히 고개를 끄덕였다. 잠시 후, 그가 무언가를 결심한 듯 고개를 들어 사라와 토마스를 번갈아 바라보았다.

"좋습니다. 워터폴 탐사선을 저 녀석 안으로 집어넣기로 하죠."

존의 결정에 사라가 얼굴에 미소를 띠며 조종실 콘솔 앞으로 몸을 옮겼다.

그녀는 임무 중단확정 버튼을 클릭한 후, 워터폴 탐사선이 웜홀을 향하도록 새로운 궤도를 계산하는 작업에 열중했다.

"정말 감당할 수 있겠어요?"

그동안 존이 상부의 허락 없이 임무를 변경하는 것을 본 적이 없는 토마스가 물었다.

"어떡하겠어. 이제 임무를 중단하고 돌아갈 수도 없는데."

존이 멋쩍은 웃음을 지으며 말했다.

1시간 후, 미션컨트롤센터에서 헬리온 탐사선이 보내온 데이터를 확인하던 오웬의 표정이 일순간 굳어졌다.

- 토성 고리 근방에서 구 형태의 이상현상 발견
- 인공 물체나 행성은 아닌 것으로 생각되며, 시공간의 왜곡현상으로 생각됨
- 상세한 사항은 사진자료와 측정 데이터를 참조 바람

토성궤도에 정상적으로 진입했다는 교신 이후 3시간 만에 도착한 메시지에는 오웬이 쉽게 납득할 수 없는 단어들이 가득했다. 그는 메시지에 첨부된 사진을 스크린 위로 띄웠다.
"방금 헬리온 탐사선에서 보내온 사진입니다."
스크린에 나타난 사진 속에는 검은 우주를 배경으로 거대한 물방울 모양의 물체가 자리하고 있었다.
물방울의 가장자리는 여러 빛줄기를 머금은 듯 얇게 빛났고, 그 중심으로 먼지처럼 흐트러진 채 구부러진 은하의 모습이 비춰지고 있었다.
"저게 뭐지 도대체?"
브라이언이 알 수 없다는 표정을 지으며 턱을 괴었다.
"글쎄요. 저도 처음 보는 장면이라……."
오웬이 콘솔 화면을 응시한 채 대답했다.
"워터폴에서 보내온 자료들입니다."
이어서 오웬이 새롭게 수신된 데이터를 확인하며 말했다.

스크린에 워터폴이 찍은 사진을 띄우자 미션컨트롤센터 안에 있던 직원들의 탄식이 들려왔다.

"이런……."

브라이언이 고개를 저으며 입술을 깨물었다.

"이건 엔셀라두스의 모습이 아니잖아……."

브라이언이 나지막한 목소리로 중얼거렸다.

스크린에는 워터폴이 거대한 물방울 속으로 다가가며 찍은 사진들이 연달아 나타났다.

물방울 안으로 들어갈수록 먼지처럼 보이던 천체들의 형상이 더욱 명확해졌다. 사진으로만 본 나선은하와 구상성단 그리고 이제 막 폭발한 듯한 적색거성의 모습이 선명히 나타나고 있었다.

비눗방울에 비춰진 주변의 풍경처럼, 물방울 속 물체의 모습은 둥글게 왜곡되어 있었다. 일련의 천체들이 일직선상으로 길게 뻗어가는 것을 마지막으로 워터폴이 전송한 사진은 끝이 났다.

"어떻게 된 거죠? 지금 보이는 사진들이 무엇을 의미하는지 알고 있나요?"

브라이언이 손을 들어 미션컨트롤센터 내부에 자문을 구했다.

"타키온이 보낸 사진에서 본 것과 유사한 사진인 것 같아요. 이번 사진이 훨씬 더 선명하기 때문에 더 많은 것을 확인할 수 있겠어요."

케이트가 자리에서 일어나면서 말했다.

"그럼 케이트는 이게 웜홀 사진이라고 생각하는 건가요? 토성 근처면 바로 우리 코앞에 있다는 말인데……."

브라이언이 말끝을 흐렸다.

"웜홀은 이론적인 존재라서, 사실 단정할 수는 없어요. 하지만 3차원의 입체 형태나 그 안에 비춰진 모습 등을 보면 수학적으로만 상상하던 웜홀과 유사한 것 같아요."

"이런…… 미스터리가 멀리 가지 않아도 우리 태양계 안에 있었다는 말인데……. 오웬, 다른 데이터는 수신된 것이 없나요? 중력계측 데이터라든지."

브라이언이 말했다.

"아, 있습니다. 지금 분석 중인데 곧 중력계측 결과가 그림으로 나타날 거예요."

오웬이 바쁘게 키보드를 두드리며 대답했다.

잠시 후, 워터폴 탐사선이 보내온 중력계측 데이터가 스크린에 나타났다.

사진에 나타난 거대한 물방울 근처의 중력은 마치 깔때기를 엎어 놓은 것처럼 안쪽으로 심하게 왜곡되어 있었다.

"슈바르츠신트 웜홀이군……."

스크린을 바라보고 있던 피터가 중얼거렸다.

"인류 역사상 한 번도 관측된 적이 없어서 조심스럽기는 하지만, 지금까지의 데이터를 보면 시공간의 왜곡이 확실한 것 같아요. 우리가 가진 지식을 적용해보면 웜홀일 가능성이 가장 높고요. 웜홀이나 블랙홀 이외의 다른 현상일 가능성도 배제할 수는 없겠지만…… 어쨌든, 보이저 1호가 위치한 곳에서 발견된 현상과 동일한 것으로 생각됩니다."

피터가 흥분을 감추지 못하고 자리에서 일어났다.

"이런……."

브라이언도 놀란 표정을 숨기지 못했다.

"그럼 웜홀이 지금 토성 근처에 하나, 보이저 1호 근처에 하나 이렇게 두 개가 있다는 말인가요?"

브라이언이 말했다.

"정확한 사항을 확인하기 위해 헬리온 탐사선을 보낸 것인데, 이렇게 지구와 가까운 곳에 하나가 더 있으리라고는 아무도 예상을 못했을 겁니다. 어쨌든 이것만으로도 인류 역사상 가장 큰 발견이라고 해도 손색이 없을 것 같아요. 당장이라도 토성 근처로 탐사선을 보내서 더 자세한 것을 확인해야만 합니다."

피터가 흥분한 목소리로 이야기했다.

"잠깐만요, 피터. 신중히 생각해봅시다. 헬리온 탐사선의 첫 번째 임무는 보이저 1호의 구조 및 상태 확인이에요. 그 주변에 생긴 중력이상 현상은 두 번째 임무입니다. 따라서 이번 발견이 헬리온 탐사선의 임무 중단 또는 변경을 의미하지는 않을 거예요. 헬리온 탐사선은 그냥 예정대로 직진합니다. 다음으로, 토성에 생긴 현상에 대한 탐사는 별개의 사안이에요. 이 부분에 대해서는 NASA와도 논의가 필요합니다. 그러기 위해서 우리는 워터폴이 보낸 데이터를 자세히 확인해봐야 해요. 오웬, 피터와 함께 이 일을 전담해주겠어요?"

브라이언이 차분한 목소리로 말했다.

"네, 그렇게 하죠. 아마 이 데이터를 해석하려면 저명한 천체물리학자들과 접촉이 필요할 것 같아요."

오웬이 대답했다.

"좋습니다. 그 부분은 오웬이 리스트를 만들어서 저에게 주세요.

누구와 어느 정도까지 데이터를 공유해도 될지는 제가 상의해서 결정할게요."

브라이언이 말했다.

"아, 그럼 워터폴 탐사선의 원래 임무는 어떻게 되는 거죠? NASA에 왜 엔셀라두스를 탐사하지 않았는지 명확히 이야기해야 할 텐데요. 모두들 기다리고 있을 거라고요."

케이트가 걱정스런 말투로 이야기했다.

"일개 위성의 자연현상보다 이게 더 중요한 임무일 것 같은데요. NASA에는 제가 임무변경을 승인했다고 이야기해주세요."

브라이언이 대수롭지 않다는 듯이 대답했다.

Voyage to the deep space
⋮

2024년 10월 10일

3개월 후.

태양계를 벗어나는 데는 그리 오랜 시간이 걸리지 않았다. 토성에 워터폴을 투하한 지 3개월 지난 시점에 헬리온 탐사선은 태양계의 가장 바깥쪽에 위치한 카이퍼 대를 지나쳤다.

지구를 떠난 지 약 7개월 만이었다. 존과 토마스 그리고 사라는 인류 역사상 처음으로 태양계를 벗어난 사람이 되었지만, 그들을 반기는 것은 끝없이 이어지는 적막함과 지루하도록 똑같은 창밖 풍경뿐이었다.

"방금 공식적으로 헬리온 탐사선이 태양계를 벗어났습니다."

토마스가 선내방송을 통해 말했다.

"사라는 이 소식을 내일이 되어서야 알겠군."

개인거주구역에 있던 존이 조종실로 다가오며 말했다.

"네, 대장님도 좀 주무시지 그랬어요. 제가 괜히 깨운 건 아닌가 모르겠네요."

토마스가 멋쩍은 듯이 웃어 보였다.

"별다른 이상은 없고?"

존이 물었다.

"네, 이곳이 원래 소행성대처럼 암석이나 얼음이 가득한 곳이긴 한데, 우주적 입장에서만 '가득'한 것 같아요. 레이더에도 뭐 별로 잡히는 것이 없네요. 그냥 고요해요. 언제나 그랬듯이."

토마스가 계기화면을 조작하며 말했다.

"호쏜에서 별다른 메시지는 없었고?"

존이 다시 물었다.

"네, 8시간 전에 전달된 메시지에서는 특이사항은 없었어요. 궤도를 잘 유지하고 있다. 보내준 데이터에서 탐사선의 이상은 확인되지 않는다. 뭐 이런 것들이요. 조금 있으면 또 새로운 메시지가 도착할 시간이네요."

토마스가 대답했다.

헬리온 탐사선이 태양계의 끝을 향해 날아가면서 지구와의 통신은 점점 더 어려워졌다. 빛의 속도로도 3시간 이상 걸리는 거리였기 때문에, 실시간으로 의견을 주고받는 것은 불가능했다.

승무원들 역시 웬만한 문제는 스스로 해결하는 데 익숙해져갔고, 호쏜에서도 특별히 중요한 내용이 없으면 하루에 세 번 예정된 정기 통신에 분석 데이터와 짤막한 인사말만을 담아 보냈다.

잠시 후, 조종 콘솔에 새로운 메시지 수신을 알리는 표시등이 깜박이자 토마스가 스위치를 눌렀다. 하지만 평소와 다르게 표시등이 꺼지지 않고 계속 깜박였다.

"계속 데이터가 수신되고 있는 것으로 봐서 오랜만에 영상메일이 도착하는 것 같은데요."

토마스가 기대에 찬 표정을 지으며 말했다.

"그러게, 가족들의 안부 인사라도 담겨 있으려나? 지난주에 받았으니 아직 시기가 되지는 않았는데……."

존이 수신되는 데이터 정보 창을 바라보며 말했다.

10여분 후, 표시등이 녹색으로 변하면서 데이터가 모두 수신되었음을 알렸다.

토마스가 터치스크린을 클릭하자 조종실 옆면에 설치된 스크린에 영상메시지가 재생되었다.

오랜만입니다. 존, 토마스 그리고 사라.
벌써 탐사를 떠난 지도 7개월이 되었네요.
토성에서 무사히 궤도를 수정하고 지금쯤 태양계를 벗어났을 테고요.
호쏜과 NASA 그리고 국민들 모두 여러분의 엄청난 용기와 도전 정신에 감사하고 열렬히 응원하고 있습니다.

사무엘이 어색한 표정으로 카메라 앞에서 말했다.
그의 뒤로 앨런과 브라이언의 얼굴도 보였다.
사무엘이 이야기하는 동안, 두 사람 역시 밝게 웃으며 카메라를 향해 인사했다.

오늘 이렇게 영상으로 연락한 이유는, 여러분들이 처음으로, 아니, 지금까지 한 모든 것이 다 처음이었죠, 아무튼 태양계를 벗어난 것을 축하하는 의미도 있지만, 그보다 더 중요한 사안을 전달하기 위함입니다. 너무 갑작스러운가요?

사무엘이 여전히 어색한 듯 가볍게 웃어보였다.

다행히 나쁜 소식은 아닙니다. 지난 몇 개월 동안 워터폴이 보낸 사진과 계측 데이터를 바탕으로 학계와 정부기관의 전문가들이 수십 차례 회의를 가졌습니다. 많은 논쟁이 있었고요, 반대도 여럿 있었습니다. 결과적으로 말씀드리면, 우리는 토성 근처에 있는 거대한 물방울 현상에 대해서 새로운 탐사선을 보내기로 하였습니다.

브라이언이 사무엘 대신 카메라 앞으로 나와 말했다.
"거대한 물방울 현상이 뭐죠? 웜홀을 말하는 건가요?"
토마스가 실시간 화상전화가 아니라는 것을 잊은 채 불쑥 질문했다.

새로운 탐사선은 NASA와 유럽우주국에서 제작할 예정이며, 물방울 주위를 공전할 궤도선과 물방울 안으로 보낼 2기의 탐사선으로 구성되어 있습니다. 추진은 이미 검증된 이온추진기 방식을 사용할 예정이며, 무인탐사선으로 발사할 예정입니다. 탐사선 이름은 아직 확정되지 않았지만 워터폴 2호가 유력합니다. 이건 뭐 우리 의견은 아니었고요.

영상 속 브라이언이 주변을 둘러보며 말했다.

이 계획을 헬리온 탐사선 승무원 여러분들께 직접 알려드리는 이유는, 여러분들이 귀환할 때 즈음, 다시 토성 근처를 지나칠 예정이기 때문입니다. 그러니까 3년 후가 되겠군요. 이전 탐사선들이 스스로 작업을 수행했던 것과 달리, 이번 새로운 탐사는 워낙 변수가 많이 있어 사람의 개입이 반드시 필요합니다. 따라서 귀환 과정에서 궤도를 약간 조정해 여러분들이 워터폴 2호의 탐사를 조금 도와주어야 합니다.

브라이언이 말을 이어나갔다.
"이런, 집에 돌아가는 날이 더 늦어지겠군."
토마스가 탄식하듯 말했다.

아마 귀환 시기가 늦춰지는 것에 대해 가장 걱정이 많으실 텐데, 우리가 계산한 바로는 2주일 정도 더 걸릴 것 같습니다.
아직 워터폴 2호가 발사된 것은 아니기 때문에 상세한 계획은 마련되지 않았습니다.
구체적인 사항이 결정되는 대로 연락드리도록 하겠습니다. 다시 한 번 축하드려요!
남은 탐사기간 동안 신의 가호가 있기를!

브라이언이 서둘러 말을 마무리지었다.
"그래도 생각보다는 임무 연장 기간이 길지 않아서 다행이군. 오랜만에 얼굴 봐서 반가워요, 모두들!"
존이 대답없는 화면을 향해 손을 들어 보이며 말했다.
"3년 후의 일이니까 아직 멀었네요, 뭐."
토마스가 다시 조종 콘솔로 고개를 돌리며 말했다.

"그러게. 조금 서둘러 이야기한 감이 없진 않지만. 근데 뭔가 이상하지 않아?"

존이 미심쩍은 표정으로 토마스를 바라보며 말했다.

"뭐가요?"

토마스가 물었다.

"브라이언 말이야. 무언가 숨기는 게 있는 것 같아. 거대한 물방울에 대해서."

존이 말했다.

"글쎄요, 저는 그냥 카메라 앞에 서는 게 어색해서 그런가 보다 했는데요."

토마스가 말했다.

"우리한테 그동안 워터폴의 분석결과에 대해서는 한마디 언급도 없었다고. 우리는 그 데이터를 분석할 여력은 없으니 그냥 기다렸던 거고. 3개월 동안 분명 무언가가 있었을 텐데 말이지."

존이 입술을 내밀며 의아하다는 표정을 지었다.

"지금 우리가 하고 있는 일보다 더 놀라운 게 있겠어요. 더 숨길 것도 없을 것 같은데요. 그냥 별로 할 말이 없었나 보죠."

토마스가 대수롭지 않다는 표정을 지으며 말했다.

3시간 전, NASA의 회의실에서 영상 녹화를 마친 직후, 브라이언이 한숨을 크게 내쉬며 말했다.

"휴, 카메라 앞에 처음 서는 것도 아닌데 왜 이리 긴장이 되는지."

"잘했어요. 제가 보기엔 사무엘보다 훨씬 자연스럽던걸요."

앨런이 브라이언의 어깨를 두드리며 말했다.

"결국 그 이야기는 안 한 거지?"

사무엘이 브라이언을 바라보며 말했다.

"아, 워터폴 이야기요? 네, 그건 당분간 안 하는 게 좋을 것 같아요. 의사하고도 의논해보았는데, 지금 그 얘기를 꺼내는 건 별로 도움이 안 될 것 같다고 해서요. 아직 도착까지 1년 이상 남았는데 지금 얘기해봤자 혼란만 커질 것 같아요. 승무원들이 보이저 1호 탐사선에 도달하는 데 집중해야 하니까 괜히 다른 일에 신경 쓰게 하고 싶지 않아요."

브라이언이 대답했다.

"그래, 나도 같은 생각이야. 그래서 나도 '거대한 물방울 현상'이라는 단어를 사용했거든. 아마 승무원들은 왜 웜홀이라는 단어를 쓰지 않는지 의아했을 거야."

사무엘이 고개를 끄덕이며 말했다.

"아무튼 다들 수고가 많았어요. 헬리온 탐사선과는 지속적으로 상태를 확인하고, 우리는 워터폴 2호 탐사선 계획에 대해서 다시 의논하기로 하죠."

사무엘이 앨런과 브라이언을 회의실 밖으로 안내하며 말했다.

News from the earth

2025년 2월 10일

    헬리온 탐사선이 지구궤도를 떠난 지 10개월이 지나자 대중과 언론의 관심은 점차 줄어들었다. 실시간으로 헬리온 탐사선의 상태를 중계하던 NASA의 홈페이지도 조금씩 접속자 수가 줄어들면서 예전처럼 트래픽 과다로 사이트가 임시 중단되는 일도 더 이상 없었다.

    이처럼 대중들의 관심이 차갑게 식어버린 데는 NASA와 SpaceZ의 역할도 한몫을 했다.

    몇 개월 전, 토성 근처에서 웜홀로 추정되는 물체가 발견되었지만 NASA는 해당 사실을 철저히 기밀에 부쳤다. 사무엘은 이 사건이 대중들에게 커다란 혼란을 가져올 수 있다는 점을 우려했다.

    웜홀의 존재를 부정하는 대다수의 천체물리학자들은 그것이 웜홀임을 암시하는 여러 증거들에도 불구하고, 웜홀의 통로가 붕괴되지 않고 열려 있는 현상을 현대물리학으로 설명할 수 없다며 강하게 반발했다.

웜홀을 찬성하는 과학자들 역시, 웜홀은 수학적으로 아주 찰나의 순간만 존재할 수 있기 때문에 그 존재를 눈으로 확인하는 것은 불가능할 것이라고 주장했다. 따라서 현재 토성에 나타난 자연현상을 이해하기 위해서는 추가적인 관측이 필요하다는 것이 공통된 의견이었다.

하지만 엘리자베스 대통령이 워터폴 2호의 발사를 승인하고 토성에서의 이상현상을 일반에 공개하기 전날, 바로 사건이 터지고 말았다.

처음 문제를 발견한 것은 케이트였다.

헬리온 탐사선을 발사한 이후 그녀는 NASA에서 보이저 1호 추적팀장을 맡고 있는 에이미와 신호를 공유하기 시작했다. 빠른 속도로 멀어지고 있는 헬리온 탐사선의 신호를 받기 위해서는 DSN의 도움이 필수적이었기 때문이다.

헬리온 탐사선이 태양계를 벗어나기 일주일 전, 케이트는 탐사선의 신호를 분석하기 위해 DSN 서버의 자료를 탐색하던 도중 이상한 점을 발견했다. 수신된 신호의 일부에서 초당 3회에 이르는 규칙적인 요동이 발견된 것이다.

하지만 신호는 미약하였고, 아무런 의미도 담고 있지 않은 것처럼 보였다. 케이트는 함께 당직근무를 하고 있던 토니를 호출했다.

"토니, 지금 DSN 서버에서 헬리온 탐사선 신호를 확인하고 있는데, 이것 좀 봐줄 수 있어?"

"무슨 일인데? 탐사선 신호가 잘 안 들어와?"

느닷없는 부탁에 토니가 급하게 물었다.

"아니, 이미 DSN 서버가 신호를 잘 분리해놓았어. 여기 보면, 첫 번째 열이 헬리온 탐사선의 신호고, 그 아래가 보이저 1호의 신호야. 여기까지는 평소와 다름이 없거든."

케이트가 손가락으로 화면을 가리키며 말했다.

"그런데, 여기 아래쪽에 보면 새롭게 분리된 신호가 있어. 3Hz의 맥동파. 푸리에 변환을 해봤는데 아무것도 없어. 그냥 순수한 3Hz 신호야. 이게 5초간 지속되다가 다시 5초간 멈추고, 이걸 계속 반복하고 있어."

케이트가 설명했다.

"음……. 그냥 오류는 아니고?"

토니가 물었다.

"글쎄, 그건 더 봐야 알겠지만, DSN 컴퓨터가 그렇게 허술하지는 않을 것 같은데. 아무튼 여기 나타난 신호는 지구 밖에서 오고 있는 것은 분명해."

케이트가 말했다.

"그렇다면 신기한 일이네. 에이미한테는 연락해봤어?"

토니가 고개를 저으며 물었다.

"아니, 아직. 지금 새벽 3시잖아. 내일 아침에 연락해보려고."

케이트가 대답했다.

"내 생각은 조금 다른데, 이건 바로 확인을 해야 할 것 같아. 또 보고가 늦어지면 브라이언의 얼굴이 분명 굳어질 테니까……."

토니가 핸드폰을 든 채 연락처에서 에이미의 번호를 찾았다.

잠시 후, 에이미의 또렷한 목소리가 수화기 너머로 들려왔다.

"토니, 무슨 일 때문에 연락했는지 알겠어요. 우리 쪽에도 이상신호 경보가 울려서 방금 전 팀원이 DSN에 모였어요. 결과가 나오는 대로 공유할게요. 맞죠, 이것 때문에 전화한 거?"

바쁘게 키보드를 두드리는 소리가 에이미의 목소리와 함께 들렸다.

"맞아요, 에이미. 방해하려던 것은 아니고, 혹시 그쪽도 알고 있나 해서. 알겠어요. 나중에 다시 연락해요. 그럼."

토니가 멋쩍은 듯 핸드폰을 내려놓았다.

"이미 알고 있었대. 심상치 않은 것 같은데……."

토니가 케이트를 마주보며 말했다.

다음날 아침, 새로운 신호의 출처가 확인되었다.

워낙 명확했기 때문에, 에이미는 더 이상 망설일 필요가 없다고 생각했다. 그는 브라이언과 사무엘 그리고 앨런이 연결된 영상통화에서 관련 사항을 보고했다.

"그동안 워낙 충격적인 일들이 많았기 때문에, 딱히 어떤 단어를 써야 할지 잘 모르겠네요."

에이미가 애써 차분한 태도를 보이며 말했다.

"간략히 보고를 받으셨겠지만, DSN 안테나에서 12시간 전부터 새롭게 포착된 신호가 있었습니다. 결론부터 말씀드리면, 이 신호는 워터폴 탐사선의 비상구조 신호입니다."

에이미의 말에 모두들 아무런 대꾸도 하지 않았다.

"저도 이게 왜 나왔는지는 모르겠어요. 워터폴은 원래 이런 비상구조 신호를 보낼 이유가 하나도 없어요. 그냥 엔셀라두스로 추락하면서 측정한 데이터를 모선으로 보낼 용도였으니까요. 워터폴 탐사선에게는 비상 상황도 없고, 더군다나 구조를 요청할 이유도 없어요."

에이미가 흥분한 듯한 목소리로 말했다.

"그럼 그 신호는 인위적으로 만들어졌다는 건가요?"

브라이언이 물었다.

"아니에요. 처음에는 우리도 누가 인위적으로 비상구조 신호를 만들었다고 생각했어요. 그런데 데이터베이스를 샅샅이 뒤져보니, 워터폴 탐사선의 코드에 실제 비상구조 신호가 담겨 있긴 해요. 급하게 제작하느라 예전 타키온에 있던 코드를 그대로 가져왔거든요. 그러니 사용할 명령어는 없지만, '비상구조 신호'라고 이름 붙은 파일은 있었다는 거죠."

에이미가 대답했다.

"그럼 그걸 누가 작동시켰다는 건가요?"

사무엘이 물었다.

"누군가 의도를 가지고 이 신호를 작동시켰는지는 명확하지 않아요. 뭐, 어떤 상황에서 이 숨겨진 파일이 실행될 수 있는지는 알 수 없으니까요. 문제는 이 비상구조 신호가 워터폴 탐사선 것이라는 게 아니에요."

에이미가 잠시 말을 멈추더니 물을 마셨다.

"이 신호의 위치를 역추적해본 결과⋯⋯."

에이미는 결과를 말하기 전에 다시 숨을 골랐다.

"워터폴 탐사선은 지금 보이저 1호 근방에 있어요."

에이미의 폭탄 같은 선언에 화면 속 사람들의 표정이 일순간에 굳어졌다.

"말도 안 되는⋯⋯."

사무엘이 고개를 휘휘 저으며 속삭였다.

"확실한 건가요? 에이미, 지금 말한 사항은 한 치의 오차도 없어야 해요."

브라이언이 단호한 목소리로 말했다.

"100퍼센트 확실하다고는 할 수 없어요. 시간이 부족했거든요. 지금도 우리 팀원들이 여러 가능성을 놓고 재분석을 진행하고 있어요. 하지만 오류가 있을 가능성은 높지 않을 것 같습니다. 저는 제 발견을 확신합니다."

에이미가 차분한 목소리로 또박또박 이야기했다.

"자, 그 부분은 추후 다른 팀들과 함께 검증해보기로 하고, 상황을 정리해봅시다."

자가용 비행기 안에서 영상회의에 접속한 앨런이 화면 앞으로 다가오며 말했다.

"7개월 전, 헬리온 탐사선이 지구궤도를 떠났어요. 3개월 전에 토성 근처에 도착했고요. 그리고 거기서 웜홀로 추정되는 물체를 발견하고 워터폴 탐사선을 투하했고요. 그리고 3개월이 지난 지금, 워터폴 탐사선이 다시 나타났다는 거죠? 그것도 여기서 200억 킬로미터 떨어진 보이저 1호 근처에서."

"네, 그렇습니다."

에이미가 말했다.

"이 상황에 대해 설명해주실 분?"

앨런이 다시 의자 뒤로 몸을 젖히며 말했다.

수 분간 회의실 안에 침묵이 흐르자 앨런이 다시 화면 앞으로 다가왔다.

"자, 어렵지만 최대한 과학적으로 생각해봅시다. 워터폴 탐사선은 단 몇 개월 만에 170억 킬로미터를 이동했어요. 아니, 그보다 더 짧을 수도 있죠. 어쨌든 비상구조 신호를 보낼 만큼 온전한 상태로 그 먼 거리를 이동할 수 있는 방법이 뭐가 있죠?"

앨런이 손짓을 하며 물었다.

"없습니다."

에이미가 고개를 저으며 말했다.

"정말로……. 그렇다면 이미 과학으로 설명할 수 있는 단계를 지났다는 거군요. 간단하게 생각해봅시다. 복잡하게 생각해서는 답을 찾을 수 없어요."

앨런이 말했다.

"그럼, 워터폴 탐사선이 웜홀을 통과했다는 말인가요?"

사무엘이 물었다.

"그거 외에 지금 다른 설명이 가능한가요? 워터폴 탐사선은 웜홀로 추정되는 물체 안으로 들어가면서 교신이 끊겼잖아요. 그리고 보이저 1호 근처에도 역시 웜홀로 추정되는 현상이 있었고요. 이것만큼 명확한 설명이 또 있을까요?"

앨런이 말했다.

"물리학적으로 불가능해요."

브라이언이 고개를 저으며 말했다.

"백 번 양보해서 웜홀이 붕괴되지 않고 열려 있었다고 해도, 웜홀은 먼 거리에 위치한 서로 다른 우주를 연결한다는 것이 일반적인 이론이에요. 하나도 나타나기 힘든 웜홀이, 그것도 두 개나 나타났는데, 겨우 200억 킬로미터밖에 안 되는 이 좁은 우주를 연결하고 있었다는 것은 이해할 수가 없어요."

브라이언이 굳은 표정을 지으며 말했다.

"그동안의 과학사에서 '실제로 일어난 자연현상'보다 더 중요한 것이 있었나요?"

앨런이 다시 의자 뒤로 몸을 기대며 말했다.

"앨런의 말도 일리가 있지만, 전문가들과 더 상세한 논의가 필요할 것 같아요. 지금의 결론은 워터폴 탐사선이 웜홀에 들어갔는데, 다른 웜홀로 나왔다. 아무런 손상도 이상도 없이. 그리고는 예정에 없던 비상구조 신호를 보내고 있다. 이 정도가 되겠군요."

사무엘이 종이 위에 무언가를 적으며 말했다.

"에이미, 곧 외부 전문가들이 DSN에 도착할 거예요. 불편하겠지만, 데이터를 확인하는 작업에 적극 협조해주세요. 브라이언은 저번에 토의했던 천체물리학 분야 전문가들을 다시 초대해줘요. 오늘 저녁에 이와 관련해서 다시 토론을 하도록 하겠습니다. 아, 그리고 이 워터폴 탐사선과 관련된 모든 사항은 철저히 비밀에 부쳐주세요. 지금은 아무도 혼란을 원하지 않아요. 그럼 저녁에 DSN에서 모두 다시 만납시다."

사무엘이 카메라를 응시하며 말했다.

영상회의는 끝났지만, 에이미는 한동안 테이블 위에 홀로 멍하니 앉아 있었다.

그녀 역시 단 몇 개월 만에 일어난 이 모든 일들이 혼란스러웠다. 차라리 지난 이틀 동안 경험한 일들이 생생한 꿈이라고 생각하는 편이 더 마음이 편할 것 같았다. 그러나 그런 감상에 젖을 새도 없이 에이미는 바쁘게 울리는 핸드폰을 손에 쥔 채, 다시 자신의 자리로 향했다.

Approximate

2025년 11월 10일

    사라와 존 그리고 토마스가 소식을 전해들은 것은 귀환불능지점을 지나간 지 9개월이 흘렀을 무렵이었다.
    에이미는 장문의 텍스트 메시지와 그래프를 통해 그동안의 분석 과정을 상세히 보고했다.
    보고서의 첫 문장은 아래와 같았다.

    생각보다 보이저 1호의 신호 감소가 빠르게 일어나고 있습니다. 원래는 헬리온 탐사선의 도착 예정일보다 2주일 늦게 신호가 사라질 것으로 생각했는데, 최근의 분석 결과에 의하면 도착 예정일보다 2~3일 앞서 신호가 없어질 가능성이 95% 이상으로 나타났습니다.

    첫 문단 아래로 그동안의 보이저 1호의 신호 세기 변화를 나타내는 그래프가 큼지막이 놓여 있었다. 기존의 신호 세기 변화를 예측

하는 파란 선 아래로, 새롭게 계산된 추정치가 붉은색으로 표기되어 있었다.

"이삼 일이면 많이 촉박하겠는걸……."

보고서를 훑어보던 존이 말했다.

"……"

사라는 별다른 말없이 생각에 잠긴 듯 고개를 숙이고 있었다.

"아, 2년을 기다려서 여기까지 왔는데, 딱 그 문턱에서 신호가 없어져버리면 어떡하라는 거죠."

토마스가 흥분을 참지 못하고 불평을 뱉어냈다.

"조금 더 빨리 가면 안 되나요? 이온추진기 출력을 조정해서 속도를 어느 정도 유지하면 3일 먼저 도착할 수 있잖아요."

토마스가 물었다.

"물론 가능한 생각이야. 그런데 그렇게 하면 보이저 1호가 있는 지점에서 멈추기 위해서는 마지막 순간에 이온추진기를 130퍼센트 이상으로 가동해야 하는데, 지금 상황에서는 무리가 아닐까 싶어. 사라 생각은 어때?"

존이 말했다.

"안 그래도 여기 보고서 11페이지 '대책' 파트에 그 내용이 나와 있어요. 이온추진기 출력을 이틀 동안 80퍼센트로 줄여서 감속 정도를 늦춘 다음, 도착 예정을 이틀 남기고 150퍼센트로 풀 가동해서 도착 시간을 3일 앞당기는 방법에 대해서요."

"그런데 별로 추천하지 않는다고 적혀 있네요."

사라가 무뚝뚝한 표정으로 말했다.

"왜 그렇지?"

토마스가 성급하게 물었다.

"위험하니까요. 신호가 끊기기 전에 도달하기 위해서 추진기 출력을 높였다가는 전체 시스템이 망가질 가능성이 크다고 본 것 같아요. 안 그래도 6개월 전부터 몇몇 이온추진기 모듈이 말썽을 일으키고 있잖아요."

사라가 말했다.

얼마 전부터 헬리온 탐사선의 조종석에는 평소보다 더 잦은 오류 메시지가 등장했다.

대부분은 탐사선 내부에서 수리가 가능한 사소한 것들이었지만, 20개월 가까이 끊임없이 최대출력을 넘겨 가동 중인 이온추진기의 일부 모듈이 전력케이블 손상이나 리튬 이온 공급의 문제로 가동을 멈추는 일이 빈번했다.

하지만 이 정도의 고장은 설계 당시부터 충분히 예상한 문제였기 때문에, 탐사선에 탑재된 예비 모듈을 통해 수리하는 것이 가능했다. 사라와 토마스는 이온추진기 모듈에 문제가 생길 때미다 하루에도 몇 번씩 우주유영을 하며 그 상태를 눈으로 확인해야만 했다.

"이제 교체할 예비부품도 얼마 남아 있지 않아요. 지구로 돌아갈 때까지 넉넉히 2년 동안 유지하려면 더 이상 이온추진기를 혹사시키는 것은 저도 반대예요."

사라가 그동안의 혹독한 수리 업무에 지친 듯 냉정한 말투로 말했다.

"그럼 어떤 대안이 있죠?"

토마스가 물었다.

"여기 다음 페이지를 보면 NASA 연구원들의 의견이 잘 정리되어 있어요. 가장 추천하는 방법을 보면…….."

사라가 화면을 스크롤하더니 녹색으로 표시된 항목을 스크린에 띄웠다.

"여기 있네요. 보이저 1호의 신호가 완전히 사라질 경우, 1억 킬로미터 시점부터 탐사레이더의 기존 데이터를 이용해서 보이저 1호의 실제 위치를 추정하면서 접근."

사라가 보고서에 나타난 내용을 소리 내어 읽었다.

"가능한 이야기인가?"

존이 미간을 찌푸리며 물었다.

"NASA에서는 그렇다고 본 것 같아요. 보이저 1호의 위치가 지난 수년간 거의 변화가 없기 때문에, 신호가 사라지더라도 그 자리에 그대로 있을 거라는 거죠."

사라가 대답했다.

"뭐 그렇다면 그들의 의견을 존중해야지. 그나저나 보이저 1호와의 거리가 1억 킬로미터가 되는 때가 언제지?"

존이 다시 물었다.

"도착 예정 36일 전이요. 오늘이 D-38일이니까 딱 이틀 남았네요. 그때부터는 탐사레이더를 가동해서 보이저 1호를 찾는 작업을 시작해야 할 것 같아요."

사라가 대답했다.

"우리 쪽에서 지금 보이저 1호의 신호는 잡히고 있나?"

토마스가 물었다.

"네, 신호가 많이 약해지긴 했지만 여전히 잘 잡히고 있어요. 별다른 변화는 없고요. 우리 탐사선에서는 신호의 세기랑 거리만 분석

하니까 자세한 건 알 수 없지만요. 그래도 호쏜에서 보내준 주간보고서와 비교해도 별 차이는 없어요. 잘 작동하고 있는 거죠."

사라가 간단히 설명했다.

"좋아요. 그럼 탐사레이더를 가동하기 위해 우리가 준비해야 할 것은 어떤 것이 있지?"

존이 물었다.

"음, 원래 세팅되어 있는 것보다 탐사레이더 출력이 많이 늘어난 것 같아요. 그러면 코드를 좀 손봐야 하는데, 호쏜에서 보내준 업데이트 파일이 있으니 이게 다 수신되는 대로 작업을 진행해볼게요."

사라가 더디게 늘어나는 다운로드 상태 창을 확인하며 말했다.

"그럽시다. 뭐 하나 예상대로 되는 것이 없군. 저는 비번이니 다시 가서 좀 자야겠어요."

토마스가 중력휠로 향하며 말했다.

"좋아요, 사라도 지금 업무 시간이 아니니 좀 쉬고, 이따가 교대 근무할 때 다시 보기로 해요."

존이 공동거주구역을 벗어나 다시 조종모듈이 있는 곳을 향하며 말했다.

사라가 고개를 끄덕이며 대답하자마자 그녀의 개인 태블릿에 메시지 수신을 알리는 소리가 들렸다.

사라가 손을 뻗어 태블릿을 켜자, 보안 암호를 요구하는 메시지가 나타났다.

'누구지? 나한테 보안 메시지를 보낼 만한 사람이······.'

사라가 암호를 입력하자, 잠시 후 글자가 빼곡히 적힌 메일 상자가 열렸다.

사라, 아마 보이저 1호의 신호와 관련된 보고서가 도착했을 즈음에 이 메시지를 확인하게 될 것 같아.

지난 10개월 동안 꾸준히 보고서를 보냈지만, 개인적으로 연락하는 것은 처음이라 조금 당황스러울 수도 있겠다.

다름이 아니라, 그동안 호쏜과 NASA에서 이야기하지 않은 사항이 하나 있는데, 며칠 후면 너도 자연스럽게 알게 될 것 같아서 미리 연락을 했어.

이미 이곳에서는 어느 정도 결론이 났는데, 그 전에 탐사선 승무원들에게 이 사실을 알리면 혼란만 가중시킬 것 같아 함구령이 떨어졌었거든. 이해해주기를 바랄게.

결론부터 얘기하면, 토성에서 너희들이 투하한 워터폴 탐사선이 지금 보이저 1호 근처에 있어. 온전히 아무런 손상도 입지 않은 채 말이야.

워터폴 탐사선이 왜 거기에 있는지 우리도 처음에 많이 의아했는데, 토성에 있는 웜홀을 통해 보이저 1호가 있는 공간으로 이동했다는 데는 대부분 별다른 이견이 없어. 하지만 어떻게 그동안 웜홀이 붕괴되지 않고 남아 있는지, 물체가 웜홀을 통과하면서 어떻게 손상되지 않고 온전한 형태를 유지하고 있는지는 여전히 미지수야.

모든 과학자가 동의하는 것은 아니지만, 현재는 우리가 알 수 없는 미지의 힘 또는 그러한 힘을 만들어낼 수 있는 우리보다 월등한 지적생명체가 인위적으로 웜홀을 만든 것이다, 라는 의견도 있어.

조금 놀랍지? NASA에서 이런 주장을 표면적으로나마 받아들인다는 게.

이틀 후에 탐사레이더를 최대출력으로 가동하면, 아마도 두 개의 금속물체가 희미하게 탐지될 거야. 그때는 사실을 숨길 수 없으니, 미리 전하는 걸 이해해줬으면 좋겠어.

자세한 사항은 아마 내일 사무엘이 직접 전해줄 거야.

그럼 곧 다시 만날 것을 기약하며, 에이미로부터

"놀랍지만 별로 새로울 것은 없군……."

사라가 혼잣말을 중얼거리며 태블릿의 전원을 껐다. 하지만 잠을 청하기 위해 자신의 거주구역으로 향하는 동안, 사라는 가슴이 미세하게 떨려오는 것을 느낄 수 있었다.

Contact

2025년 12월 10일

랑데부 D-7일.

모든 것은 에이미가 말해준 것과 다르지 않았다.

탐사레이더를 최대출력으로 가동하자마자, 스크린 위에는 두 개의 붉은 점이 나타났다.

혼란스러워하는 존과 토마스에게 사라는 자신이 알고 있는 내용을 차분히 설명했다.

존은 어느 정도 수긍했지만, 토마스는 불안감을 표현했다. 그는 새로운 물체가 발견된 것보다 NASA가 오랫동안 이 사실을 숨기고 있다는 사실에 더 흥분했다.

사무엘의 영상메시지를 받고도 가라앉지 않던 토마스의 기분은 사라의 차분한 설명으로 조금씩 안정되어갔다.

두 개의 붉은 점은 서로 약 천 킬로미터 떨어져 있었다.

지구에서는 엄청나게 먼 거리였지만, 우주에서는 서로 맞닿아 있는 것과 다를 게 없었다. 지난 한 달 동안, 두 물체의 위치는 조금도 변하지 않았다. 심우주의 경계를 알리는 이정표처럼, 두 물체는 자신의 자리를 지키고 있었다.

보이저 1호의 신호 세기는 예상했던 것보다 더 가파르게 감소했다. 정확히 추정할 수는 없지만, 오늘 내로 신호가 완전히 사라질 것이라는 것이 탐사선 컴퓨터의 예측이었다.

"보이저 1호는 여전히 잘 있죠?"

임무 교대를 위해 조종실로 다가온 사라가 존에게 물었다.

"응, 신호는 이제 거의 없다고 보면 되는데, 레이더에는 깨끗하게 영상이 나타나고 있어."

존이 조종실 창밖을 응시하며 말했다.

정면 유리 위로 투영된 HUD 화면에는 보이저 1호가 있을 것으로 추정되는 위치에 붉은 점이 깜박이고 있었다.

"이제 거의 다 왔네요. 매일 확인하지만 아직 믿기지 않는군요."

사라가 HUD를 보며 말했다.

붉은 점 옆에는 보이저 1호와의 거리 365만 킬로미터, 상대속도 초속 12킬로미터를 알리는 글자가 조금씩 줄어들고 있었다.

"그래, 놀랍지. 이제야 실감이 나는 것 같아. 우리가 드디어 심우주 한복판까지 온 거라고. 지구로부터 200억 킬로미터. 여러 번 되뇌어도 믿기지가 않는군."

존이 조종실 문 쪽으로 몸을 밀어내며 말했다.

랑데부 D-3일.

랑데부 일자가 다가올수록, 승무원들이 조종실에 모여 있는 시간이 더 많아졌다.

어제부터는 3교대 근무가 2교대로 바뀌면서, 조종실에 두 명의 승무원이 함께 있는 시간이 늘어났다.

보이저 1호의 신호는 이미 끊겼지만, 탐사선과의 거리가 67만 킬로미터까지 가까워오면서, 레이더 영상을 통해 보이저 1호의 희미한 윤곽을 확인하는 것이 가능해졌다.

탐사선에 탑재된 위상배열레이더는 역합성 개구 레이더 기술을 응용하여 탐지된 물체의 3D 영상을 만들어내는 것이 가능했다. 코드 수정을 통해 일시적으로 출력을 더 올렸기 때문에, 수십 만 킬로미터 떨어진 곳에서도 꽤 선명한 ISAR 이미지를 얻을 수 있었다.

색이 입혀지지 않은 보이저 1호의 렌더링 이미지는 아직 울퉁불퉁한 표면을 가지고 있었지만, 윤곽만큼은 누가 보아도 사진에서 보던 보이저 1호의 모습 그대로였다.

처음으로 ISAR 이미지를 확인한 토마스가 의아한 표정으로 물었다.

"아무런 움직임도 없네요?"

토마스의 말대로, 보이저 1호의 윤곽은 예상했던 것과 달리 별다른 움직임 없이 정지해 있는 것처럼 보였다. 보이저 1호가 아주 빠른 속도로 자전하고 있을 것이라는 그동안의 예상과는 다른 결과였다.

"……."

영상을 확인한 사라가 잠시 동안 침묵했다.

"그러게요."

몇 분 후, 사라가 천천히 입을 열었다.

"아직 단정할 수는 없을 것 같아요. ISAR이 이미지를 만들어내는 데 필요한 시간도 있을 테고, 이미지를 재건하는 데 사용하는 원본 데이터를 확인해봐야 알 수 있을 것 같아요."

사라가 차분한 목소리로 말했다.

"어쨌든 보이저 1호가 제자리에서 빠르게 돌지 않고 그대로 있다면 우리한테는 좋은 소식이군요. 번거롭게 보이저 1호를 멈출 필요 없이 바로 회수할 수 있을 테니."

토마스가 대수롭지 않다는 듯이 이야기했다.

"그러게요. 그 작업만 없어도 며칠은 단축할 수 있죠."

사라가 대답했다.

타키온이 촬영한 사진을 분석하여 보이저 1호가 빠르게 자전하고 있다고 결론 내린 이후, 호쏜의 연구원들에게 새롭게 생겨난 과제는 과연 보이저 1호를 어떻게 멈출까 하는 것이었다.

오랜 고민 끝에 연구원들이 생각해낸 방법은 로봇팔 끝에 풍선처럼 부풀어지는 커다란 바퀴를 설치하는 거였다.

보이저 1호보다 두세 배는 큰 두꺼운 고무 튜브 안으로 압축 공기를 불어넣어 타이어처럼 만든 다음, 빠르게 돌고 있는 보이저 1호에 접촉시켜 함께 회전시키면서 천천히 정지시키는 방안이었다.

하지만 고무 튜브를 이용하는 방법은 보이저 1호의 회전에너지가 생각보다 클 경우에는 자칫 로봇팔뿐 아니라 헬리온 탐사선을 모두 위험에 빠트릴 수밖에 없었기 때문에 매우 난이도가 높은 작업이었다.

보이저 1호 전체를 감싸는 비닐막을 씌운 뒤, 노벡(Novec)이라 불리는 비전도성 액체를 주입하여 그 저항으로 회전을 멈추자는 아이디어도 있었지만, 필요한 액체의 양이 수십 톤에 이르는 까닭에 채택되지 않았다.

결국 보이저 1호를 멈출 수 없을 경우, 그저 가까이서 탐사선의 상태를 확인하고 그대로 지구로 귀환할 수밖에 없었다.

"어쨌든 오랜만에 좋은 소식이네요. 한번 기대해보죠."

토마스가 사라의 어깨를 두드리며 말했다.

랑데부 D-1일.

보이저 탐사선과의 조우가 하루 앞으로 다가오면서, 탐사선 내부의 긴장감은 더욱 높아졌다. 이제 탐사선과 보이저 1호의 거리는 7만 킬로미터에 불과했다.

지구에서 달까지 거리에 5분의 1에도 못 미치는 거리였다. 게다가 서로가 1초에 1킬로미터씩 가까워지고 있었기 때문에, 정확한 지점에서 랑데부할 수 있도록 이온추진기의 출력을 미세하게 조정하는 것이 중요했다.

"존, 좋은 소식과 나쁜 소식이 하나씩 있어요."

밤샘근무를 마치고 조종실로 복귀한 존에게 사라가 말했다.

"나쁜 소식부터 듣기로 하죠."

존이 전혀 동요하지 않은 얼굴로 말했다.

"네…… 나쁜 소식은 어제부터 호쏜에서 보내는 메시지가 너무 많다는 점이에요."

사라가 짜증 섞인 말투로 말했다.

"정말 안 좋은 소식이군요. 어떤 내용이죠?"

존이 가볍게 웃으며 물었다.

"대부분 상황을 보고하라는 내용이죠. 우리가 루틴으로 보내는 내용들이 마음에 들지 않나 봐요. 게다가 보이저 1호가 회전하지 않고 제자리에 가만히 있을 수도 있다는 내용을 알렸더니 추가 데이터 전송을 요구하는 바람에 업무에 집중을 하기 힘들 정도예요."

사라가 여전히 퉁명스런 말투로 말했다.

"우리 임무 수행에 도움이 되는 일인가요?"

존이 다시 물었다.

"아니요."

사라가 단호하게 말했다.

"그럼 무시하기로 합시다. 간단하군요. 좋은 소식은 뭐죠?"

존이 사라의 눈을 응시하며 말했다.

"방금 전부터 광학카메라에 보이저 1호의 모습이 식별 가능한 수준으로 잡히고 있어요."

사라가 스크린 화면을 가리키며 말했다.

"그렇군요. 그게…… 좋은 소식인가요?"

존이 화면을 바라보며 물었다.

"아니요, 화면을 잘 보세요. 보이저 1호는 미동도 하지 않고 그대로 있어요."

사라가 미소를 띤 얼굴로 말했다.

사라의 말대로, 광학카메라에 실시간으로 잡힌 보이저 1호는 접시 안테나가 지구를 향한 채 별다른 움직임 없이 정지해 있는 것처럼 보였다. 미세한 떨림이 있기는 했지만, 평소 보이저 1호의 사진에서 보던 모습과 정확히 일치했다.

"육안으로 확인하는 작업이 물론 필요하겠지만 별다른 문제가 없다면 바로 우주유영을 나가도 괜찮을 것 같아요."

사라가 말했다.

"좋아요, 호쏜도 이 사실을 알고 있나요?"

존이 물었다.

"두 시간 전에 관련 데이터를 송신했으니까 아직 지구에 도착은 안 했겠네요."

사라가 시계를 확인하며 말했다.

"다른 이야기는 없었고요?"

존이 조종실 좌석으로 몸을 옮기며 물었다.

"아, 보이저 1호 관련 임무를 성공적으로 확인할 경우, 워터폴 탐사선을 확인하는 절차가 추가될 수 있다는 이야기가 있었어요. 아직 결정된 것은 아니지만……."

사라가 고개를 가로로 저으며 말했다.

"우리 우주선이 워터폴이 있는 곳까지 가는 게 가능한가요?"

존이 의아한 표정으로 물었다.

"아니요, 불가능한 것은 아닌데 예정에 없던 궤도 변경이라 위험해요. 별로 내키지도 않고요. 대신 호쏜에서는 탐사용 드론 한 기를 워터폴 탐사선 쪽으로 보내는 안을 제시했어요. 드론의 배터리 용량과 추진력을 감안하면 편도 여행이 될 테고요. 천 킬로미터 정도 떨어진 거리에서도 영상 송수신이나 조종은 가능할 것 같아요."

사라가 대답했다.

"좋습니다. 그 부분은 구조 임무를 수행하고 나서 다시 고려해보기로 하죠."

존이 고개를 끄덕이며 좌석에 앉아 몸을 고정했다.

랑데부 D-1시간.

사라는 30시간째 잠을 이루지 못하고 있었다.

지난 밤 토마스와 교대한 후, 중력휠의 수면실로 내려가 잠을 청했지만 복잡한 생각들이 그녀가 잠에 드는 것을 방해했다.

지난 5년 동안 준비하고 기대했던 일들이 내일이면 눈앞에 펼쳐진다는 생각에 사라의 가슴은 좀처럼 가라앉지 않았다. 아니, 무언가 가슴 뛰는 일들로 가득할 것이라는 기대와 달리, 별다른 소란 없이 고요하기만 한 현재 상황이 점점 더 낯설어졌다.

사라는 몇 시간을 그렇게 뒤척이다 알람 소리에 다시 눈을 떴다.

공동휴게실의 시계는 보이저 1호와의 랑데부가 1시간 남짓 남았음을 알리며 깜박이고 있었다.

'이런, 토마스한테 적어도 두 시간 전에 불러달라고 했는데.'

사라가 급히 사다리를 타고 올라 조종실로 향했다. 존과 토마스는 나란히 조종석 좌석에 앉아 조종석 창밖을 응시하고 있었다.

"이제 정말 코앞이네요. 무슨 일은 없었어요?"

사라가 존과 토마스를 번갈아 바라보며 물었다.

"응, 놀라울 정도로 고요했지. 모든 것이 예상한 그대로야. 저기 깜박이는 점이 보이죠?"

토마스가 조종석 앞 유리에 투영된 화면을 가리키며 말했다.

"이제 보이저 1호와의 거리는 129킬로미터입니다. 상대 속도는 72m/s이고요. 시속으로 치면 260킬로미터밖에 안 된다고요."

"속도는 정상적으로 줄어들고 있어요. 이대로라면 우리는 보이저 1호와 100여 미터 떨어진 곳에서 완전히 정지할 거예요."

토마스가 계기화면을 보며 말했다.

"좋아요. 레이더 ISAR 영상이 아주 자세히 나타나고 있는데, 3D

영상을 보면 무색이라는 점만 빼고 카메라로 보는 것과 거의 동일한 수준이야. 보이저 1호는 미동도 하지 않고 가만히 있어. 물리학 법칙을 거스르는 회전 따위는 없는 것 같아."

존이 콘솔 화면에 나타난 영상을 확인하며 말했다.

"자, 어제도 확인한 거지만 도착 이후에 할 일들을 다시 한 번 정리해보도록 하죠."

사라가 태블릿 화면을 쓸어 넘기며 체크리스트 항목을 확인했다.

"먼저 탐사선이 완전히 정지한 이후에, 촬영용 드론 2기와 조명용 드론 3기를 먼저 보낼 거예요. 원래 계획은 촬영용 드론 3기를 보내는 거였지만, 한 대는 워터폴이 있는 쪽으로 향할 테니까요."

사라가 말했다.

"확인했습니다. 워터폴 탐사선한테 가는 녀석은 다 세팅이 된 거죠?"

토마스가 자신의 태블릿 화면을 확인하며 물었다.

"네, 그냥 발사 버튼만 누르면 돼요."

사라가 별것 아니라는 듯 대답했다.

"드론이 탐사한 결과에서 별다른 이상이 없으면, 탐사선이 보이저 1호 20미터 근방까지 천천히 이동할 예정입니다. 이온추진기는 완전히 끄고, 질소추진기만 이용할 거예요. 혹시나 이온추진기 후폭풍에 보이저 1호가 날아가 버리면 안 되니까……."

사라가 계속 태블릿 화면을 바라보며 말했다.

"20미터 근방까지 접근하면, 토마스와 제가 조종모듈에 있는 에어로크를 이용해서 우주유영에 나설 예정입니다. 존은 여기서 로봇팔을 조종해서 우리를 보이저 1호 근처까지 이동해주시면 되고요."

존이 사라의 말에 고개를 끄덕였다.

"눈으로 보이저 1호의 상태를 직접 확인한 후에는 로봇팔을 보이저 1호의 본체에 연결하는 작업을 할 거예요. 이후에 이 녀석을 회수해서 지구로 가지고 갈지, 아니면 방사성동위원소 열발전와 기타 통신장비만 교환하고 그 자리에 남겨둘지를 결정해야 하고요."

사라가 덧붙여 말했다.

"방사능 노출 가능성 때문에 작업 시간을 회당 30분으로 제한하는 것도 잊지 말고."

존이 체크리스트 밑에 나타난 유의사항을 보며 말했다.

"네, 저는 별로 걱정하지는 않지만……."

토마스가 귀찮다는 표정을 지으며 말했다.

"그런데 녀석을 지구로 가져갈지는 어떻게 정하지?"

토마스가 사라를 바라보며 물었다.

"호쏜에서 정한 가이드라인에 따르면, '보이저 1호의 메인컴퓨터와 통신장비 상태를 점검한 후, 부품 교체를 통해 원활한 작동을 보장할 수 없을 경우 지구로 회수한다'고 되어 있네요."

사라가 양쪽 어깨를 으쓱하며 말했다.

"가이드라인치고는 너무 엉성하군."

토마스가 미간을 찡그리며 말했다.

"어쨌든 조금이라도 시원찮아 보이면 그냥 지구로 가져오라는 얘기 같은데……. 여기까지 왔는데 그냥 남겨두고 가는 건 너무 하잖아. 우리가 모든 걸 다 확인할 수 있는 것도 아니고."

토마스가 이어 말했다.

"되도록이면 회수하라는 말이겠지."

사라와 토마스의 대화를 듣고 있던 존이 끼어들었다.

"출발할 때부터 녀석을 지구로 꼭 가져와야겠다는 다짐을 했어. 그게 이번 탐사 목적에도 부합한다고 생각하고. 200억 킬로미터를 날아왔는데, 영원히 우주를 향해 떠돌 줄 알았던 오래된 탐사선을 다시 지구로 데려오는 게 낫지 않겠어?"

존이 두 사람을 바라보며 말했다.

"대장님이 그렇게 말씀하시니 놀랍네요. 저는 당연히 찬성입니다."

토마스가 사라를 흠칫 쳐다보며 말했다.

"네, 이건 뭐 온전히 대장님 권한이니까요. 토마스랑 저랑 나가서 어떻게든 보이저 1호를 데려올 수 있도록 노력해볼게요."

사라가 가볍게 웃으며 말했다.

잠시 후, 조종석 콘솔 위로 중대경보 버튼이 붉게 깜박였다.

보이저 1호와 탐사선의 거리가 1킬로미터 안으로 가까워지면서 근접충돌경보 시스템이 다시 작동한 탓이었다.

"이제 5분이면 도착하겠네요. 저는 드론 발사를 준비할게요."

사라가 조종실 뒤편에 마련된 드론 조종 콘솔로 이동하며 말했다.

사라의 말이 끝나기 무섭게 이온추진기의 추력이 급격히 줄어들면서 탐사선에 작은 충격이 전해져왔다. 앞으로 수 분 동안은 질소추진기를 이용해서 속도를 미세하게 줄여 나갈 예정이었다.

"거리 300미터. 보이저 1호 육안으로 식별되었습니다."

토마스가 조종간을 손으로 쥐고 중립을 유지한 채 말했다.

"나도 확인했어. 광학카메라에 잡힌 영상과 레이더 이미지는 거의 일치하는군. 보이저 1호는 그 자리에 그대로 있습니다. 랑데부 30초 전."

존이 바쁘게 콘솔 버튼을 누르며 말했다.

"거리 100미터, 랑데부 10초 전."

"4, 3, 2, 1. 탐사선 정지!"

토마스가 조종간을 뒤로 바짝 당기자, 조종실 앞 유리창으로 하얀 기체들이 잔뜩 뿜어져 나왔다.

이후 가벼운 충격이 승무원들의 몸을 앞으로 당기며 탐사선이 완전히 멈추었음을 짐작하게 했다.

이들이 다시 고개를 들었을 때, 눈앞에는 탐사선의 조명을 금빛으로 반사하며 고요히 정지해 있는 보이저 1호의 모습이 나타났다.

"드디어 만났군. 반갑다, 보이저 1호."

존이 말했다.

도착을 축하하며 서로 인사를 나누는 대신, 모두들 창밖에 등장한 보이저 1호의 모습을 넋을 잃고 바라보고 있었다. 그동안 수백 번 마주했던 실물 모형과는 전혀 다른 모습이었다.

아니, 외형은 같았지만 검은 배경을 뒤로 하고 홀로 우두커니 남겨져 있는 보이저 1호의 형태는 알 수 없는 위압감을 느끼게 했다.

"아, 생각보다 너무 무덤덤한데요. 저는 감정이 북받쳐 오를까 봐 걱정했는데."

토마스가 여전히 시선을 떼지 못한 채 말했다.

"네, 미처 예상하지 못했던 감정이에요. 그냥 아무튼······."

사라가 말을 끝맺지 못한 채 얼버무렸다.

"나도 역시 그래. 그런데……. 다들 저기 9시 방향을 한 번 보도록 하지."

존의 말에 사라와 토마스가 가볍게 고개를 돌렸다.

밝게 빛나는 보이저 1호의 실물 모습에 압도된 탓에 아무도 알아차리지 못하고 있었다.

"조명을 한 번 꺼보는 게 좋겠어요."

사라가 오버헤드 콘솔의 조명 버튼을 누르며 말했다.

외부 조명을 차단하자, 보이저 1호의 모습이 사라짐과 동시에 그와 50여 미터 떨어진 곳에 자리한 거대한 원형 윤곽이 나타났다.

"음, 토성에서 봤던 것과 비슷하군."

존이 말했다.

"네…… 하지만 크기가……."

사라가 눈앞에 펼쳐진 광경에 압도된 듯 말을 잇지 못했다.

"수백 배는 되는 것 같은데."

토마스가 주저없이 사라의 말을 받으며 말했다.

"네, 엄청 크네요……. 어쩌면 우리가 압도되었던 이유가 이 녀석 때문인지도 모르겠어요."

사라가 여전히 시선을 떼지 못한 채 말했다.

반경이 족히 수 킬로미터는 되어 보이는 구형 윤곽이 그 안에 옅게 빛나는 천체들의 모습을 담은 채 아주 천천히 회전하고 있었다.

내부에 담겨진 모습은 토성에서 워터폴 탐사선이 접근하며 촬영한 것과 비슷했다.

나선형 은하와 구상성단의 모습을 닮은 여러 대형 성운들이 둥글게 왜곡된 공간 안에 자리했다. 그 중 노란빛을 내는 천체 하나가 가장자리에서 밝게 빛나고 있었다.

"이것 때문이었을까? 보이저 1호가 멈춘 이유가."

존이 습관처럼 손가락으로 조종간을 두드리며 말했다.

"아무래도 그렇지 않을까요. 가장자리에 아슬아슬하게 걸쳐 있는데요. 어떻게 빨려 들어가지 않고 저렇게 있는지 모르겠어요."

사라가 놀랍다는 듯 대답했다.

"우리도 위험한 거 아닐까요? 저 정도 크기라면 분명 주변 중력장이 심하게 왜곡되어 있을 텐데……."

토마스가 중력계측기에 나타난 데이터를 확인하며 말했다.

"그럴 수도 있지. 계획을 조금 변경해야겠어요. 일단 지금까지는 아무 문제가 없으니까 헬리온의 위치는 여기에 고정하도록 합시다. 사라와 토마스는 우측 에어로크를 이용해서 유영하도록 하고, 최대한 보이저 1호의 오른쪽에서 접근하기로 합시다. 드론의 궤도도 멀리 돌아서 보이저 1호 우측에서 촬영과 조명을 비추도록 해야겠어요. 저게 뭔지는 모르겠지만 자칫하면 빨려들어 갈지도 모르니 최대한 조심할 필요가 있어요."

존이 낮은 목소리로 말했다.

"혹시 그냥 돌아갔으면 하는 의견 있나요? 아니면 유영을 포기하자거나."

존이 사라와 토마스를 바라보며 말했다.

"아니요."

사라와 토마스가 고개를 내저으며 동시에 대답했다.

"좋습니다. 평소 같으면 임무중단을 선언했겠지만, 여기까지 와서 그럴 수는 없지. 거리가 닿지 않을 테니, 보이저 1호의 회수는 로봇팔 대신 밧줄을 이용하기로 합시다. 우리가 가진 견인로프 길이가 140미터 정도 되니까 충분할 거예요."

존이 옆에 앉은 토마스의 등을 두드리며 말했다.

"사라, 예정대로 진행합시다. 드론을 먼저 보내고 보이저 1호의 상태를 자세히 확인하는 것부터."

존의 빠른 결정에 사라와 토마스는 불안감이 엄습할 새도 없이 예정된 작업에 들어갔다.

사라와 토마스는 서로를 밧줄로 묶은 채 천천히 전진했다.

토마스를 뒤따르는 사라의 허리에 연결된 굵은 견인용 로프가 그들과 헬리온 탐사선을 연결하는 유일한 생명줄이었다.

둘은 존의 지시대로 거대한 웜홀을 피해 오른쪽으로 최대한 우회하면서 보이저 1호에게 천천히 다가갔다.

"생각보다 속도가 더딘 것 같은데."

토마스가 MMU의 레버를 손에 쥔 채 사라에게 말했다.

"네, 견인용 로프 무게가 만만치 않으니까요."

사라가 긴장감을 감추지 못한 표정으로 말했다.

"그러게. 마음만큼 녀석한테 다가가는 게 쉽지는 않군."

보이저 1호와의 거리가 20여 미터까지 가까워지자 토마스가 감속을 위해 레버를 다시 뒤로 당겼다. 하지만 홀로 유영하면서 익숙해진 토마스의 감각은 사라와 견인로프의 무게를 고려하는 데 실패했다.

"토마스, 조금 빠른 거 같아요. 이대로라면 그냥 지나칠 것 같은데요."

사라가 다급한 목소리로 말했다.

"그럴 것 같은데. 그래도 우리가 탐사선이랑 연결되어 있으니 걱정하지 말자고."

토마스가 다소 긴장한 듯 목소리에 힘을 주며 안심시켰다.

사라도 토마스와 함께 MMU의 출력을 최대로 높였지만, 눈앞에 나타난 보이저 1호와의 상대속도는 여전히 더디게 줄어들고 있었다.

"사라, 내가 보이저 1호의 접시 안테나를 잡아서 멈춰볼 테니 뒤에서 백업을 좀 해줘."

토마스가 방향을 미세하게 틀어 보이저 1호와의 각도를 더욱 좁히며 말했다.

"토마스, 그냥 지나치더라도 다시 돌아오는 게 낫지 않겠어요? 너무 무리하지 않는 게……."

사라의 말이 끝나기 무섭게, 무게 800kg의 보이저 1호가 두 사람 눈앞에 거대하게 다가왔다.

랑데부를 몇 초 앞두고 토마스는 왼손을 뻗은 채 몸을 보이저 1호를 향해 비틀었다. 그리고 이내 보이저 1호의 거대한 접시 안테나를 손으로 움켜쥐었다.

"컨택 성공!"

토마스가 보이저 1호를 놓치지 않으려 더욱 손에 힘을 주며 말했다. 토마스는 랑데부에 성공했지만, 사라는 아직 속도를 완전히 줄이지 못했다.

"토마스, 저는 아직 멈추지 못했어요. 우리 둘 사이의 줄이 곧 팽팽해지면서 충격이 갈 거예요. 대비하세요."

사라가 토마스의 곁을 지나치며 성급함을 질책하듯 말했다.
"그래, 내가 꼭 잡고 있을 테니 다시 이리로 오면 돼."
토마스가 사라를 바라보며 대답했다.
토마스의 말이 끝나기 무섭게 사라에게 이내 온몸을 감싸는 충격이 전해졌다.
하지만 사라를 멈춘 것은 MMU의 추진력도, 두 사람을 연결하고 있는 생명줄도 아니었다. 난생 처음 느껴보는 충격에 사라가 당황한 듯 주위를 두리번거렸다.
"토마스, 저도 멈췄어요. 그런데…… 뭔가 이상해요. 그러니까……."
사라가 다시 몸을 돌려 천천히 앞을 향해 오른손을 뻗었다.
"이게…… 뭐지……."
사라가 양손을 다시 뻗으며 중얼거리더니, 이내 문을 두드리듯 주먹을 쥐고 빈 공간을 휘저었다.
"존, 아니 토마스…… 지금 당장 이리 와봐야 할 것 같아요."
사라가 넋을 잃은 표정으로 시선을 떼지 못한 채 말했다.
"무슨 일이야, 사라?"
이제야 무언가 심상치 않다는 걸 깨달은 토마스가 보이저 1호를 움켜쥐고 있던 손을 풀고 천천히 사라에게로 다가갔다.
잠시 후 토마스가 사라 옆에 서자, 사라가 고개를 돌리며 잠시 뜸을 들인 후에 말했다.
"여기 무언가 벽이 있는 거 같아요."
"뭐? 벽이 있다고? 그게 무슨 말이야."
사라의 말에 토마스가 어이없다는 말투로 대꾸했다.

그들의 눈앞에 펼쳐진 검은 허공은 여전히 다양한 빛깔의 별들이 점을 이루며 평소와 다름없이 무한한 거리감을 뿜내고 있었다.

"제가 멈춘 건 밧줄 때문이 아니었어요. 한 번 만져보세요, 여기를……."

사라가 토마스에게 자신의 손을 가리키며 따라해볼 것을 권했다.

어리둥절한 표정으로 손을 뻗던 토마스가 이내 강한 저항을 느끼고는 놀란 표정을 지어 보였다.

"이게 뭐지, 도대체?"

토마스가 믿을 수 없다는 듯 양 손바닥을 뻗어 보이더니, 이내 좌우로 이동하며 허공을 향해 손을 두드리기 시작했다.

"여기만 그런 게 아니야. 전체가 다 그런 것 같아……. 믿을 수 없어. 도대체 이게 뭐지? 투명한 유리벽인가? 아니야, 그것보다는 훨씬 푹신한 느낌이야. 눈앞에는 아무것도 없는데, 보라고, 사라. 저 너머에 별들이 그대로 있다고."

토마스가 흥분을 감추지 못한 채 말했다.

그렇게 몇 분이나 허공을 돌아다니더니 토마스가 이내 다시 사라의 곁으로 돌아왔다.

"젠장, 모든 게 이것 때문이었군."

토마스가 말했다.

"그런 것 같아요. 아니 이제 이유를 조금 알 것 같아요."

사라가 다시 냉정함을 되찾은 듯했다.

"보이저 1호는 그냥 멈춘 게 아니에요. 제가 그랬듯이 이 알 수 없는 장벽에 부딪힌 채 그냥 멈춰 있었던 거라고요……."

"이게 그렇게 넓게 있나? 이 근처에만 있는 거 아니야? 확인을 해봐야 할 것 같은데."

토마스가 아직 이해할 수 없다는 표정으로 말했다.

"글쎄요, 그건 그렇지만……."

사라가 다시 천천히 허공을 쓸어내며 말했다.

"사라, 토마스. 교신 내용만으로는 지금 무슨 일이 일어나는지 알 수가 없어요. 안전에 위협을 받는 상황인가요?"

두 사람의 교신을 듣고 있던 존이 말했다.

"그런 건 아니지만…… 존, 지금 이 상황을 말로 설명하기가 조금 곤란해요. 직접 오셔야만 할 것 같아요."

사라가 대답했다.

"우리 모두가 동시에 우주유영을 할 수는 없어요. 그건 사라도 잘 알고 있을 테고요. 일단 탐사선으로 복귀해서 자세히 이야기하기로 합시다. 토마스, 돌아오면서 견인로프를 보이저 1호에 연결해야 해요. 그래야 우리가 여기서 녀석을 끌어당길 수 있으니까."

존이 차분한 목소리로 지시했다.

"네, 알겠습니다. 사라, 일단 다시 돌아가서 얘기하기로 하죠. 우리가 제정신이 아닐 수도 있어요. 가서 차분히 생각해보자고요."

토마스가 여전히 멍하게 서 있는 사라의 팔을 이끌며 말했다.

"맞아요. 지금 우리가 경험한 것이 우리 정신의 문제일 수도 있으니까…… 일단 돌아가죠. 저도 더 여기 있고 싶지 않아요."

사라가 정신을 차린 듯 몸을 돌린 후, 허리에 연결되어 있던 견인로프를 풀어 토마스에게 건넸다.

로프를 건네받은 토마스가 보이저 1호를 향해 본체의 뒷부분에 로프의 고리를 연결했다.

"존, 저희 복귀하겠습니다. 견인로프는 성공적으로 연결했고요. 육안으로 보기에 보이저 1호에 큰 손상은 없어 보입니다. 자세한 것은 탐사선에서 보고드리겠습니다."

토마스가 사라에게 손짓하며 말했다.

두 사람은 각자의 MMU를 이용하여 탐사선까지 빠르게 이동했다. 한 번도 느껴보지 못한 새로운 경험은 우주에 고립되어 있다는 사실과 맞물려 조금씩 두려움으로 다가오고 있었다.

보이저 1호와의 랑데부가 3시간이 지난 지금, 세 사람은 조종실 모듈에 모여 아무런 말도 없이 스크린을 응시하고 있었다.

지난 두 시간 동안 사라와 존은 탐사선에 있는 모든 드론을 이용하여 '가상의 벽'이 과연 어디까지 분포하고 있는지 탐색했다. 아직 탐사가 끝나지 않았지만, 결과는 충격적이었다.

어떠한 드론도 사라와 토마스가 있었던 곳보다 더 멀리까지 나아가지 못했다. 빈틈을 찾기 위해 일부 드론을 10여 킬로미터 떨어진 곳까지 보내봤지만 결과는 마찬가지였다.

전속력으로 벽을 향해 달려가던 드론들은 아무런 손상도 없이 이내 멈추어버렸다. 벽에 부딪힌 후에 튕겨져 나오는 등의 물리적 현상도 없이 그냥 그 자리에 바로 정지해버렸다.

"국소적인 현상이 아니에요."

사라가 드론의 조종간을 쥔 채 말했다.

"설명할 수는 없지만, 이 가상의 벽은 광범위하게 펼쳐져 있는 것 같아요. 일종의 온실 유리 같은 거죠."

"그게 무슨 의미지?"

존이 팔짱을 낀 채 사라에게 물었다.

"아직 우리의 지식으로는 설명할 수 없는 그런 성질을 가진 벽이 이 주위를 둘러싸고 있는 것 같아요. 모든 물체가 그 밖으로 나갈 수 없도록 하는……."

사라가 대답했다.

"아직 단정할 수는 없어. 웜홀 때문에 일시적으로 생긴 이상현상일 수도 있잖아."

존이 말했다.

"네, 알아요. 우리가 가진 장비로는 이 벽이 얼마나 넓게 퍼져 있는지는 알 수 없겠죠. 하지만 파이오니어 10호를 생각해보세요. 이곳과는 정반대 방향, 거리로는 400억 킬로미터 가까이 떨어진 지점에서도 비슷한 일이 있었잖아요. 게다가 두 현상이 일어난 지점의 태양으로부터의 거리도 비슷하고요. 저는 거기서도 같은 일이 일어난 거라고 생각해요."

사라가 확신에 찬 어조로 말했다.

"그렇긴 하지만……."

존이 여전히 이해할 수 없다는 표정을 지어 보였다.

"존, 이건 정말 대단한 발견이라고요. 우리가 원래 이곳에 오려고 했던 이유하고 비교할 수 없을 만큼요. 제 생각엔……."

사라가 계속 이야기를 해도 될지 고민하며 말끝을 흐렸다.

"우리가 우주의 끝에 도달한 것 같아요."

사라가 잠시 뜸을 들이더니 말했다.

"사라, 그건 너무……."

토마스가 고개를 저으며 말했다.

"네, 알아요. 비과학적이라는 거. 말도 안 된다는 것도요. 하지만 파이오니어 10호도 멈췄다는 소식을 듣고 나서부터 마음속으로 생각했어요. 우주의 끝이라는 게 있는 것은 아닐까? 우주는 4차원의 시공간이어서 중심도 경계도 없다는 이론도 잘 알고 있어요. 하지만 잘 정리된 이론보다 관측한 사실이 우선이잖아요. 우리는 이해할 수 없는 일을 벌써 두 번이나 겪었어요. 방금 토마스와 제가 경험한 것이 그 증거고요."

자신의 생각을 토로하는 사라의 목소리가 점점 높아졌다.

"잘 알겠어요, 사라. 무슨 생각인지 어떠한 이야기를 하고 싶은지도. 하지만 지금은 우리가 그 사실을 가지고 논쟁할 때가 아니에요. 남은 탐사기간 동안 최대한 증거를 확보해서 다시 지구로 돌아가야 해요. 사라의 생각은 그때 가서 이야기해도 늦지 않아요."

존이 차분한 목소리로 말하자 이내 사라가 고개를 수이며 흐느끼기 시작했다.

"사실 모르겠어요. 이게 다 무슨 일인지…… 이해할 수가 없다고요. 모든 것이 혼란스럽기만 하고……. 그리고 무엇보다 무서워요. 도대체 무슨 일이 일어나고 있는 건가요……."

난생 처음 보는 사라의 울음에 존이 조용히 눈을 감았다.

내색하고 있지는 않았지만, 존과 토마스 모두 두려운 것은 마찬가지였다. 지구와의 정상적인 교신도 불가능한 심우주의 공간에서 세 사람이 감당하기에는 너무 벅찬 일이 눈앞에서 벌어지고 있었다.

"죄송해요……. 제가 잠을 너무 못 자서 그만 이성을 잃었나 봐요."

이내 사라가 고개를 들어 손으로 눈을 훔치며 말했다.

"사라, 괜찮아요. 두려울 때는 두렵다고 이야기해도 좋아요. 존과 나도 마찬가지인걸요."

토마스가 사라의 곁으로 다가서며 말했다.

"네, 고마워요……. 제가 아까 한 말들은 너무 신경 쓰지 마세요. 누가 들으면 미쳤다고 생각할 테니까."

사라가 애써 웃는 표정을 지어 보이며 다시 드론 조종콘솔로 향했다.

"아무튼 오늘 작업은 더 이상 하지 않는 것이 좋겠어요. 잠시 휴식하면서 생각을 정리해봅시다. 나는 여기서 호쏜에 보낼 보고서를 녹화할 테니 3시간 후에 다시 공동휴게실에서 만나기로 하죠."

존이 분위기를 전환하려는 듯 두 사람에게 조종모듈 밖으로 나가라는 손짓을 하며 말했다.

Ceremony

2025년 12월 11일

　보이저 1호와의 랑데부가 성공적이라는 소식을 들은 호쏜의 미션컨트롤센터는 축제의 분위기였다.
　30분 전, 헬리온 탐사선이 무사히 도착했음을 알리는 짧은 텍스트 메시지가 수신된 직후, 직원들은 모두 환호성을 지르며 단상 위로 뛰어올랐다. 비록 16시간 전에 일어난 일이었지만, 그들은 마치 눈앞에서 현장을 목격한 듯 감격에 북받쳐 서로를 부둥켜안았다.
　"브라이언, 성공을 축하해요. 결국 해냈군요."
　좀처럼 감정을 드러내지 않는 사무엘이 밝게 웃으며 브라이언에게 말했다.
　"다 NASA와 국장님 덕분이죠. 그래도 여전히 믿기지 않는군요. 빛으로도 18시간을 가야 하는 거리에 우리 친구들이 있다는 게……."
　브라이언이 담담한 표정으로 말했다.

"그래요, 우리가 실시간으로 서로를 확인할 수 없다는 게 여전히 불안하지만, 그래도 잘 있다고 메시지를 보내왔으니 그들을 믿어봅시다."

사무엘이 끊임없이 들어오는 인터뷰 요청에 단상을 내려가며 말했다.

지난 1년간 조용하다 못해 엄숙함마저 감돌던 미션컨트롤센터는 이미 수십 명의 기자와 카메라들로 발 디딜 틈이 없었다. 텔레비전에는 벌써부터 헬리온 탐사선의 성공적인 도착을 알리는 속보가 자막으로 등장하고 있었다.

'당분간은 문 밖에도 못 나가겠군.'

브라이언이 발걸음을 사무실로 향하는 순간, 에이미가 그의 뒤를 조용히 쫓아왔다.

"팀장님, 이것 좀 보셔야 할 것 같아요."

다급한 에이미의 목소리에 브라이언이 고개를 돌리며 발걸음을 멈췄다.

"에이미도 너무 수고 많았어요. 다시 컨트롤센터로 들어가서 이야기할까요?"

브라이언이 물었다.

"아, 여기서는 조금 곤란할 것 같아요. 팀장님 방에서 따로 보고드리는 것이 좋겠어요."

에이미가 혹시나 뒤따라오는 사람은 없는지 주위를 두리번거렸다.

"좋아요, 방으로 가서 얘기합시다."

브라이언이 답했다.

잠시 후, 브라이언의 방에 도착한 두 사람이 테이블에 마주 앉았다.

"무슨 일이죠, 에이미?"

브라이언이 여전히 긴장을 풀지 못하고 있는 에이미를 보며 말했다.

"방금 존으로부터 메시지가 하나 도착했어요. 전체 수신이 아닌 제 개인 계정으로요. 당분간 팀장님을 제외한 누구와도 보고 사항을 공유하지 말아달라고 존이 신신당부해서……."

에이미가 태블릿 화면을 테이블 위로 올리며 브라이언에게 메시지를 보여주었다.

브라이언 그리고 에이미에게.

성공적으로 헬리온 탐사선의 도착을 알리게 되어서 기쁩니다.

탐사의 성공을 알리는 단문 메시지와 함께 이 보고서를 발송하였지만, 전송 속도 관계로 이 메시지가 더 늦게 도착하겠군요.

성공과 감격의 기쁨을 방해하고 싶지는 않지만, 중대한 발견 사항이 있어 이렇게 보고드립니다. 큰 혼란을 일으킬 수 있으므로, 당분간은 브라이언과 에이미만 알고 있기를 바랍니다.

간략히 말씀드리면, 보이저 1호가 있는 지점에서 우리는 몇몇 이상현상을 목격했습니다.

토성에서 목격한 것보다 수십 배는 큰 웜홀이 보이저 1호 근처에 위치하고 있습니다. 하지만 상태는 매우 안정적이어서, 현재로서는 탐사선이나 승무원들에게 큰 위협이 되지는 않습니다.

사실 그 다음 현상이 더 중요한데, 우리는 보이저 1호가 정지해 있는 바로 그 지점 근처에서 한 발짝도 더 앞으로 나아갈 수 없었습니다.

일종의 유리벽 같은 것이 모든 물체의 진행을 막고 있는데, 중력 계측기와 다른 탐사 기기의 측정결과는 모두 정상 수치 이내입니다.

유리벽이라고 표현했지만, 우리가 경험한 어떠한 것으로 설명할 수 없는 현상입니다. 이 벽은 탄성은 있지만 반발력은 없어서, 아무리 빠른 속도로 부딪히더라도 별다른 어려움 없이 그 자리에 멈추어버립니다.

또한 부딪히는 순간에도 주변이 왜곡되어 보인다든지 하는 현상도 전혀 없습니다. 직접 만져본 사라의 표현을 빌리자면 '눈앞에 보이는 모든 것은 아무런 이상이 없는데, 무언가 내 손과 몸을 움직임을 제한하는 느낌'이라고 합니다. 그러니까 모두 난생 처음 겪어보는 기이한 물리적 현상입니다.

드론을 이용하여 반경 10킬로미터 이내를 모두 조사했지만, 마찬가지 결과를 얻었습니다. 적어도 이곳에서 10킬로미터 범위 내에서는 보이저 1호가 서 있는 지점 이상으로 나아가거나 신호를 전달하는 것이 불가능합니다.

이 벽이 우리에게 해가 되거나 안전을 위협하는 것은 아니지만, 승무원 모두는 당혹감과 두려움을 느끼고 있습니다. 하지만 여전히 모든 것은 안정적입니다.

우리는 오늘, 호쏜에서는 어제가 되겠군요, 다시 우주유영을 하면서 이 현상에 대해 자세히 탐사할 계획입니다.

별다른 이상현상이 없다면, 보이저 1호를 회수하여 귀환을 시도할 계획입니다. 호쏜의 지시를 기다리기엔 시간이 촉박하지만 앞으로 36시간 동안은 이곳에 계속 머무를 예정입니다.

혹시 추가로 지시할 사항이 있다면 빠른 회신 부탁드립니다. 이번 교신에서 별다른 사항이 없다면, 지구로의 귀환을 진행하도록 하겠습니다.

–헬리온 탐사선 선장 존 머피로부터

"이게 도대체 무슨 소리지······."

메시지를 다 읽은 브라이언이 잠시 고민에 빠진 후에 말했다.
"저도 잘 모르겠어요. 영상이나 데이터도 도착한 게 없는 상황이라서……."
에이미가 당혹감을 감추지 못한 표정으로 말했다.
"이거 말고, 객관적인 데이터들은 언제 도착하지?"
브라이언이 다소 날카로워진 표정으로 물었다.
"영상은 지금 전송이 불가능할 거예요. 워낙 거리가 멀고 전파가 미약해서요. 계측 데이터들은 용량이 Mb단위니까 완전히 수신하는 데 하루는 걸릴 거예요."
에이미가 수신 목록을 확인하며 말했다.
"난감하군. 도대체 무슨 이야기를 하는 건지 모르겠어. 벽이라니. 탄성은 있지만 반발력이 없다는 말은 또 무슨 소리인지…… 더 나아갈 수 없다는 것도 그렇고. 어떻게 해야 하지? 우리가 가진 정보가 너무 없는 것 같은데……."
브라이언이 난감한 표정을 지으며 말했다.
"일단 존한테 임무기간을 연장한다고 회신해줘요. 한 이틀 정도만 더 그곳에서 대기하라고. 12시간 내에 회의를 해서 무언가 추가적인 방법을 찾아봅시다."
잠시 후 브라이언이 침묵을 깨고 말했다.
"아, 네. 그러면 팀장님하고 저 말고 다른 사람들도 알게 되는 건가요?"
에이미가 눈을 크게 뜨며 물었다.
"그래야죠. 우리 둘이 고민한다고 해결할 수는 없으니까. 단, 외부로의 공개는 막아주세요. 사무엘하고 케이트 그리고 저번에 웜홀

논의할 때 모였던 멤버들한테만 연락해줘요. 지금 당장. 1시간 내에 회의실에서 만나는 걸로."

브라이언의 목소리가 좀 더 날카로워졌다.

"네, 하지만 존이 부탁한 게 있어서……."

에이미의 목소리가 점점 작아졌다.

"알아요, 에이미. 하지만 어쩔 수 없어요. 존도 이해할 거예요."

브라이언의 말에 에이미가 고개를 끄덕이며 회의실 밖으로 나섰다.

Rescue of Voyager 1

2025년 12월 11일

　잠시 동안의 휴식을 마친 후, 사라와 토마스는 다시 공동거주구역에 모였다.
　두 사람은 보이저 1호를 회수하기 위한 작업 절차를 마지막으로 확인했다.
　30분 후, 두 사람은 조종실 에어로크의 외부 해치를 열었다.
　모든 것을 빨아들일 듯 천천히 회전하고 있는 웜홀은 처음에는 두려움을 불러일으켰지만, 이제는 경외감과 웅장함이 불안한 감정을 압도하고 있었다.
　"내가 보이저 1호 뒤쪽에서 연결 상태를 점검할 테니, 그동안 사라는 조금 떨어져서 저 유리벽 현상을 다시 한 번 확인해줘. 온보드 카메라로 자세히 촬영해주고. 저번에 찍은 영상은 너무 흔들렸더라고."
　토마스가 앞서 전진하며 말했다.

"네, 눈에 보이는 것은 아니어서 카메라로 찍어도 달리 도움이 될까 싶어요. 그래도 증거를 남겨야 하니까."

사라가 토마스를 바짝 뒤쫓으며 대답했다.

잠시 후, 두 사람은 다시 보이저 1호가 있는 곳에 도착했다.

토마스는 보이저 1호의 밑부분에 매달린 채, 임시로 연결한 견인고리가 제대로 힘을 전달하는지 고정볼트를 다시 조이면서 세밀하게 확인했다.

사라는 50여 미터 떨어진 곳에서 촬영용 드론을 이용해 자신의 움직임이 어떻게 제한되는지를 면밀히 촬영했다.

"존, 견인 준비 완료되었습니다. 천천히 로프를 당겨주세요."

토마스가 몸을 안테나 뒤 쪽에 기댄 채, 한 손으로 로프를 움켜쥐며 말했다.

"좋아요, 토마스. 로프 견인장치 가동하겠습니다. 속도는 최저로. 사라, 이제 견인 작업을 촬영해주세요."

존이 스크린에서 견인 작업 대기 스위치를 누르며 말했다.

"네, 알겠습니다."

존의 말에 사라가 자신의 주변을 맴돌고 있는 2기의 촬영용 드론을 원격으로 조작했다.

스위치를 누르자 녀석들이 보이저 1호 쪽을 향하며 일렬로 정렬했다.

"자, 견인 시작합니다."

존이 견인 시작 버튼을 누르자, 탐사선 아래에 장착된 윈치가 천천히 돌아갔다. 토마스는 보이저 1호에 함께 매달린 채, 천천히 탐사선을 향해 이동하고 있었다.

보이저 1호가 탐사선을 향해 10여 미터 정도 움직였을 무렵, 갑자기 보이저 1호가 좌우로 크게 흔들렸다. 토마스가 중심을 잡기 위해 양손으로 보이저 1호를 움켜쥐는 순간, 갑작스레 보이저 1호가 왼쪽으로 이동하기 시작했다.

"존, 어떻게 된 거죠?"

토마스가 급박한 목소리로 말했다.

"모르겠어. 충격이 전해졌는데, 윈치가 걸린 것은 아닌지 확인중이야……."

"아니야. 윈치는 모두 정상인데!"

"이런, 윈치가 반대로 풀리고 있어."

존이 스크린에 역방향 회전을 알리며 붉은색으로 점멸하는 윈치의 상태를 확인하며 말했다.

"무슨 일이죠?"

멀리서 이 광경을 지켜보던 사라가 놀라 소리쳤다.

아직 두드러지지는 않았지만, 보이저 1호가 눈에 띄게 기울어진 채 옆으로 이동하고 있는 모습이 그녀의 시야에 들어왔다.

"잠깐만…… 이런, 보이저 1호가 어디론가 끌려가고 있는 것 같아. 탐사선도 같이 이끌리고 있다고!"

존이 계기판에서 조금씩 증가하고 있는 탐사선 속도 수치를 확인하며 말했다.

"지금 끌려가는 방향이, 젠장. 웜홀 쪽이에요. 저 녀석이 보이저 1호를 끌어당기고 있다고요."

토마스가 고개를 돌려 웜홀 쪽을 확인하며 말했다.

"안 되겠어, 토마스. 얼른 귀환하도록 해. 사라, 즉시 귀환해, 당장!"

존이 소리쳤다.

"잠깐만요, 우리가 그냥 떠나면 탐사선도 함께 끌려 들어갈 거예요. 이 로프를 끊어야 해요."

탐사선과 보이저 1호 사이를 연결한 로프가 장력으로 인해 팽팽하게 당겨졌다.

보이저 1호와 탐사선은 함께 속도가 빨라지며 웜홀의 가장자리를 향해 달려가고 있었다.

"존, 탐사선 쪽에서 끊어요. 토마스, 그냥 보이저 1호를 놓고 돌아와요. 얼른요!"

사라가 토마스 쪽으로 향하며 다급하게 소리쳤다.

사라의 말에도 불구하고, 토마스는 본체에 연결된 견인고리의 고정볼트를 푸는 데 집중하고 있었다. 하지만 탐사선과 보이저 1호 사이에 엄청난 장력이 걸린 까닭에, 볼트를 푸는 일은 예상처럼 쉽게 되지 않았다.

"토마스, 같이 해봐요. 얼마 남지 않았어요. 시간이……."

그 사이 토마스 쪽으로 날아온 사라가 공구를 함께 쥐며 말했다.

"아니야, 이건 같이 한다고 되는 일이 아니야. 사라는 차라리 탐사선 쪽 윈치로 가서 거기 빨간 레버를 당겨봐. 그럼 로프가 풀리면서 작업이 수월할 거야."

토마스가 사라를 밀어내며 말했다.

"빨리, 이러다간 우리 모두 저 안으로 들어갈 거라고!"

사라가 돌아가기를 주저하자 토마스가 더 큰 소리로 외치며, 사라의 MMU 레버를 뒤로 당겼다.

사라는 얼떨결에 토마스로부터 멀어지면서 시간이 정말 얼마 남지 않았음을 직감했다.

이미 보이저 1호는 웜홀의 주변부와 10여 미터 거리로 가까워져 있었다.

사라가 최고 속도로 탐사선 앞부분에 도착했을 때, 그녀는 당혹감을 감출 수 없었다. 토마스가 말한 빨간 레버는 그곳에 있지 않았다. 윈치는 그저 로프를 감고 있을 뿐, 그곳에 로프를 끊거나 제거할 방법은 애초에 존재하지 않았다.

"토마스! 여기서는 로프를 풀 방법이 없다고요!"

사라가 소리쳤지만, 토마스의 교신 내용은 잡음으로 인해 들리지 않았다.

이미 보이저 1호는 절반쯤 웜홀의 경계선을 지나고 있었다. 토마스는 여전히 본체에 매달려 볼트를 풀기 위해 애쓰고 있었다.

그와 동시에 존은 어떻게든 웜홀로 빨려 들어가는 것을 막기 위해 이온추진기를 최대출력으로 가동했다. 하지만 미약한 추력을 가진 이온추진기의 힘으로 웜홀을 이겨내기에는 역부족이었다. 별다른 차이도 없이, 헬리온 탐사선은 보이저 1호를 따라 웜홀에 빠르게 가까워지고 있었다.

"젠장, 결국 이렇게 끝이 나는군."

존이 조종실 창밖을 가득 채운 웜홀을 보면서 중얼거렸다.

그 순간, 보이저 1호와 탐사선을 연결하고 있던 줄이 갑자기 느슨해지더니, 헬리온 탐사선에 강한 충격이 전달되었다.

"줄이 풀어졌어요!"

갑작스레 보이저 1호와 분리되면서 느슨해진 채 허공을 떠도는 견인로프를 확인한 후 사라가 말했다.

"토마스, 얼른 귀환해요. 어서요!"

사라가 소리쳤지만 토마스는 여전히 묵묵부답이었다.

이미 보이저 1호는 절반 이상 웜홀 쪽으로 빨려 들어가 그 형체가 일그러지고 있었다. 그리고 그 바로 옆으로 어렴풋이 탐사선을 향한 채 MMU를 전진시키기 위해 애쓰는 토마스의 모습이 정지화면처럼 보였다.

"젠장, 존, 얼른 구조용 드론! 빨리요!"

사라가 소리치기 무섭게, 존이 드론 조종 콘솔로 재빠르게 이동하여 구조용 드론의 비상 전개 버튼을 눌렀다. 탐사선 측면에 붙어 있던 3미터 크기의 구조용 드론이 재빠르게 이탈하더니 토마스 쪽으로 최고속도로 이동했다.

하지만 시간은 둘을 기다려주지 않았다. 구조용 드론이 채 도착하기도 전에, 토마스와 보이저 1호의 모습은 이미 존과 사라의 시야에서 사라지고 없었다. 목표를 잃은 구조용 드론만이 주위를 맴돌다 이내 같은 곳으로 사라졌다.

"말도 안 돼……."

순식간에 일어난 일에 존이 허탈한 표정으로 허공을 응시했다.

미처 대응할 시간도 없이 보이저 1호와 토마스가 눈앞에서 사라져 버렸다.

얼마 지나지 않아 강렬한 후회감이 존의 가슴속을 휘저었다.

지난 며칠간 아무런 문제를 보이지 않던 웜홀을 안정적이라고 판단한 것이 문제였다. 혹시나 보이저 1호가 끌려 들어갈 수도 있다는 사실은 이미 알고 있었지만, 또 다른 이상현상에 집중한 나머지 미처 그 위험을 과소평가하고 말았다.

사라는 윈치 옆에 몸을 기댄 채, 멍하니 보이저 1호가 사라진 지점을 바라보고 있었다.

그녀는 아직도 토마스를 잃었다는 사실이 믿기지 않았다. 아니, 믿을 수 없었다는 표현이 더 적절했다.

자칫 함께 끌려 들어갈 수 있는 상황에서, 토마스는 자신을 안전한 곳으로 유도했다. 윈치 옆에 비상 레버 따위가 없다는 것을 토마스가 몰랐을 리는 없었다. 그는 그렇게 이야기하지 않으면, 사라가 자신의 곁을 떠나지 않을 것을 직감하고 있었다. 하지만 뻔한 거짓말에 속아, 토마스의 곁을 떠나버린 자신의 이기심을 사라는 견딜 수가 없었다.

시간이 지나 사라의 정신을 다시 깨운 것은, 우주복 안에서 울리는 경보음이 한참을 울리고 난 뒤였다.

"사라…… 힘들겠지만, 이제 탐사선으로 들어와요."

사라의 모습을 카메라를 통해 지켜보고 있던 존이 30분 만에 입을 열었다.

아내의 죽음에도 냉정을 잃지 않았던 그의 눈가는 이미 붉게 물들어 있었다.

"이산화탄소 수치가 계속 올라가고 있어요. 지금 들어와야 해요."

사라가 몇 분 동안 전혀 움직임이 없자 존이 다시 귀환할 것을 반복했다.

10여 분이 지난 뒤 이산화탄소의 위험 수치를 알리는 두 번째 경보음이 울리고 나서야, 사라는 탐사선의 벽을 잡고 에어로크로 들어왔다.

가압 완료를 알리는 초록색 등이 들어오자, 사라는 헬멧을 벗은 채 그 자리에 주저앉았다.

　북받치는 감정을 주체하지 못한 채, 사라는 큰 소리로 울음을 쏟아냈다.

　잠시 후, 존이 에어로크의 내부 해치를 열고 들어와 사라를 껴안았다. 사라의 흐느낌은 좀처럼 줄어들지 않았지만, 그것은 존 역시 마찬가지였다.

　두 사람은 반나절을 그곳에서 그렇게 기다렸다.

　사라가 에어로크에서 잠시 잠이 든 동안, 존은 조종실에 앉아 눈을 감은 채 무언가를 골똘히 생각하고 있었다.

　호쏜에서 다음 임무를 알리는 교신이 들어왔지만, 그는 알림 장치를 꺼놓은 채 아무런 확인도 하지 않았다. 팔걸이 옆에 놓인 태블릿 위로 작성하지 않은 일일 보고서가 전송되지 않은 채 커서만 깜박이고 있었다.

　존은 눈을 감은 채 사고 당시 상황을 수십 차례 떠올렸다. 수 년 전 마크를 잃어버렸던 사고 순간이 함께 떠오르면서, 존의 마음속은 걷잡을 수 없이 복잡해졌다.

　최선을 다했다고 생각했지만, 그는 가장 아끼던 부하 둘을 잃어버렸다. 선장이라는 이유로, 또는 규칙이라는 이유로 자신은 구출하려는 노력조차 하지 않은 채 그렇게 조종실에 앉아 있었던 기억이 그의 가슴을 짓누르고 있었다.

　그렇게 기억을 곱씹으며 안으로 슬픔을 억누르고 있을 무렵, 잠에서 깬 사라가 그의 곁으로 다가왔다.

　"존, 얼마나 시간이 지났죠?"

사라가 피곤이 가시지 않은 표정으로 물었다.

"사라, 좀 괜찮아졌어? 글쎄 한 열 시간 정도 지난 것 같아."

존이 사라를 바라보다 이내 다시 창밖으로 고개를 돌렸다.

"그렇군요……. 잠이 들었어요. 저도 모르게. 혹시 무슨 신호 같은 것은 없었나요? 아니면 무언가 새로운 소식이라도……."

사라가 존 옆의 좌석에 앉으며 물었다.

"아니, 아무것도 없었어. 언제나 그랬듯 고요하기만 하지……."

존이 애써 미소를 지어 보이며 말했다.

잠깐의 침묵이 흐르는 동안 두 사람은 창문 밖을 바라보았다.

비출 것 없이도 환하게 켜진 두 개의 조명 사이로, 사고 직후 요동치던 견인로프의 움직임이 천천히 진폭을 줄이며 잦아들고 있었다.

"사라, 아직 충격에서 벗어날 수는 없겠지만……."

"아니요, 존. 이야기하지 않았으면 좋겠어요."

사라가 존의 말을 끊으며 말했다.

"말하고 나면 조금 나아지겠죠. 하지만 그건 그때뿐이에요. 그냥 지금은 아무 말도 하고 싶지 않아요. 위로해주려고 하지 않아도 돼요."

사라가 태연한 듯 고개를 들어 존을 바라보았다.

"존, 다음 계획을 이야기해줘요. 더 이상 여기 머무는 것은 의미가 없을 것 같아요. 이곳을 벗어나는 것이 우리한테 도움이 될 것 같아요. 혹시 호쏜에서 지시사항이 도착했나요?"

사라가 말했다.

"응, 하지만 확인하지 않았어. 그들은 아직 사고 상황을 모를 테니까. 추가 작업을 지시했다고 하더라도 지금 상황에서 우리가 할

보이저 2 161

수 있는 것은 없을 테고."

"지금 보고를 하더라도 다시 36시간을 기다려야 할 테고요."

사라가 존의 말이 끝나자마자 덧붙였다.

"그렇지."

존이 짧게 대답했다.

"존, 부탁드리고 싶은 것이 있어요. 하지만 결정은 당신이 해야 해요. 우리는 2년을 날아와서 이곳에 도착했고, 믿을 수 없는 현상들을 경험했어요. 하지만 보이저 1호와 토마스를 구조하지 못했고 드론들도 모두 잃어버렸어요. 남은 것이라고는 영상 화면과 각종 데이터밖에 없어요. 그러니까 우리는 이제……."

"지구로 귀환합시다."

존이 사라의 말을 끊고 단호한 목소리로 결단을 내렸다.

사라가 예상치 못했다는 듯 당황스러운 표정을 지어 보였다. 그녀는 존의 강렬한 반대를 예상하고 어렵게 귀환 이야기를 꺼낸 터였다.

"마지막으로 우리가 이곳에서 겪은 일들이 잘 저장되어 있는지 확인하고, 귀환 절차를 준비해줘. 예상보다 1주일 일찍 떠나는 것이니 확인해야 할 것들이 제법 있을 거야."

존이 사라를 바라보며 말했다.

"네, 존. 알겠어요. 그런데 정말 괜찮겠어요?"

사라가 갑작스레 물었다.

"호쏜에는 내가 보고할게. 밤새 고민해보았는데, 우리가 이곳에서 더 할 수 있는 것은 없는 것 같아. 토마스를 구할 수 있는 가능성이 조금이라도 있다면 좋겠지만…… 그가 다른 세계에 무사히 안착했기를 기도하는 수밖에 없을 것 같아."

 존이 다시 창밖을 응시하며 말했다.

 "알았어요, 존. 저도 같은 생각이에요. 옷을 좀 갈아입고 말씀하신 귀환 절차를 확인하고 보고드릴게요."

 사라가 조종실 문으로 향하며 말했다.

 다음날 오전, 호쏜의 미션컨트롤센터에는 수십 분이 지나도록 침묵만이 흐르고 있었다. 브라이언은 통제실 뒤편에 앉아 고개를 숙인 채 무언가를 골똘히 생각하고 있었다.

 지난 이틀 동안 탐사팀은 새로운 임무계획을 짜느라 숨 쉴 틈도 없었다. 존이 말한 '투명벽'이 과연 무슨 현상인지, 어떻게 해야 과학적으로 그 특성을 확인할 수 있을지 열띤 토론이 벌어졌다.

 헬리온 탐사선에서 보내온 정보가 제한적이었기 때문에, 회의실에는 다양한 가설이 난무했다. 웜홀 근처에서 생긴 이상중력현상이라는 이론부터 승무원들이 극도의 피로감과 고립감으로 인해 착각을 한 것이라는 의견까지 다양하게 등장했다.

 문제는 탐사선에 실린 장비들이 '정상적인' 심우주 탐사를 위해 설계된 것이기 때문에, 이러한 돌발 상황에서는 큰 쓸모가 없다는 점이었다.

 6시간에 걸친 마라톤 회의 끝에, 탐사팀은 이 현상을 '시각화'하는 것이 가장 중요하다고 결론 내렸다. 눈에도 보이지 않고 중력계측기에도 이상이 확인되지 않는다면, 적어도 눈에 보일 수 있도록 만드는 것이 가장 중요했다.

 아이디어를 낸 것은 에이미였다. 그녀는 구조용으로 사용되는 에어매트리스를 예로 들었다.

매트리스 안에 가득 찬 공기는 원래 눈에 보이지 않지만, 어느 정도 탄력을 가진 천으로 인해 그 움직임을 간접적으로 확인할 수 있다. 만약 에어매트리스 위로 누군가 뛰어 내린다면, 움푹 파인 후 다시 원래대로 돌아오는 공기의 움직임을 대략 시각화할 수 있다.

에이미는 구조용 드론에 탑재되는 비상용 에어매트리스를 떠올렸다.

우주공간에 표류하는 우주인을 구하기 위해 만들어진 구조용 드론은 유사시 요구조자에게 다가가 근처에서 에어백 같은 매트리스를 펼치도록 되어 있었다.

여러 번의 구조에 사용할 수 있도록 탐사선에는 여벌의 매트리스가 보관되어 있었다. 이 매트리스의 모서리를 잘라 넓게 펼친다면 대략 30미터 길이의 거대한 직사각형 천을 만들어낼 수 있었다.

그녀는 이 천을 벽이 있는 곳까지 옮긴 후에, 그곳에 직접 드론이나 물체를 충돌시키는 방법을 제안했다. 비록 첨단 기술은 아니었지만, 벽으로 추정되는 공간의 움직임이 어떻게 변화하는지를 객관적으로 확인할 수 있는 방법이었다.

에이미의 아이디어가 나오기 무섭게, 브라이언은 과연 실현이 가능할지에 대해 즉시 확인해볼 것을 요구했다.

사무엘의 지시로 NASA 존슨우주센터에서는 매트리스 세트를 넓게 펼친 채, 어느 곳을 자르고 펼쳐야 하는지 또 어떻게 목표 지점까지 이동시켜야 하는지 연구원들의 밤샘 실험이 진행되었다.

결국 존으로부터 도착 상황을 보고 받은 지 20시간 만에, NASA와 호쏜의 탐사원들은 추가 임무 프로토콜을 마련해냈다.

그들은 최대한 간략하게 요약된 임무절차와 매트리스의 변형 방법이 담긴 그림을 헬리온 탐사선으로 전달했다. 이제 18시간 후에 탐사선이 관련 사항을 수신하고 나면, 미지의 현상에 대한 본격적인 실험이 진행될 예정이었다.

하지만 오랜 기다림 끝에 도착한 것은 비극적인 소식뿐이었다. 존은 사고가 발생하고 14시간이 지난 후에야 짧은 메시지를 호쏜으로 전송했다.

-2025. 12.12. UTC 04:50
-토마스 대원을 사고로 잃었다. 작업 도중 웜홀로 끌려 들어간 것으로 추정되며, 현재 구조는 불가능한 상황이다.
-더불어 같은 이유로 보이저 1호도 잃어버렸다.
-나머지 두 명의 승무원은 무사함. 탐사선에는 큰 이상이 없으나 구조작업 및 추가 임무 수행이 불가능하다.
-선장의 직권으로 2025. 12.12. UTC 21:30 지구로의 귀환을 시작하겠다.
-이상 교신 끝.

긍정적인 답변을 기다렸던 호쏜의 직원들 모두 당황스러움과 함께 큰 슬픔에 빠졌다.

토마스와 개인적인 친분이 있던 직원들은 사고 사실을 듣자마자 흐느끼며 통제실 밖으로 뛰쳐나갔다.

하지만 브라이언은 통제실을 떠나지 못한 채 멍하니 콘솔 앞에 앉아 있었다. 이번 탐사에서 승무원 전부를 잃을 수도 있다는 것은 이미 오래전부터 예상했던 일이었다. 브라이언뿐 아니라 이번 프로젝트에 참여한 모든 직원들도 마찬가지였다.

일상적인 우주왕복선 임무 때도 같은 생각을 했었지만, 이번에는 달랐다. 객관적인 보고서에는 탐사가 완전히 실패할 확률이 5퍼센트 미만으로 적혀 있었는데, 그 수치를 믿는 사람은 없었다. 탐사 거리가 멀어질수록 불확실성은 늘어날 수밖에 없었다. 지금까지는 어느 정도 잘 대처를 해왔지만, 결국 일은 터지고 말았다.

"브라이언, 어느 정도 예상했던 일이야. 너무 실망하지 말게."

소식을 듣고 달려온 사무엘이 브라이언의 어깨 위에 손을 얹으며 말했다.

"그렇긴 하죠……."

브라이언이 힘없는 말투로 담담하게 말했다.

"존이 귀환을 결정했다면, 상황이 그만큼 안 좋다는 이야기일 거야. 잠시 몸을 추스르고 나서 탐사선의 정상적인 귀환을 위해 다시 노력하자고. 아직 200억 킬로미터 떨어진 곳에 존과 사라가 있으니까."

사무엘이 브라이언으로부터 한 발 멀어지며 위로했다.

Return to the Earth
:
:

2025년 12월 12월

같은 시각, 귀환 점검 절차를 막 마친 사라가 헤드셋을 통해 존을 호출했다.

"존, 시스템 점검은 모두 완료했어요. 현재는 전력이나 이온추진기 계통 모두 양호해요. 선체 외부에도 눈에 띌 만한 손상은 없고요. 다만 다시 지구로 돌아가기 위해서는 조종모듈을 다시 앞쪽으로 옮기는 작업을 해야 해요. 원래 토마스의 몫이었는데……."

사라가 말끝을 흐렸다.

"사라, 확인했어요. 조종모듈은 내가 직접 옮기도록 할게요. 탐사선에서 분리되고 난 뒤에 육안으로 다시 한 번 선체 외부를 점검할게요."

존이 조종실에서 각종 계기를 확인하며 말했다.

"네, 알겠습니다."

사라가 대답했다.

잠시 후, 선체를 울리는 진동이 느껴지더니 조종모듈이 탐사선에서 분리되었다.

절차에 따르면 다른 승무원이 분리된 조종모듈의 위치나 속도를 확인하도록 되어 있었지만, 지금은 그 역할을 수행할 사람이 없었다. 오직 존의 능력만으로 모든 작업을 진행해야만 했다.

10여 분 후, 다시 큰 진동과 함께 헤드셋 너머로 존의 목소리가 들려왔다.

"랑데부 성공했어요. 사라, 가압이 확인되면 조종실 쪽으로 오도록 해요. 이제 정말 돌아갈 시간이에요."

존의 말이 떨어지자마자, 사라가 공동거주구역에서 조종실로 향했다.

내부 해치를 열자 존이 왼쪽 좌석에 앉아 바쁘게 귀환 절차를 수행하고 있었다.

"설레는데요. 집으로 돌아간다니까."

사라가 오랜만에 가벼운 미소를 지으며 말했다.

"그래, 하지만 기나긴 여행이 될 거야. 마음 단단히 먹으라고."

존이 사라를 힐끔 바라보며 말했다.

"네, 도착하고 나면 다 잊어버리겠죠. 기나긴 지루함들도."

사라가 오른쪽 좌석으로 몸을 옮긴 후 벨트로 몸을 고정했다.

"자, 그럼 마지막 점검 절차 시작합니다.

플라이크 컨트롤."

"확인."

"방위, 궤도."

"확인."

"전력계통."

"1번 발전기 출력 90퍼센트에서 상승 중, 2, 3번 발전기 가동 시작."

"좋습니다. 이온추진기 최대출력으로 가동 시작합니다."

존이 말했다.

"이온추진기 출력 확인."

"현재 5퍼센트에서 상승 중."

사라가 조금씩 높아지는 이온추진기 출력 게이지를 지켜보며 말했다.

"문제없이 출력 증가하고 있습니다. 현재 30퍼센트."

"50퍼센트, 2번 발전기로부터 전력을 공급받기 시작합니다."

"75퍼센트. 별다른 이상 없습니다. 3번 발전기로부터 전력이 공급되고 있습니다."

그 순간, 탐사선 전체를 울릴 만큼 커다란 폭발음과 함께 선체가 위아래로 강하게 흔들렸다.

컨트롤 패널 위에 위치한 붉은색 마스터 알람 스위치가 깜박이며 중대한 문제가 발생했음을 경고했다.

"젠장, 무슨 일이지?"

존이 바쁘게 계기판을 확인하며 물었다.

사라가 다급하게 MFD에 나타난 경고 메시지를 읽었다. 전력계통의 흐름을 나타내는 다이어그램에는 3번 발전기의 이상을 알리는 X 표시가 깜박이고 있었다.

"3번 발전기! 3번 발전기에 이상이 생긴 것 같아요!"

사라가 소리쳤다.

"일단 발전기를 비상 정지시킵시다."

존이 오버헤드 콘솔에서 발전계통 패널을 더듬어 찾은 후에, 스위치 덮개를 열고 '비상정지' 버튼을 눌렀다.

강한 금속음과 함께 발전기의 가동이 멈추자 탐사선을 뒤흔들던 진동도 점차 잦아들었다.

"아, 이런……."

다시 조용해진 조종실 안에서 탐사선의 이상상태를 확인했다.

"3번 발전기가 완전히 망가진 것 같아요. 터빈 쪽에 문제가 생긴 것 같아요."

사라가 말했다.

"원자로는 어때?"

존이 물었다.

"노심 온도도 괜찮고, 외벽 상태는 별다른 이상이 없어요. 다행히 원자로도 손상된 것 같지 않아요."

사라가 계기 화면을 확인하며 말했다.

"터빈 쪽이라면……."

존이 말했다.

"구체적인 손상 내역은 더 확인되지 않아요. 하지만 화재 경보없이 갑작스런 진동이나 폭발음이 들린 것을 고려하면……."

"터빈 블레이드가 부러졌군."

존이 고개를 가로로 저으며 말했다.

"아무래도 그런 것 같아요."

사라가 태블릿에서 비상대응 매뉴얼을 바쁘게 확인했다.

헬리온 탐사선에 실린 3개의 원자로는 각각 발전기와 연결된 소형터빈을 가지고 있었다. 초고압증기를 이용하여 발전기를 돌리는 터빈 날개 중 하나가 알 수 없는 이유로 망가지면서 심한 진동을 유발하였고, 이로 인해 발전시스템 전체의 이상을 가져왔다.

"화재는 없는 것이 확실한가요?"

사라가 매뉴얼을 확인하며 물었다.

"외부 카메라에도 폭발 흔적이나 화염은 찾을 수 없어. 연기와 열 감지 센서도 정상이고. 비상소화기라도 작동을 하는 것이 좋을까?"

존이 사라를 바라보며 물었다.

"아니에요. 화재가 진압되었다면, 그 다음은……."

사라가 말끝을 흐렸다.

"해당 발전기의 가동을 중단하고 완전히 정지시켜야 해요."

잠시 후 사라가 태블릿을 내려놓으며 말했다.

"우리가 할 수 있는 것은?"

존이 다시 물었다.

"안타깝게도 없어요. 발전시스템은 우리가 수리하거나 교체할 수 있는 부품이 없어요. 3개 중 한 개가 고장 났을 때는……."

"나머지 두 기를 이용해서 어떻게든 귀환하라……."

존이 사라의 말을 가로채며 말했다.

"네, 맞아요."

사라가 절망스런 표정으로 컴퓨터를 통해 무언가를 계산하기 시작했다.

"나머지 두 기의 발전기를 이용해 최대로 얻을 수 있는 70MW의 전력으로는 이온추진기를 90%밖에 가동하지 못해요. 우리의 모든 일정이 130퍼센트 출력을 기준으로 정해졌으니까, 예상 도착시간을 계산해보면……."

"앞으로 30개월이요. 2년하고도 6개월을 더 가야 해요."

사라가 눈을 감은 채 좌석에 털썩 기대며 말했다.

"집에 빨리 가기는 틀렸군."

존이 한 손으로 턱을 고이며 말했다.

"식량이나 생존유지장치는?"

존이 물었다.

"이 탐사선은 3명의 승무원이 최대 5년을 버틸 수 있도록 설계되어서 여유가 있어요. 문제는……."

사라가 키보드를 두드리며 탐사선의 예상 궤도를 다시 계산했다.

"우리가 지금부터 2년 6개월을 날아간다면, 지구가 제자리에 없다는 데 있죠."

사라가 고통스런 표정으로 말했다.

"음…… 귀환최적화 위치가 아니라는 거지?"

존이 되물었다.

"네, 원래는 지구가 우리한테서 멀어지는 방향일 때 접근할 예정이었는데, 이대로라면 지구궤도를 뒤따라 잡거나, 귀환에 적당한 위치가 다시 올 때까지 6개월을 더 기다려야 해요."

사라가 대답했다.

"총 3년이 걸리는 셈이군."

존이 눈을 감으며 말했다.

서로 아무런 말도 하지 않은 채 몇 분의 시간이 지난 뒤, 사라가 침묵을 깨며 입을 열었다.

"존, 한 가지 방법이 있긴 한데……. 해도 될지는 잘 모르겠어요."

사라가 조심스럽게 말했다.

"일단 들어나 보자고."

존이 사라를 바라봤다.

"네, 우리가 단지 지구로 빨리 돌아가는 방법만을 생각해본다면 의외로 해결책이 단순할 수 있어요. 전력이 3분의 1로 줄었으니 그에 상응하는 일을 하는 거죠."

사라가 존의 눈치를 살피며 머뭇거렸다.

"그게 뭐지?"

존이 궁금한 듯 되물었다.

"탐사선의 무게를 3분의 1 줄이는 거요."

사라의 급작스런 제안에 존이 당황스러운 표정을 지었다.

"그렇게까지 해서 우리가 얻을 수 있는 이득은?"

존이 자세를 고쳐 잡으며 물었다.

"네, 무게를 3분의 1 줄이면, 지금의 출력만으로도 이온추진기를 130퍼센트 가동한 것과 같은 효과를 얻을 수 있어요. 원래 예상했던 대로 21개월 만에 지구에 도달할 수 있는 거죠. 그러면 지구에서 발사한 워터폴 2호의 중계도 할 수 있을 테고요."

사라가 차분한 어조로 존을 설득했다.

"워터폴 2호 얘기는 그다지 설득력이 없는걸."

존이 고개를 가볍게 저으며 말하자 사라의 표정이 살짝 굳어졌다.

"하지만 무게를 줄이는 안에는 나도 찬성합니다."

잠시 후, 존이 고개를 끄덕이며 말하자 사라가 미소를 띠며 존을 끌어안았다.

"집에 빨리 가고 싶은 거예요. 대장님도."

사라가 다시 자리로 돌아오며 말했다.

"그래, 정말 벗어나고 싶은 생각뿐이라고. 하지만 이 부분은 호쏜의 승인을 받아야 하니까 섣불리 기대하지는 말자고. 나도 최대한 설득해볼게."

존이 다시 냉정을 되찾은 듯 말했다.

오랜만에 존의 영상메시지가 도착하자 호쏜의 미션컨트롤센터 직원들이 모두 스크린 앞으로 모였다.

저화질로 전송된 까닭에 잡음이 가득한 영상이었지만, 모두들 숨을 죽이고 존의 목소리에 귀를 기울였다.

유감스러운 소식을 전하게 되어 죄송합니다.
우리는 보이저 1호가 있는 곳에 도착하는 미션에 성공했지만, 토마스와 보이저 1호를 모두 잃었습니다. 사라와 저는 아직도 슬픔에 잠겨있지만, 다행히 조금씩 안정을 찾아가고 있습니다.
많은 고민 끝에 저와 사라는 지구로의 귀환을 결심했습니다.
하지만 출력을 높이는 과정에서 3번 발전기의 고장이 발생했고, 현재 이온 추진기는 예상했던 출력의 3분의 2밖에 내지 못하고 있습니다.
기나긴 탐사기간과 사고로 인해 저와 사라 모두 지쳐 있지만, 아직 남은 임무를 완수하고 지구로 무사히 귀환하기를 희망합니다.
비록 지구와 먼 거리에 떨어져 있지만, 호쏜과 NASA의 동료들에게 고마움을 표합니다. 곧 빠른 시간 안에 지구에서 만날 수 있기를.

짧은 존의 인사가 끝나자, 직원들 사이에서 웅성거림이 들려왔다. 에이미가 직원들 사이를 비집고 브라이언에게로 다가와 쪽지를 건넸다.

존이 탐사선 무게를 1/3 줄이기를 원해요. 지구 귀환이 늦어지는 것을 원치 않고 더불어 워터폴 2호의 임무를 수행하고 싶어 해요.

쪽지를 보던 브라이언이 에이미와 케이트를 호출했다.

잠시 후, 세 사람이 브라이언의 사무실에 모였다.
"존이 무슨 이야기를 하는지 대충 알 것 같아. 발전기 고장으로 인한 출력 저하를 무게를 줄이는 걸로 보완해보자는 거지? 그렇지 않으면 귀환하는 데 3년 가까이 걸릴 테니까."
브라이언이 두 사람을 바라보며 묻자 에이미가 말없이 고개를 끄덕였다.
"충분히 이해되는군. 우리 입장에서도 저들을 빨리 지구로 귀환시키는 게 좋을 것 같아. 두 사람이 육체적, 정신적으로도 너무 지쳤을 테고. 예상보다 15개월이나 더 우주공간에 머무르게 하는 것은 옳지 않은 것 같아."
브라이언이 자신의 책상으로 가서 무언가를 찾더니 다시 테이블로 돌아와 헬리온 탐사선의 설계도를 펼쳐 보였다.
"그럼 지금부터 어떻게 하면 가장 효율적으로 탐사선 무게를 줄일 수 있을지 고민해봅시다."

다음날 아침, 사라는 메시지 수신을 알리는 알람 소리에 잠에서 깨어났다.

〔탐사선 분해 및 재조립 승인〕
#탐사선 무게 감량 계획안 (제거 후 탐사선 무게 860톤)
3번 환경모듈, 7번 승무원 개인거주구역 모듈 1개, 8번 중력휠, 9번 식량모듈 제거

"되로 주고 말로 받았군……."

사라가 계획안을 살펴보며 중얼거렸다. 계획안대로라면, 사라와 존은 중력이 없는 공간에서 1년 반의 시간을 버티는 수밖에 없었다.

"존, 논의할 것이 있어요. 호쏜에서 회신이 왔어요."

사라가 선내 방송장치를 통해 존을 호출했다.

잠시 후, 잠에서 깬 존이 사라의 거주구역으로 들어왔다.

호쏜에서 보내온 메시지를 확인한 후 존이 난감한 듯 사라를 바라보았다.

"생각보다 훨씬 과격한데? 사라 생각은 어때?"

존이 물었다.

"이 정도로 극단적으로 무게를 줄이리라고는 예상 못 했는데……. 계획안대로 860톤까지 무게를 줄이면, 우리가 머무를 공간은 크게 줄어들지만 무게가 원래에 비해 절반 가까이 줄어들기 때문에 귀환 시간을 더 단축할 수도 있어요."

사라가 말했다.

"아무리 그렇다 하더라도 중력휠과 개인거주구역을 날리면, 너무 비좁을 것 같은데."

"완전히 예전의 미르 우주정거장 시절로 돌아가는군."

존이 허탈한 웃음을 지으며 말했다.

다음날부터 호쏜에서 구체적인 작업지침이 도착하기 시작했다. 텍스트 메시지로만 구성되어 있었지만 호쏜의 지시사항은 명확했다.

"9번 식량 모듈부터 제거하라고 연락이 왔어요. 식량은 모두 트레이에 담아 개인거주구역에 보관하라고 되어 있네요. 이거 양이 제법 되는데……."

사라는 고개를 갸웃하며 중얼거렸다.

"그 다음에는 9번 모듈을 봉쇄하고 사출시키고 나면, 8번 중력휠과 공동거주구역 모듈을 제거하는 게 다음 작업이에요."

사라가 9번 모듈의 선적상황을 확인하며 말했다.

"9번 모듈은 어렵지 않게 사출시킬 수 있을 테고, 8번 모듈은 어떻게 해야 하지?"

존이 탐사선의 설계도가 나타난 스크린 화면을 조작하며 물었다.

"생각보다 간단해요. 공동거주구역에서 필요한 물품들을 옮기고 나서 똑같이 사출시키면 될 것 같아요. 9번 모듈처럼."

사라가 대수롭지 않다는 듯이 말했다.

"중력휠에 있는 물품들은?"

존이 다시 물었다.

"거기 있는 물건은 대부분 '중력'이 있어야 사용할 수 있는 것들이라…… 이제는 커피를 내려먹지 못한다는 게 아쉽네요."

사라가 존을 힐끗 바라보며 말했다.

"어쨌든 무게를 줄이는 게 목표니까. 최대한 필요한 것들만 챙겨야겠군."

존이 물품 리스트에서 불필요한 것들을 삭제하며 말했다.

"그 다음 과정은?"

존이 물었다.

"똑같아요. 다음은 7번 개인모듈을 사출하면 돼요. 그 다음이 문제인데……."

"5번, 6번 모듈은 저와 대장님 거주구역이니까 남겨두고, 4번은 이온추진기 모듈이라 건드릴 수 없죠. 다음에는 3번 생존모듈만 떼어내야 하는데, 먼저 맨 앞에 있는 조종모듈이 2번 모듈하고 결합한 채로 탐사선과 분리한 다음, 3번 모듈을 사출하고 나서 다시 결합하면 돼요."

사라가 스크린의 탐사선 모식도를 손으로 짚으며 말했다.

"복잡하군."

존이 고개를 천천히 끄덕이며 말했다.

"네, 그래도 호쏜의 계획안대로라면 선체 외부로 나가거나 할 필요는 없어요. 그냥 다 이 안에서 해결할 수 있는 것들이에요."

사라가 별것 아니라는 듯이 얘기했다.

"사출하면서 따로 작업해야 할 것은 없나? 연결 부위의 배관이라든지……."

존이 물었다.

"음…… 네, 모든 모듈이 독립적인 구조라 필요 없을 것 같아요."

사라가 사출 매뉴얼을 확인하며 말했다.

Thomas
⋮

2025년 12월 15일

지난 며칠 동안 겪었던 혼란이 지나가자 미션컨트롤센터에는 비로소 적막감이 찾아왔다.

사라와 존으로부터 탐사선의 감량이 성공적으로 진행되었다는 보고를 받은 직후, 브라이언은 사무실 문을 닫은 채 의자 깊숙이 몸을 파묻었다.

그는 깍지 낀 손으로 목을 받힌 채 조용히 눈을 감았다. 아직 헬리온 탐사선의 소식은 언론에 공개되지 않았지만, 프로젝트의 실패를 성토하는 질책과 비난이 브라이언의 머릿속을 불안하게 스쳐갔다.

헬리온 탐사선의 모습이 과거의 기억들과 얽히며 얕은 잠에 빠져들 무렵, 조심스럽게 방문을 두드리는 소리에 브라이언이 몸을 일으켰다.

'젠장, 이 시간에 누구지.'

브라이언이 피곤한 기색으로 고개를 돌려 핸드폰을 확인했다. 무음 설정을 해놓은 지 채 30여 분이 지나지 않았지만, 수십 통의 부재중 전화 목록이 화면을 가득 채우고 있었다.

최신 목록에서 케이트의 이름을 확인한 브라이언이 몸을 일으켜 사무실 문을 열었다.

"브라이언, 여기 계실 줄 알았어요."

케이트가 문고리를 잡고 있는 브라이언을 가로질러 회의실 소파로 향했다.

"피곤하신 줄은 알지만, 이걸 한번 같이 보셔야 할 것 같아요."

케이트가 아직 정신이 들지 못한 채 서 있는 브라이언을 바라보며 말했다.

브라이언이 자리로 돌아와 소파에 앉자마자 케이트가 노트북을 프로젝터에 연결한 채 화면을 스크린에 띄웠다.

"헬리온 탐사선이 보이저 1호를 놓친 게 어제 일이에요. 그러니까 우리가 정보를 받은 시점을 기준으로 하면요."

케이트가 리모콘을 손에 쥔 채 스크린 앞으로 나서며 말했다.

"정확히 21시간 전부터 DSN에서도 보이저 1호의 신호가 사라졌어요. 완전히. 얼추 보이저 1호가 웜홀로 빨려 들어간 것으로 생각되는 시점과 맞아 떨어지죠."

케이트가 스크린 위에 나타난 그래프를 가리키며 말을 이어갔다.

"그리고 지금 보여드리는 그래프는 2시간 전에 DSN에서 전송된 자료예요."

"보시다시피, 보이저 1호의 신호가 다시 나타나기 시작했어요."

케이트가 화면을 넘기자 복잡하게 얽힌 신호 파형들 틈으로 보이저 1호의 신호로 추정되는 것들이 붉은색으로 나타났다.

"음, 나쁘지 않은 소식이군요. 다시 웜홀을 빠져나온 건가요?"

브라이언이 고개를 비스듬히 돌린 채 물었다.

"저도 처음에는 그런 줄 알았어요. 신호가 워낙 미약했거든요. 원래 신호가 완전히 사라질 것으로 예측했던 시점과 비슷할 정도로요."

케이트가 숨을 크게 들이키며 말했다.

"그런데 DSN에서 방금 그게 아닌 것 같다는 연락이 왔어요. 아직 시간이 부족해서 완전한 결과는 아니지만, 새롭게 나타난 보이저 1호의 신호는……."

케이트가 다시 숨을 골랐다.

"토성 부근에서 발사되고 있는 것 같아요."

케이트는 믿을 수 없다는 표정으로 양손까지 들어 보이며 말했다.

"이런……."

케이트의 보고를 들은 브라이언이 이마에 손을 고인 채 고개를 숙였다.

잠시 후, 브라이언이 생각을 정리한 듯 다시 고개를 들고 케이트를 바라보며 말했다.

"그러니까 케이트의 말을 정리해보면, 21시간 전에 알 수 없는 이유로 웜홀로 들어간 보이저 1호가 다시 토성 근처에서 발견되었다는 거죠? 아무런 손상도 없이. 워터폴 탐사선이 그랬던 것처럼?"

"네, 그런데 한 가지 더 주목해야 할 점이 있어요."

케이트가 예상했던 질문이라는 듯이 담담한 표정으로 말했다.

"그게 뭐죠?"

브라이언이 불안한 듯 손가락으로 테이블을 두드리며 물었다.

"보이저 1호가 웜홀로 들어간 직후부터 다른 이상 신호들 역시 모두 사라졌어요. 파이오니어 10호의 신호와 워터폴 탐사선의 신호 모두요."

케이트가 대답했다.

"직후라고 함은 보이저 1호가 사라진 동시에 그랬다는 의미인가요?"

브라이언이 굳은 표정으로 다시 물었다.

"네, 정확히 21시간 전부터 지구상에 있는 전파망원경에는 두 탐사선의 신호가 모두 사라졌어요. 마치 흔적도 없었던 것처럼요."

케이트가 스크린을 넘기며 말했다.

"그게 물리학적으로 불가능하다는 것은 케이트도 잘 알고 있는 거죠?"

브라이언이 물었다.

"네, 보이저 1호와 파이오니어 10호는 서로 400억 킬로미터 가까이 떨어져 있으니까요. 한쪽에서 일어난 일을 다른 쪽에서 알아차리려면 적어도 하루 이상의 시간이 필요하겠죠. 모든 정보 전달 속도는 빛의 속도를 초과할 수 없으니까요."

케이트가 대답했다.

"좋아요. 어쨌든 지금 일어난 일에 주목해봅시다. 잃어버린 줄 알았던 보이저 1호가 토성 근처에 나타나서 보란 듯이 신호를 보내고 있어요. 그럼 우리가 뭘 할 수 있죠?"

브라이언이 앉은 자세를 고치며 물었다.

"보이저 1호의 상태를 다시 확인하는 게 필요하겠죠. 사라와 존이 지구로 귀환하고 있긴 하지만 토성 근처까지 도달하려면 1년 넘는 시간이 필요해요. 워터폴 2호 탐사선도 그 무렵은 되어야 도착할 예정이고요."

케이트가 대답했다.

"음…… 그렇다면 지금 당장 우리가 할 수 있는 것은 없군요. 어쨌든 두 대의 탐사선이 토성을 향하고 있으니 기다리는 수밖에 없겠어요."

케이트의 말에 잠시 생각에 잠겨 있던 브라이언이 말했다.

"아, 잠깐만요. 아까 뭐라고 했죠? 그러니까……."

브라이언이 갑작스레 말을 더듬으며 자리에서 일어났다.

"아니, 보이저 1호가 온전한 상태로 토성 근처에 나타났다고 했죠?"

브라이언의 목소리가 점점 다급해졌다.

"네…… 적어도 신호 상으로는요……."

케이트가 당황한 듯 말했다.

"이런, 아, 이럴 수는 없는데……. 토마스가 보이저 1호와 함께 빨려 들어갔잖아요. 보이저 1호가 온전한 상태로 토성 근처에 나타났다면……."

브라이언의 말이 채 끝나기도 전에 케이트의 얼굴이 붉어졌다.

"아, 이런……."

케이트가 제자리에 선 채 고개를 푹 숙였다.

"생존유지장치가 버틸 수 있는 시간이 얼마나 되죠?"

브라이언이 다급한 목소리로 물었다.

"……기껏해야 12시간도 안 될 거예요. 브라이언, 무슨 마음인지는 알지만, 설령 토마스가 보이저 1호와 함께 이동했다고 하더라도 우리가 현실적으로 그를 구할 수 있는 방법은 없어요."

케이트가 브라이언을 향해 다가서며 말했다.

"그건 나도 알아요. 그래도 어쩌면 시간이 남아 있을지 몰라요. 우리가 토마스와 교신할 수 있는 시간이."

브라이언이 무언가를 찾는다는 듯이 책상 위에 흐트러진 서류를 뒤적이며 말했다.

"얼른 미션컨트롤센터로 가봅시다. 토마스의 생체신호가 아직 남아 있을지도 모르잖아요."

브라이언이 케이트를 재촉하며 사무실 밖으로 뛰어 나갔다.

Rescue mission

2026년 3월 5일

사라와 존이 토마스의 소식을 들은 것은 지구로의 귀환이 시작된 지 3개월이 조금 지나서였다.

비좁아진 공간에서 지루하리만큼 단조로운 일상을 보내고 있던 두 사람에게 그 소식은 무척이나 충격적인 일이었다.

10여 분에 이르는 짧은 영상메시지에서 브라이언은 그동안 자신들이 겪은 일을 차분히 들려주었다.

그날 브라이언과 케이트가 회의실을 뛰쳐나간 뒤 시도한 첫 교신은 예상했던 것만큼 쉽지는 않았다. DSN의 전파망원경을 모두 토성을 향하도록 조절했지만, 토마스의 존재를 알리는 신호는 찾을 수가 없었다.

원래 우주복에 탑재된 통신장비는 기껏해야 수십 킬로미터 범위만 뻗어나갈 수 있기 때문에, 15억 킬로미터 가까이 떨어진 토성 부근에서는 정상적으로 신호를 확인하는 것이 불가능했다. 며칠에 걸친 토의 끝에 탐사팀은 보이저 1호의 안테나를 이용하는 아이디어를 떠올렸다.

미약하게 동작하고 있는 보이저 1호와 몇 kb 분량의 짧은 명령문을 주고받은 끝에, 보이저 1호 주변에서 수신된 신호를 지구로 전송하는 것이 가능해졌다.

오랜 작업 끝에 DSN 통신장비의 다이얼을 토마스의 고유 주파수에 맞추자, 이내 우주복의 비상구조 신호와 함께 토마스의 고유식별코드를 포함한 신호가 또렷하게 들어왔다. 그리고 브라이언이 사무실을 뛰쳐나간 지 수주일이 지나서야, 그는 토마스가 그곳에 있음을 알리는 신호를 직접 귀로 들을 수 있었다.

토마스가 보이저 1호 부근에 있다는 사실은 명확했지만, 그것이 그의 생존을 알리는 것은 아니었다. 지구에 도달한 토마스의 신호는 탐사선 외부에서 작업 중인 우주인이 일정 거리 이상 멀어지면 자동적으로 작동하는 비상구조 신호뿐이었다. 토마스의 심박수와 체온과 같은 생체정보를 알리는 신호는 여전히 확인할 수 없었다.

토마스가 살아있을 가능성이 전혀 없다는 것을 알면서도, 탐사팀은 여러 차례 토마스와의 교신을 시도했다.

주파수를 조금씩 바꾸어가며 며칠을 기다렸지만, 당연하다는 듯이 아무런 답신도 돌아오지 않았다. 평소 같으면 누구도 시도하지 않았을 방법이었지만, 이미 물리학의 이론으로 설명할 수 없는 일들을 반복해서 겪은 과학자들의 마음속에는 미지의 가능성에 대한 희망이 자리하고 있었다.

이처럼 토성궤도 위에 보이저 1호와 토마스가 모두 있다는 사실이 알려지면서, 탐사팀과 정부는 두 가지 커다란 문제에 봉착하고 말았다.

첫 번째는 이들을 다시 구조해야 할 것인가 하는 문제였다.

헬리온 탐사선의 원래 임무는 '보이저 1호의 구조와 회수'였다. 그리고 지구에서 200억 킬로미터나 떨어진 곳에서 그 임무는 보기 좋게 실패한 것처럼 보였다. 하지만 이번의 새로운 발견은 예상치 못한 곳에서 다시 한 번 임무를 수행할 수 있는 기회가 생겨난 것이나 마찬가지였다.

그것도 심우주가 아닌 태양계 안의 비교적 가까운 곳이었기 때문에 다시 한 번 도전해볼 수 있다는 희망적인 기운이 탐사팀 내부에 감돌았다.

하지만 사무엘은 단호했다. 그는 토성궤도에 있는 보이저 1호를 회수하는 것이 어떻겠냐는 브라이언의 제안을 듣자마자 냉정한 말투로 그것을 거절했다.

"생각보다 상황이 많이 좋지 않아요. 윗선에서는 이번 탐사의 실패 책임을 누가 지게 될 것인지 전전긍긍하고 있습니다. 그나마 아직 징계에 대한 안건이 수면 위로 떠오르지 않은 것은 사라와 존이 아직 우주에 있기 때문이에요. 그 둘이 무사히 귀환하기 전까지는 어떠한 새로운 계획도 논의하거나 승인할 수 없습니다."

사무엘의 단호한 말투에 브라이언은 그저 고개를 끄덕일 수밖에 없었다. 그동안 자신이 계획했던 모든 기획안이 실패한 이후로 브라이언은 예전처럼 '무조건 밀어 붙이던' 버릇이 많이 줄어들었다.

자신보다 더 열정적이던 앨런 역시 최근의 미팅에서는 말수가 부쩍 줄어든 터였다.

결국, 토성에 다시 등장한 보이저 1호를 구조하는 임무는 무기한 연기되었다. 발사가 수개월 안으로 임박한 워터폴 2호 역시, 원래의 계획대로 토성궤도에 있는 웜홀의 특성을 멀리서 확인하는 데 그쳤다.

두 번째 문제는 더 심각했다. 웜홀을 통한 물체의 이동이 자유롭게 이루어진다는 점이 증명되었기 때문이다.

처음 워터폴 탐사선이 토성에서 심우주로 이동했을 때만 해도, 순간적인 시공간 왜곡에 의한 일시적인 현상으로 치부하는 의견이 주류를 이루었다. 웜홀을 통해 인공 물체가 아무런 손상없이 이동한다는 것은 여전히 현대 물리학의 지식으로는 받아들이기 힘든 현상이었다.

하지만 이번에는 역으로 심우주에서 토성으로 물체가 이동한 것으로 확인됨에 따라 어떻게든 정상물리학을 유지하려던 수많은 물리학자의 기대는 무너지고 말았다.

설령 존재하더라도 극히 짧은 시간동안만 유지될 것으로 생각되었던 웜홀은 벌써 수년째 별다른 이상현상 없이 그 존재감을 드러내고 있었다. 게다가 마치 잘 뚫린 터널처럼, 별 어려움 없이 양방향으로 물체가 이동하는 게 가능하다는 점이 증명된 셈이었다. 물체뿐 아니라 인간과 같은 생명체까지도.

이 '지속 가능한 양방향 웜홀'의 존재가 폐쇄된 물리학 커뮤니티에 공개되자 물리학자들의 반응은 뜨거웠다.

그들은 빛의 파동설을 입증하기 위해 에테르의 존재를 찾던 19세기 말의 과학자들처럼, 이 새로운 현상을 설명하기 위해 새로운 가설들을 쏟아냈다.

빛의 속도를 규정한 상대성 이론을 부정하는 사람들부터 웜홀이 아닌 다른 차원의 현상임을 역설하는 물리학자들까지 다양한 이론들이 등장했다. 이들이 한 달에 한 번씩 비밀리에 토론을 연 호쏜에서의 회의는 언제나 다음날 새벽을 훌쩍 넘겨 아무런 결론을 내리지 못한 채 마치기 일쑤였다.

더 다양한 논의를 위해 이번 사건을 모두에게 공개해야 한다는 의견이 있었지만, 사무엘은 여전히 고개를 저으며 반대했다. 모든 것은 사라와 존이 무사히 귀환한 후에 공개한다는 것이 그의 대원칙이었다.

그는 새로운 논란들로 인해 두 사람의 귀환이 묻히는 것을 우려했다. 항상 유연하고 다른 의견에 귀 기울이던 모습과 달리, 사무엘은 헬리온 탐사선의 무사귀환 이외에 다른 임무는 전혀 고려하지 않는 것처럼 보였다.

그동안 호쏜과 NASA에서 있었던 일들을 전달받은 후, 사라와 존은 한참이나 말없이 스크린 화면만 바라보았다.

"이럴 줄 알았으면, 이렇게 힘들게 귀환하는 게 아니라 그때 토마스와 함께 웜홀로 들어가는 거였는데."

존이 분위기를 바꾸어 보려는 듯 웃으며 말을 건넸다.

"그러게요. 다같이 들어갔다면 벌써 집에 도착하고도 남았겠네요. 토마스도 함께."

사라가 애써 미소를 지어 보였지만 여전히 슬픈 표정을 짓고 있었다.

"놀라운 일이야. 모든 것을 집어삼킬 줄만 알았던 녀석이 토성으로 가는 지름길이었다는 사실이."

존이 믿을 수 없다는 듯이 고개를 저으며 말했다.

한동안 창밖을 바라보던 사라가 고개를 돌린 채 존을 바라보았다.

"토마스를 데리고 돌아갈 수는 없을까요."

사라의 갑작스런 말에 존이 눈을 지그시 감았다.

"가능하다면…… 그렇게 하면 좋겠지. 그런데 말이야. 우리가 토성 부근에서 속도를 줄일 수 있는 방법이 있을까? 적어도 토마스를 구하려면 토성 근처에서 완전히 정지해야 하잖아."

존이 잠시 생각하는가 싶더니 고개를 저으며 말했다.

"네, 맞아요. 지금의 탐사선 무게로는 이온추진기를 무리해서 가동하더라도 토성 근처에서 멈추는 것이 불가능해요. 그래도 며칠 고민해보면 분명 방법이 있겠죠?"

사라가 애써 웃음을 지은 채 존을 바라보며 말했다.

"정말 가능한 방법이 있다면 좋겠지만, 더 이상의 모험은 안 돼, 사라."

"네, 알겠어요. 그냥 아이디어를 내본 거예요."

존의 말을 들은 채 만 채 사라가 짧게 대답하며 조종모듈을 나섰다.

이틀 후, 조종모듈에서 당직근무 중인 존 앞에 사라가 무언가 빼곡히 적힌 자료를 들고 나타났다.

"사라, 아직 안 자고 있었어요?"

존이 사라를 바라보며 물었다.

"아까 낮에 잠깐 눈을 붙였어요. 존, 드디어 방법을 찾은 것 같아요."

사라가 피곤함이 가시지 않은 얼굴로 미소를 지으며 말했다.

"무슨 이야기를 할지 알 것 같군."

존이 좌석을 돌려 등받이에 몸을 기대며 말했다.

사라가 테이블 위에 태블릿과 한쪽 끝이 다 헤진 자료들을 올려놓았다.

"대장님이 걱정하실 것 같아 먼저 말씀드리면, 이번 계획은 예정된 귀환궤도에서 크게 벗어나지 않아요. 토마스를 구하는 것은 단지 탐사선의 속도를 조금 더 줄이는 것만으로도 가능해요."

사라가 존을 응시하며 말했다.

"좋아요. 계속 들어봅시다."

존이 팔짱을 낀 채 사라의 손끝을 바라보았다.

"지난번에 탐사선을 감량하면서 촬영용 드론은 모두 버렸지만, 구조용 드론 2기는 그대로 남겨놓았어요. 혹시 있을지도 모르는 우주유영에 대비해서요."

사라가 변경된 탐사선의 외관 모습을 화면에 띄우며 말했다.

"이 구조용 드론 2기를 이용해서 토마스를 다시 탐사선으로 데려오자는 게 제 생각이에요."

사라의 말에 존이 이해할 수 없다는 듯이 미간을 찌푸렸다.

"탐사선이 완전히 정지하는 것도 아닌데 구조용 드론을 어떻게 이용하자는 거지?"

존이 물었다.

존의 질문에 사라가 화면 가운데에 커다란 원을 그리더니 위에서부터 일직선으로 선을 그으며 내려왔다.

"자, 이 선이 토성으로 접근하는 궤도에요. 원래 탐사선은 토성 근처로 다가가면서 역슬링샷 기법을 이용해 속도를 줄일 예정이었어요. 만약 계획했던 것보다 속도를 더 줄일 수 있다면 이렇게 토성

궤도에 조금 더 바짝 다가갈 수 있어요. 그리고 토성궤도에 진입하는 순간, 이 부분에서 드론 2기를 사출할 거예요."

사라가 일직선으로 내려오던 선을 두 갈래로 나누며 말했다.

나눠진 두 갈래의 선 중 하나는 토성의 왼쪽으로, 다른 하나는 오른쪽을 향하며 굽어졌다.

"정확한 지점에서 사출한다면, 탐사선은 왼쪽으로, 드론은 오른쪽 궤도를 따라 진행하게 될 거예요."

사라가 말했다.

"오른쪽 궤도가 토마스가 있는 곳이군."

존이 천천히 고개를 끄덕이며 물었다.

"네, 아직 정확히 토마스가 어디 있는지는 모르지만, 탐사선과 토성 사이의 거리가 조금 더 가까워지면 우리가 가진 레이더를 이용해서 정확한 위치를 파악할 수 있을 거예요. 위치를 알고 난 후에, 토성궤도로 들어가는 갈래길에서 구조용 드론을 토마스가 있는 곳으로 던져놓는 거죠."

사라의 목소리가 다소 흥분한 듯 높아졌다.

"그러고 나서 드론이 토마스를 구조하고 나면, 다시 이렇게 토성궤도를 탈출하는 지점에서 만날 수 있어요."

사라가 갈라진 두 개의 선을 화면 아래쪽에서 다시 합치며 이야기했다.

"매우 간단한 것처럼 보이는군."

존이 끄덕임을 멈추고 말했다.

"네, 물론 이론상으로는요. 실제로 사출한 드론과 탐사선이 다시 만나기 위해서는 정밀한 계산이 필요해요. 성공하기 위한 진입속도를 모두 사용해서 속력을 최대한으로 높여야 해요. 그리고 바로 이 지점에서 탐사선과 다시 랑데부하는 거죠."

사라가 화면 아래쪽에 두 개의 선이 교차한 지점을 강조하며 말했다.

"좋아, 사라. 이론상으로는 가능하다고 하더라도 이 계획이 실제로 가능한가? 그러니까 여러 변수들을 고려하더라도 성공을 기대할 수 있나?"

존이 양손에 깍지를 낀 채 사라를 바라보며 물었다.

"확신할 수 없어요. 아직 토마스가 어디 있는지 정확히 모르니까요. 정확한 진입각도나 속력은 토성에 더 가까워져야만 알 수 있겠죠. 그렇다 하더라도 미리 드론을 정비하고 그물을 개량하는 작업은 지금부터 할 수 있어요."

사라가 대답했다.

존이 잠시 침묵을 지키자 사라가 말을 이어갔다.

"아, 사실 중요한 것이 하나 남아 있어요."

"그게 뭐지?"

"토마스의 위치와 상관없이, 우리가 이 계획을 실행하기 위해서는 토성으로 접근하는 속도를 조금 더 줄여야 해요. 예상했던 것보다 초속 2킬로미터 정도······."

사라가 대답했다.

"그 얘기는······."

존이 곤란하다는 듯한 표정을 지으며 말했다.

"네, 이온추진기의 출력을 조금 더 높일 필요가 있어요."

사라가 존의 말이 채 끝나기 전에 대답했다.

나 각도의 허용범위도 매우 작고요."

사라가 고개를 저으며 말했다.

"좋아. 하지만 두 가지 궁금한 점이 있어. 드론 2기가 토마스의 정확한 위치를 알고 있다고 가정하더라도, 어떻게 토마스를 구조하지? 드론에는 별다른 추진장치가 없어서 속도를 줄일 수도 없을 텐데."

존이 자세를 고쳐 잡으며 물었다.

"원래 구조용 드론에는 빈 우주공간에서 물체를 회수하기 위한 에어매트리스와 그물이 장착되어 있어요. 이 중 그물은 사람뿐 아니라 꽤 무게가 나가는 부품들도 담을 수 있기 때문에 탄력이나 내구성이 꽤 큰 편이에요. 이 그물들을 탐사선에 실린 예비부품들을 이용해서 더 크게 만든 다음에, 2기의 드론 사이에 이렇게 장착할 계획이에요."

사라가 자신이 스케치한 구조용 드론의 모습을 보여주며 말했다. 사라가 그린 그림에는 구 모양의 두 개의 드론 사이로 커다란 사각형 모양의 그물이 펼쳐져 있었다.

"마치 거대한 어망 같군."

존이 손으로 턱을 괴며 말했다.

"네, 맞아요. 어망의 크기가 수십 미터는 되기 때문에, 어느 정도 오차가 있어도 토마스를 낚아챌 수 있어요. 아직은 불확실하지만, 토마스와 드론 모두 토성궤도를 공전하기 때문에 비슷한 위치라면 속도 차이도 크지 않을 거예요."

사라가 대답했다.

"일단 드론이 존을 구조하고 난 뒤에는 가지고 있는 질소추진체

"이런…… 지난번에 3번 발전기를 잃은 이후로 이미 출력이 90퍼센트로 낮아졌다는 걸 사라도 잘 알고 있잖아. 그래서 우리가 탐사선을 감량한 거고……."

존이 고개를 다시 저었다.

"네, 잘 알고 있어요. 그렇게 많은 출력이 필요하지는 않아요. 지금보다 10퍼센트 정도만 더 높이면 돼요. 3개의 발전기를 모두 가동했을 때를 기준으로 100퍼센트 정도……."

사라가 말끝을 흐렸다.

"이온추진기 출력을 더 높이는 문제는 호쏜하고도 상의가 필요할 것 같아. 이번에 이온추진기가 망가지면 영영 지구로 못 돌아갈 수도 있다고."

존이 걱정스러운 표정으로 사라를 바라보며 말했다.

"잘 알고 있어요, 존. 우리는 언제나 그 정도 위험은 감수해왔잖아요."

사라가 힐 말을 다 마쳤다는 듯이 태블릿을 손에 쥔 채 조종모듈 밖으로 나섰다.

Fault

．
．
．
．

2027년 3월 7일

1년 후.

탐사선이 태양으로부터 27억 킬로미터 떨어진 지점에서, 존과 사라는 탐사선의 속도를 더 줄이기 위해 이온추진기의 출력을 150퍼센트로 높이는 절차를 수행했다.

이미 발전시스템의 폭발사고를 겪은 만큼, 두 사람은 지난 수주일 동안 발전시스템의 상태를 확인하고 또 확인했다.

계기판에 나타난 모든 수치들은 원자로와 발전터빈이 정상적으로 작동하고 있음을 가리켰다. 지난 3년의 시간 동안 끊임없이 혹사당했지만, 아직 3기의 원자로와 2기의 발전용터빈은 별다른 문제없이 작동하고 있었다.

"존, 이온추진기 출력 오버라이드 시작합니다."

사라가 존에게 보고한 후, 계기화면에서 승인 요청을 기다리며 깜박이는 버튼을 눌렀다.

"발전기 rpm 상승합니다."

사라가 계기화면에서 상승하는 수치를 확인하며 말했다.

"4500…… 곧 150퍼센트 수치에 도달합니다."

계기화면의 rpm 수치가 4700을 가리키는 순간, 사라의 눈에 주경보장치가 깜박이는 모습이 들어왔다. 그리고 채 경보음을 듣기도 전에 커다란 굉음과 진동이 탐사선 전체를 흔들었다.

"이런!"

커다란 진동과 함께 존이 소리를 지르며 오른쪽 창문에 얼굴을 부딪혔다. 안전벨트를 느슨하게 매고 있던 사라 역시, 오버헤드 콘솔에 머리를 부딪히며 의식을 잃었다.

몇 분 후, 사라가 다시 눈을 떴을 때, 탐사선 내부는 붉은 비상 조명만이 간신히 실내를 밝히고 있었다.

"존! 괜찮아요? 존!"

사라가 고개를 옆으로 숙인 채 아직 의식을 찾지 못한 존을 흔들었다.

오른쪽 이마에서 흐르는 피를 멈추기 위해, 사라가 응급키트를 열어 존의 머리에 붕대를 감고 그를 조종실 뒤편에 뉘였다.

존은 얕은 신음 소리를 내고 있었지만, 아직 정신을 차리지 못하고 있었다.

사태를 파악하기 위해 다시 조종실 의자에 앉아 창밖을 보았을 때 사라는 차마 입을 다물 수 없었다. 왼쪽 창문 밖으로, 산산조각 난 발전모듈의 잔해들이 어지럽게 떠다니고 있었다.

"이럴 수가……."

그제야 사라의 귀에 시끄럽게 울리는 주경보음이 들려왔다.

사라는 재빠르게 스위치를 누른 뒤, 계기화면을 확인했다.

-13:12:11 주전력시스템 완전손실
-13:12:21 비상전력시스템 가동 시작

메시지를 확인한 사라가 버튼을 눌러 전력시스템의 상황을 확인했다.

-원자로 1, 2, 3기 : 신호 없음
-발전터빈 1, 2, 3기 : 신호 없음

전력의 흐름을 나타내는 굵은 선들이 '신호 없음'이라는 글자와 함께 모두 붉은색으로 깜박이고 있었다.
사라는 계기화면을 전환하여 외부 카메라 영상을 확인했다.
이온추진기 꼭대기에 장착된 카메라 영상을 확인한 순간, 사라는 한동안 화면에서 눈을 뗄 수 없었다. 발전모듈이 있어야 할 탐사선의 한쪽 끝 부분에는 다 구부러진 트러스 구조물만이 덩그러니 놓여 있었다.
'이게 무슨······.'
사라가 믿을 수 없다는 듯이 멍하니 창밖을 바라보다 이내 자리에 주저앉고 말았다.
상황은 예상했던 것보다 훨씬 더 심각했다.
아니, 어쩌면 탐사선 설계 당시 생각했던 최악의 상황을 지금 마주하고 있는 것과 다를 게 없었다.

차이점이라면 모든 승무원이 사망해도 이상하지 않을 만한 사고에서 사라와 존이 아직 살아있다는 것뿐이었다.

한참 동안 조종실 바닥에 앉아 있던 사라가 이내 정신을 차린 듯 주변을 둘러보기 시작했다.

사라가 비상 매뉴얼을 확인하기 위해 태블릿을 집어 들었지만 이미 모두 화면이 깨져 있었다.

그녀는 조종실 뒤쪽으로 몸을 던져 '비상 구조함'을 열었다.

주경보가 울린 이후에만 열어볼 수 있는 이곳에는 탐사선의 유일한 종이책자인 비상매뉴얼이 한 권 비치되어 있었다.

한 번도 펼쳐보지 않은 매뉴얼북을 무릎에 올려놓은 채, 사라가 〔전력시스템〕 장을 급히 훑어보기 시작했다.

5.3. 전력시스템 오류

5.3.4. 전력시스템 전체 고장

5.3.4.1. 비상전력시스템

원인 미상으로 원자력을 동력으로 하는 전력시스템의 전체가 고장날 경우, 시스템은 다음과 같은 우선순위에 따라 탐사선에 전력을 공급한다

(1) 조종모듈 비상축전지 동력 : 1. 항법시스템, 2. 우주선제어시스템, 3. 통신시스템

(2) 생존모듈 비상축전지 동력 : 1. 이산화탄소제거 시스템, 2. 산소공급시스템

사라는 페이지를 넘겨 모든 원자력이 소실된 경우 비상축전지 동력만으로 탐사선이 얼마나 버틸 수 있는지를 확인했다.

5.3.4.4. 비상전력시스템의 전력공급 가능기간

(1) 조종모듈 비상축전지 동력 : 모든 시스템 가동시 180분 이내, 최소한의 시스템 가동시 720분 이내.

(2) 생존모듈 비상축전지 동력 : 산소공급시스템과 이산화탄소제거 시스템 가동시 1440분 이내

단, 총 탐사기간이 2년이 넘었을 경우 사용 가능시간이 30% 이상 줄어들 수 있음

"이런 젠장."

매뉴얼을 확인하던 사라가 책을 집어던지며 내뱉었다.

시간은 그녀가 기대했던 것보다 훨씬 더 부족했다. 아무리 긍정적으로 생각하더라도 이제 그녀에게 남은 시간은 채 10시간이 되지 않았다. 게다가 5시간이 지나면 조종실의 모든 계기는 작동을 멈추게 될 참이었다. 나머지 5시간은 아무런 빛도, 정보도 없는 암흑의 공간에서 탐사선 내에 천천히 이산화탄소가 쌓이는 동안 조용히 의식을 잃기만을 기다려야 했다.

사라가 절망에 빠진 채 고개를 숙이고 조종실 한편을 떠다니고 있을 무렵, 머리에 붕대를 감은 채 벽에 고정되어 있던 존이 입을 열어 작은 목소리로 속삭였다.

"사라…… 아…… 어떻게 된 거지?"

존의 목소리를 알아챈 그녀가 서둘러 존의 옆으로 다가갔다.

"존, 정신이 들어요? 괜찮은 거죠?"

"통증이 계속 있는데, 모르겠어. 사라 목소리는 들리는데 오른쪽 눈이 잘 안 보이는 것 같아."

존이 몸을 고정한 벨트를 풀기 위해 몸을 굽히며 말했다.

"존, 조금 더 누워 있어야 해요. 오른쪽 얼굴을 창문에 세게 부딪 혔어요. 눈 주위도 많이 부어 있고요. 머리에서 나는 출혈은 조금 멈 춘 듯해요."

사라가 존의 얼굴을 유심히 살펴보며 말했다.

"젠장……."

존이 사라의 손을 뿌리치며 붕대를 풀고서는 몸을 일으켰다.

목에 통증이 느껴지는 듯 이내 존이 얼굴을 찌푸렸다.

"존, 조금 더 몸을 고정하고 있는 게……."

사라가 존을 제지했지만 그는 몸을 다시 돌려 조종실 쪽으로 나아갔다.

"내 생각엔 지금 그럴 시간이 없을 것 같은데."

존이 왼쪽 눈을 크게 뜬 채 주위를 둘러보았다. 조종실 내부에 큰 손상은 없었지만 노트북과 여러 집기들이 어지럽게 떠다니고 있었다.

"어떻게 된 거지? 얼마나 시간이 지난 거야?"

존이 좌석에 앉아 벨트로 몸을 고정하며 물었다.

"모르겠어요, 한 시간쯤 지난 것 같아요. 이온추진기 출력이 150퍼센트 근처에 도달하면서 갑자기 폭발이 일어났어요. 그리고 모든 전력이 끊겼고요. 존, 상황이 생각보다 심각해요. 원자로를 모두 잃었어요. 아니, 발전모듈 전체가 사라졌어요."

사라가 왼쪽 창밖으로 비스듬히 보이는 트러스 구조물을 가리키며 말했다.

상황을 확인한 존의 표정이 일순간에 굳어버렸다.

"원자력에 의한 폭발이었다면 우리가 여기서 이렇게 대화하고 있지 못했을 텐데…… 또 터빈이 폭발한 것 같아…….”

존이 계속 창밖에다 시선을 고정한 채 말했다.

"그게 중요한 게 아니에요. 우리는 모든 전력을 잃었어요. 지금 작동하고 있는 것은 비상축전지인데 기껏해야…….”

"몇 시간이면 다 동이 나겠지.”

존이 사라의 말을 가로채며 말했다.

"맞아요. 매뉴얼에 그렇게 적혀 있었어요.”

사라가 고개를 저으며 말했다.

"이런, 태블릿들이 다 부서졌네. 매뉴얼은 어디서 확인한 거지?”

존이 사라 쪽으로 고개를 돌리며 물었다.

"책자로 된 비상매뉴얼이요. 조종실 뒤편에 한 부 보관되어 있었어요.”

사라가 구석을 떠다니던 매뉴얼북을 집어 존에게 건넸다.

"이게 있었다는 사실을 3년 동안 까맣게 잊고 있었군.”

존이 책장을 빠르게 넘기며 말했다.

"어떻게 해야 하죠? 우리가 뭐 할 수 있는 게 있나요?”

사라가 존의 옆자리로 이동해 앉았다.

"잠깐만…… 비상전지동력은 금방 끝이 날 테고…… 지금 우리와 태양 사이의 거리가 어떻게 되지?”

존이 매뉴얼북을 뒤적이며 물었다.

"이온추진기 출력을 높인 게 27억 킬로미터 지점이었으니까, 천왕성 부근일 거예요.”

사라가 여러 개의 모니터 중 유일하게 켜져 있는 센터콘솔 화면을 확인하며 대답했다.

"그 정도 거리라면……."

존이 잠시 눈을 감고 생각에 빠지는 듯하더니 이내 고개를 돌려 사라를 바라보았다.

"우리가 지구궤도를 떠나기 직전에 유성이랑 충돌했던 것 기억하지? 그때 호쏜에서 보내준 '수리용 탐사선' 말이야."

존이 말했다.

"아…… 네, 그 외벽모듈을 싣고 왔던, 아니 외벽모듈로 구성되어 있던 녀석 말이죠?"

사라가 대답했다.

"맞아. 우리가 그 녀석을 분해해서 이 탐사선을 수리했잖아."

"그 수리용 탐사선 밑바닥 기억나?"

존의 목소리가 다소 높아졌다.

"아니요, 저는 그냥 다 분해해서 조립한 것밖에는……."

사라가 알 수 없다는 표정을 지어 보이며 말했다.

"그래, 녀석을 다 분해했었지. 하지만 밑바닥은 아무데도 사용하지 않았어. 거기에는 수리용 탐사선에 전력을 공급하기 위한 태양전지판이 달려 있었거든."

"그래, 맞아요. 바닥 부분에 태양전지판이 펼쳐져 있었죠."

존의 말에 사라가 기억이 났다는 듯이 고개를 끄덕였다.

"그 밑바닥에 있던 태양전지판이 우리한테 있어."

"네? 그게 왜 우리한테 있는 거죠? 다 버리기로 한 것 아니었나요?"

사라가 당황한 듯한 표정으로 물었다.

"그랬지, 그런데 토마스가 태양전지판은 떼어내서 남겨두었어. 이건 우리 우주선에 하나도 없는 부품이라고. 버리기 아깝다고 그러면서 말이야."

존이 말했다.

"대체 그게 어디 있는 거죠? 우주선 안으로 가져올 만한 크기도 아니었을 텐데……."

사라가 여전히 이해할 수 없다는 듯이 말했다.

"이온추진기휠 뒤쪽에 원래 예비드론을 장착하기로 한 공간에 넣어뒀지. 한 장은 기념으로 내 방 침대 밑 공간에 두었는데 그동안 까맣게 잊어버리고 있었어."

존이 좌석에서 벨트를 풀더니 자신의 거주모듈로 향하기 시작했다.

"아니, 그게 왜 대장님 방에 있어요?"

사라가 존의 뒤를 따라가며 물었다.

"토마스 침대 밑에는 기타와 앰프가 있었으니까……."

잠시 후, 두 사람은 어두운 방 안에서 LED 전등을 켠 채 침대 밑에 접혀 있는 한 장의 패널을 찾아냈다. 상태는 꽤 좋아 보였지만 작동할 수 있을지는 미지수였다.

"존, 우리에게 시간이 없어요. 5시간이면 생존모듈의 배터리가 바닥날 거라고요."

사라가 생각에 빠진 듯 말이 없는 존을 재촉했다.

"알고 있어, 사라. 일단 이렇게 합시다. 사라가 이 패널들을 가지고 밖으로 나가서 최대한 태양을 향하도록 장착해줘요. 그동안 나는 이 녀석들이 얼마나 전력을 공급할 수 있을지, 어떻게 시스템과 연결해야 할지 고민할 테니까."

존이 거주모듈 벽에 고정된 선외용 우주복을 입으며 말했다.

"저만 나가라면서요. 대장님은 왜 우주복을 입죠?"

사라가 의아한 듯 물었다.

"사라가 작업하는 동안은 생존모듈과 조종모듈의 전원을 모두 내릴 거야. 최대한 남은 전력을 아껴야 하니까. 탐사선 안이 금방 추워질 테니 사라도 당분간 우주복을 입고 있는 게 좋을 거야."

존이 눈썹을 살짝 세우며 말했다.

"알겠어요. 일단 저는 나가서 이 패널들을 고정해볼게요."

사라가 패널들을 한데 모은 채 에어로크로 향했다.

우주복을 다 입은 후, 존은 조종모듈로 이동해 탐사선 전체의 전원을 내렸다. 그리고 그는 자신의 방에서 건진 멀쩡한 노트북을 켠 채 키보드를 누르며 계산에 들어갔다.

'펼쳤을 때 가로세로 5미터 크기의 태양전지판이 20개 있고, 최상의 조건에서 생산가능 전력이 25kW. 하지만 탐사선은 지금 지구에서보다 태양과 20배나 멀리 떨어져 있으니까, 생산 가능한 에너지는…… 기껏해야 100W. 생존모듈 한 개의 최소 요구전력이 1kW, 조종모듈의 최소 요구전력이 0.7kW니까…… 젠장, 턱도 없이 모자라군.'

계산을 이어가던 존이 초조한 듯 입술을 깨물었다. 탐사선에 실린 20여 개의 태양전지판으로는 생존에 필요한 전력을 만들어낼 수 없었다. 노트북에 저장된 마지막 항해 데이터를 바탕으로 존은 앞으로 자신들이 견뎌야 할 시간을 계산하기 시작했다.

'마지막 측정한 거리가 지구로부터 20억 킬로미터였고, 당시 속력이 초속 200킬로미터였으니까……'

존이 손으로 직접 적어가며 빼곡히 계산을 이어갔다.

'이온추진기가 있었다면 지구까지 163일이 걸렸을 테지만, 지금은 속력이 줄어들지 않으니, 초속 200킬로미터로 계속 날아간다면……'

'115일. 4개월이면 지구에 도착하겠군.'

초조해진 존이 다시 매뉴얼북으로 손을 옮겨, 비상전력 관련 페이지를 펼쳤다. 사라가 전달한 바에 따르면, 모든 원자로가 가동불능일 경우에 비상배터리만으로 버틸 수 있는 시간은 최대 1440분, 즉 하루 정도에 불과했다.

'가만 있자…… 분명 최악의 경우에도 한 달은 버틸 수 있다고 그랬던 것 같은데…….'

지구를 떠나기 전 탐사선에 대해 교육받은 기억을 되새기며 다시 매뉴얼을 찬찬히 읽던 존의 눈에 페이지 아래쪽에 조그만 글귀가 들어왔다.

예상 운용시간은 조종모듈에 탑재된 비상배터리에 바탕하여 계산함

문구를 확인한 존이 손을 빠르게 움직이며 매뉴얼북의 앞쪽으로 장을 넘겼다.

존의 예상대로 사라가 말한 예상시간은 1개의 모듈을 기초로 한 것이었다. 헬리온 탐사선은 모든 모듈이 독자적인 생존시스템과 비상배터리를 탑재하고 있었다. 매뉴얼북에서 제시한 내용은 가장 전력소모가 많은 조종모듈을 예시로 한 것이었다.

따라서 거주공간과 이온추진기모듈의 비상배터리 전력을 모두 사용한다면, 충전 없이 버틸 수 있는 시간이 더 늘어날 수도 있었다.

존은 매뉴얼북에 나와 있는 기술사항을 바탕으로 모든 모듈에 탑재된 비상배터리의 용량을 계산했다.

가장 많은 전력을 소모하는 이온추진기모듈의 경우, 조종모듈에 비해 비상용배터리의 용량이 10배 가까이 높았다. 종이에 무언가를 빼곡히 적던 존이 이내 숫자들을 더해 나갔다.

'59일. 탐사선에 남은 배터리전원으로 1기의 생존시스템만 가동한다면 앞으로 두 달은 버틸 수 있겠군.'

존이 긴장감이 풀린 듯 눈을 지그시 감더니 이내 우주복에 탑재된 무전기로 사라를 호출했다.

"사라, 설치는 잘 돼가고 있어?"

"아, 네. 이온추진기 휠에 고정할 공간이 있어요. 여기 넓게 배치하면 20장을 서로 겹치지 않게 붙이는 것이 가능해요."

"좋은 소식도 하나 있어요."

사라가 숨을 거칠게 내쉬며 말했다.

"그게 뭔데?"

"다행인지는 모르겠는데, 이온추진기휠 있는 전력커넥터가 태양전지판의 것과 규격이 맞아요. 따로 배선을 하지 않아도 서로 연결이 가능할 것 같아요."

사라가 말했다.

"그건 참 다행이네. 따로 배선 작업을 하지 않아도 되겠어."

"네, 이틀은 벌었네요."

"사라, 하지만 안 좋은 소식과 좋은 소식이 하나씩 있어."

존이 말했다.

"네, 아무거나 먼저 말씀하세요."

"태양전지판이 생산할 수 있는 전력이 턱없이 부족해. 기껏해야 100W. 겨우 백열등 하나 밝힐 정도인 것 같아."

존이 큰 목소리로 또박또박 이야기했다.

"절망적이군요. 사실 어느 정도 예상했어요. 이렇게 먼 거리에서 이 조그만 태양전지판으로 무얼 할 수 있을까 하는 생각이요."

사라가 차분한 목소리로 대답했다.

"다음 좋은 소식은 뭐죠?"

사라가 물었다.

"좋은 소식은 그동안 탐사선에 충전된 전력이 생각보다 많다는 거야. 다른 모듈들에 있는 배터리 전원을 모두 합치면, 생존시스템 1개 정도는 가동할 수 있을 것 같아. 대신 조종시스템과 다른 모듈의 전원은 모두 내려야만 해."

존이 말했다.

"그럼 얼마나 버틸 수 있죠?"

사라가 물었다.

"생존시스템만 사용하면 59일. 중간중간 임무컴퓨터를 켜서 항로를 수정하고 통신을 한다면 대략 50일 정도 버틸 수 있을 것 같아."

존이 자신이 계산한 사항을 확인하며 대답했다.

"음…… 그럼 50일 이후에는 어떡하죠?"

사라가 잠시 작업을 멈추고 걱정스러운 표정을 지어 보였다.

"다행인지 모르겠지만, 우리의 탐사선 속도가 워낙 빠르기 때문에, 앞으로 석 달이면 지구궤도 근처에 도달할 것 같아. 하루하루 지날수록 태양과의 거리가 가까워질 테고, 태양전지판에서 생겨나는 전력량도 매일매일 늘어날 거야. 내 계산에 의하면 50일 이후에는 태양전지판에서 매 순간 600W 가까운 전력을 만들어낼 수 있기 때문에, 최소한의 생명유지장치를 가동하는 데 문제가 없을 것 같아. 우리가 50일 동안 저장되어 있는 전력을 사용하는 동안에도 배터리는 조금씩 충전되고 있을 테니 사용기간은 더 늘어날 수도 있어. 아무튼, 극도로 전력을 아낀다면 우리가 생존하는 데는 큰 어려움이 없을 것 같아."

존이 노트북을 옆으로 밀어내며 말했다.

"네, 그 부분은 다행이군요. 하지만, 존. 우리 속도가 줄어들지 못한다는 것은 결국 지구로 귀환하지 못한다는 의미잖아요."

사라가 다시 양손으로 태양전지판을 고정하며 말했다.

"그렇지 초속 200킬로미터의 속도라면 지구는커녕 태양이라도 우리를 붙잡을 수 없을 테니까. 그래도 고작 8시간밖에 안 남은 시한부 인생을 몇 개월로 연장할 수 있었잖아?"

존이 고개를 가볍게 저으며 말했다.

"대부분의 시간 동안 항법과 운항에 관련된 컴퓨터가 모두 꺼져 있을 텐데 궤도는 어떻게 해야 하죠?"

사라가 물었다.

"컴퓨터를 다시 켰을 때 우리가 완전히 다른 곳에 있지 않기만을 빌어야지."

존이 대수롭지 않다는 듯 대답했다.

추위는 모든 것을 고요하게 했다.

탐사선의 모든 전원을 내리고 생존모듈을 가동한 지 1주일. 사라와 존은 서로 아무런 말없이 거주모듈에서 부둥켜안은 채 누워 있었다.

첫째 날 두 사람은 가장 크기가 작은 조종모듈에 머물렀지만, 순식간에 떨어지는 온도 탓에 채 반나절도 버틸 수 없었다.

이산화탄소 제거장치와 산소 발생장치에서 작은 온열기 수준의 열이 발생하고 있었지만, 커다란 조종실 창문을 통해 달아나는 온기를 붙잡기엔 역부족이었다. 결국 다음날 사라와 존은 조종모듈의 해치를 완전히 닫고 사라의 거주모듈로 거처를 옮겼다.

창문을 통해 빠져나가는 열을 줄이기 위해 창틀을 은박지로 제작된 비상용 담요로 덮은 뒤에, 두 사람은 선외용 우주복을 다시 껴입었다. 움직임이 눈에 띄게 제한되었지만, 이 작고 추운 공간에서 지나친 움직임은 오히려 사치에 가까웠다.

생존모듈의 작동 상태를 확인해야 할 시각을 알람 설정한 후에, 두 사람은 어색하게 서로를 안은 채 얕은 잠에 빠져들었다.

알람이 울리면, 한 사람이 일어나 생존모듈의 전력 상태를 확인하고 임무컴퓨터의 전원을 올린 뒤, 예상 궤도와 현재 궤도를 확인하고 수정하는 일을 며칠간 반복했다.

3일 째가 지나자 두 사람의 움직임은 더욱 더 줄어들었다.

식사량이 줄어든 탓에 사라는 하루에 한 끼만을 간신히 섭취하고 있었다.

부족한 전력으로 인해 실내 이산화탄소 농도가 예상보다 높게 유지되고 있는 까닭에, 사라와 존은 몽롱한 정신 상태를 이겨내기 위해 애써야만 했다.

때로는 우주복에 설치된 이산화탄소 경보장치가 수십 분씩 울린 후에야 잠에서 깨어나기도 했다. 하지만 이 경보음 역시 우주복의 배터리가 다 떨어지자 더 이상 울리지 않았다.

5일이 지나자 생존시스템의 작동 상태를 '최소한'에서 '보통'으로 높이는 것이 가능했다. 태양전지판의 전력공급량은 처음 계산했던 것보다 조금 더 빠르게 증가하고 있었다.

이제는 생존시스템이 조금 더 낮은 이산화탄소 농도를 유지하면서 약간의 열도 발생하도록 설정할 수 있었다.

사라는 존의 동의를 얻어 조종컴퓨터의 통신 장치에 잠시 전원을 공급해보았지만, 지구로 메시지를 보내는 데는 실패했다.

그리고 1주일이 되었을 무렵, 사라와 존은 선외 안테나를 이용해 처음으로 지구에 사고 소식을 알릴 수 있었다.

지구와의 통신은 발전모듈이 모두 사라져버렸을 때 가장 먼저 했어야 하는 일이지만, 두 사람이 실수를 알아차린 것은 이미 조종모듈의 전원을 내리고도 한참이나 지나서였다.

사라는 제한된 시간 안에 메시지 전송을 완료할 수 있도록 짧은 텍스트 메시지를 적어 호쏜으로 전송했다.

　-발전모듈 완전 소실. 이온추진기 가동 중단. 현재 태양전지판으로 전력공급 중
　-생존은 가능. 귀환 불가

그리고 2시간이 조금 지났을 무렵, 컴퓨터 화면에 '메시지 전송 성공'이라는 메시지가 조그맣게 깜박였다.

Hawthorn's plan
:
:

2027년 3월 12일

메시지를 처음 확인한 것은 앨런이었다.

그는 헬리온 탐사선과의 통신이 두절되었다는 사실을 들은 직후부터 모든 스케줄을 취소한 채 호쏜의 미션컨트롤센터에서 상주했다.

대부분의 비지니스 미팅과 업무 회의를 브라이언의 회의실에서 화상으로 해결하면서, 앨런은 직접 제어콘솔에 앉아 헬리온 탐사선으로부터 소식이 도착하기를 기다렸다.

처음에는 10여 명의 인원들이 밤새 자리를 지켰지만, 기대와 희망이 점점 절망으로 바뀌어갈수록 그 숫자는 점차 줄어들었다.

1주일이 된 오늘, 미션컨트롤센터에는 앨런과 케이트 그리고 한 명의 테크니션만이 궤도에서 사라진 헬리온 탐사선의 흔적을 찾고 있었다.

그리고 새벽 3시가 조금 넘은 시각.

앨런이 앉아 있던 통신콘솔 위의 상태표시등이 깜박이며 메시지

수신을 알렸다.

−발전모듈 완전 소실. 이온추진기 가동 중단. 현재 태양전지판으로 전력공급 중
−생존은 가능. 귀환 불가

이어서 함께 송신된 헬리온 탐사선의 위치와 속도가 탐사선의 상태와 함께 스크린 앞에 나타났다.
"앨런, 탐사선으로부터 신호가 들어왔어요!"
메시지가 나타남과 거의 동시에 케이트가 자리에서 일어나 소리쳤다.
"지구로부터의 거리는 19억 5000만 킬로미터, 속도는 초속 198킬로미터입니다."
데이터를 확인한 테크니션이 바쁘게 키보드를 두드리며 말했다.
"아직 살아있었군요."
앨런이 팔짱을 낀 채 복도로 걸어 나와 스크린을 주시했다.
"다른 데이터들은 없나요?"
앨런이 물었다.
"원래 통신을 할 때마다 탐사선의 전반적인 상태에 대한 정보도 같이 들어오는데…… 아, 지금 막 수신되기 시작했네요."
케이트가 콘솔 화면을 확인하며 말했다.

전력시스템 : 완전 정지
현재전력원 : k319 비상배터리모듈, 전력 : 0.9kW
생존시스템 : 부분 정지

이온추진기시스템 : 완전 정지
……

"이런……."

데이터를 확인하던 케이트의 표정이 일그러졌다.

"사라가 보낸 메시지가 맞았어요. 탐사선의 전력시스템이 완전히 붕괴되었어요. 생존시스템도 한 개만 가동되고 있고요. 탐사선 안의 산소 농도는 나쁘지 않은데, 이산화탄소 농도는 조금 높은 편이에요. 이런 환경에서 장기간 지내는 것은 불가능할 텐데……."

케이트가 걱정스런 말투로 말했다.

"무슨 일이 일어난 거죠?"

앨런이 케이트가 있는 곳으로 다가오며 말했다.

"글쎄요. 지금 도착한 정보만으로는 알기 힘들지만…… 발전모듈이 완전히 사라진 것 같아요. 발전모듈과 관련된 모든 장비가 '신호 없음'을 나타내고 있어요."

케이트가 화면을 스크롤하며 말했다.

"지금 나타난 수치가 정확한가요? 곧 토성 근처를 지날 텐데 속도가 더 줄어들었어야 하는 게 아닌가요?"

앨런이 스크린을 가리키며 물었다.

"예상대로라면 지금 위치에서 탐사선은 초속 170km보다 더 느렸어야 해요. 하지만 지난 1주일간 속도가 전혀 줄어들지 않았을 뿐 아니라, 오히려 조금 더 빨라진 것으로 봐서……."

케이트가 잠시 머뭇거렸다.

"탐사선이 완전히 동력을 소실한 것 같아요. 지금은 그냥 태양,

아니 지구를 향해 자유낙하하고 있어요."

사라가 걱정스러운 표정으로 앨런을 바라보았다.

아무런 대답 없이 입술을 굳게 다물고 있던 앨런이 이내 수화기를 들더니 어디론가 전화를 걸었다.

이제 막 새벽이 끝나고 동이 틀 무렵이었지만, 캘리포니아 호쏜의 SpaceZ 공장은 사람들로 북적이기 시작했다.

당직근무를 서고 있던 근무자들은 공장 한가운데서 조립 중이던 로켓들을 모두 옮긴 후에 테이블과 스크린을 설치하는 데 여념이 없었다. 이미 한쪽 구석에는 퇴근을 미룬 근무자들과 서둘러 출근한 직원들이 삼삼오오 모여 웅성거리고 있었다.

잠시 후, 앨런이 커다란 스크린 앞으로 걸어 나왔.

손목시계를 보며 시각을 확인한 그가 이내 마이크를 집어 들었다.

"갑작스런 호출에도 불구하고 이렇게 다 모여 주셔서 감사합니다. 아직 NASA에서는 오지 않았지만, 시간이 촉박하니 회의를 시작하겠습니다."

회사 내 회의인 줄만 알았던 직원들이 NASA 이야기가 나오자 다시 웅성거리기 시작했다.

"브라이언, 상황 설명 좀 부탁해요."

앨런이 브라이언을 향해 마이크를 넘겼다.

"네, 바로 본론으로 들어가겠습니다. 어제 새벽 3시에 헬리온 탐사선으로부터 메시지가 도착했습니다. 다행히 사라와 존은 무사한 것으로 보이지만, 탐사선은 발전모듈 전체를 잃어버렸고 비상배터리 전력을 이용해 간신히 생존환경을 유지 중입니다. 얼마나 버틸 수 있을지 모르지만, 앞으로 수개월은 지낼 수 있는 상황으로 파악됩니다."

수백 명이 모인 공장 안이 브라이언의 말에 일순간 조용해졌다.

"문제는, 현재 탐사선의 속도가 초속 200킬로미터에 이르는데, 이온추진기를 비롯한 다른 추진체는 하나도 없다는 점입니다. 지금 속도라면 앞으로 110일 이내에 지구궤도에 도달하게 될 텐데, 우리는 지금 무엇을 어떻게 해야 할지 전혀 대비책이 없는 상황입니다. 오늘 이곳에는 NASA 국장인 사무엘 로저스를 비롯하여 헬리온 탐사선 프로젝트와 관련된 모든 사람이 모일 예정입니다. 예전처럼 몇 명의 전문가의 의견만으로는 이 문제에 대한 해답을 찾을 수 없다는 것이 앨런과 저의 생각이었습니다. 지금부터 여러분들의 집단지성을 이용해서 이 난감하고 촉박한 상황을 해결하는 것이 필요합니다."

브라이언이 말을 마치고 사람들을 둘러보았다.

모두들 충격을 받은 듯 공장 안은 아무런 반응 없이 적막만이 감돌았다. 잠시 후, 군중 속에서 한 사람이 손을 들었다.

"저는 SpaceZ에서 로켓조립부에 근무하는 마이클입니다. 지금 헬리온 탐사선이 초속 200킬로미터로 속도가 줄어들지 않은 채 지구를 향해 오고 있다는 말씀인가요?"

"네, 그렇습니다."

브라이언이 대답했다.

"그럼 지금 우리가 걱정해야하는 것은 사라와 존의 생존이 아니라, 지구의 안전이 아닐까요? 1,000톤에 이르는 물체가 그 정도 속도로 지구로 날아오다 자칫 충돌이라도 한다면 어떠한 운석 충돌과도 비교할 수 없을 재앙이 될 텐데요."

마이클의 질문에 사람들이 다시 웅성대기 시작했다.

예상하지 못한 질문에 앨런이 다시 앞으로 나와 마이크를 잡았다.

"마이클 말이 맞습니다. 우리도 맨 처음 그 부분을 우려했습니다. 헬리온 탐사선이 속도를 줄이지 못한 채 그대로 지구를 향한다면 그 에너지는 약 10^{14}J에 이릅니다. 운석으로 치면 지름 10미터짜리가 지구에 그대로 충돌하는 수준입니다. 하지만 헬리온 탐사선은 단면적이 크고 대기권의 마찰을 견디는 재질이 아니기 때문에, 지구에 진입하는 순간 모두 타버릴 가능성이 가장 높습니다. 더 중요한 것은, 헬리온 탐사선이 지구를 향하고 있기는 하지만, 그 궤도가 지구 대기권을 향하고 있지 않다는 점입니다. 원래 헬리온 탐사선은 지구 정지궤도 근처에서 다른 구조선과 랑데부하도록 설계되었기 때문에, 현재의 궤도를 따라 그대로 비행하더라도 지구에 충돌하기보다는 빗겨나갈 가능성이 훨씬 높습니다. 따라서 지구와의 충돌 가능성은 완전히 배재할 수 없는 상황이지만, 마이클이 생각하는 것만큼 큰 재앙이 되지는 않을 것입니다."

앨런의 말이 끝나기 무섭게 이곳저곳에서 손을 드는 질문자들이 나타나자 앨런이 다시 마이크를 잡고 말했다.

"오늘 우리가 여기 모인 이유는, 통제력을 상실한 헬리온 탐사선에 대한 공포심을 키우기 위한 것이 아닙니다. 지금은 지난 3년 동안 수백 억 킬로미터를 날아가며 인류 역사상 가장 위대한 도전을 했던 두 사람, 사라와 존을 어떻게 다시 우리 곁으로 데려올지 논의하는 것이 중요합니다."

앨런의 목소리가 다소 격앙되자 공장 안이 다시 조용해졌다.

"요지는, 우리가 한 번도 경험해보지 못한 엄청난 속도의 물체를 지구 근처의 우주공간에서 과연 어떻게 멈출 것인가 하는 것입니다. 이 부분에 대한 구체적이고도 실현 가능한 아이디어가 필요합니다. 우리에게 남은 시간이 채 넉 달도 되지 않는다는 점을 생각해주십시오. 여러분의 손으로 설계하고 만든 헬리온 탐사선을 다시 여러분의 손으로 가져와야만 합니다."

앨런이 다시 목소리를 낮춰 차분하게 이야기했다.

잠시 후, 조용한 분위기를 깨고 직원들이 하나 둘 손을 들기 시작했다.

"일단 속도를 줄이기 전에 탐사선의 무게를 줄이는 게 중요하겠어요. 운동에너지는 질량에 비례하니까요. 헬리온 탐사선이 지구 근처에 왔을 때는 승무원 두 명과 그들의 생존에 필요한 최소한의 무게만 있어야 해요."

아직 작업복을 미처 벗지 못한 채 가운데 서 있던 직원이 이야기했다.

"맞습니다. 저는 헬리온 탐사선의 조종모듈을 조립했는데, 계기화면과 오버헤드 콘솔, 의자와 같은 부속품들을 모두 들어내고 최소한의 생존유지장치와 뼈대만 남긴다면 무게를 3톤 남짓까지 줄일 수 있습니다. 어쨌든 우리가 속도를 줄일 대상은 이 최소한의 무게에 사라와 존의 몸무게를 합한 수준이 되어야 할 것 같아요."

작은 키에 검은 안경을 쓴 여직원이 의견을 제시했다.

"좋은 의견이군요. 현재 헬리온 탐사선에서 가장 무게가 적게 나가는 모듈이 조종모듈인가요?"

앨런이 직원들을 향해 물었다.

"네, 대신 에어로크를 포함한 부품들을 모두 제거했을 경우에요."

여직원이 다시 대답했다.

"좋아요. 그건 남은 기간 동안 사라와 존이 충분히 할 수 있을 것 같군요."

앨런이 대답했다.

"그럼 3톤 남짓한 무게에 초속 200킬로미터에 이르는 이 우주선을 어떻게 지구궤도 진입에 필요한 초속 30킬로미터까지 감속시킬 수 있죠? 이게 가능할까요?"

앨런이 다시 사람들을 향해 질문을 던졌다.

"대표님, 그룹을 나누어서 토의할 시간을 좀 주시죠. 이건 정말 듣도 보도 못한 상황이라서요. 초속 200킬로미터라니요……."

큰 키에 작업모를 쓴 직원이 말했다.

"좋습니다. 테이블과 컴퓨터를 여러 대 마련해놓았으니 자유롭게 그룹을 만들어서 의견을 나눠보도록 합시다. 2시간 후에 그룹별로 의견을 발표할 시간을 가질게요."

앨런이 마이크를 내려놓으며 단상을 내려왔다.

"앨런, 진짜 이렇게 해서 방법을 찾을 수 있다고 생각하세요?"

막 도착해서 토의를 지켜보고 있던 사무엘이 앨런과 악수하며 물었다.

"사무엘, 바로 와줘서 고마워요. 글쎄요. 그래도 똑똑하다는 전문가 몇 명만 모여서 머리를 싸매는 것보다는 낫지 않겠어요. NASA 직원들을 위한 자리도 마련되어 있으니 도착하는 대로 안내해드릴게요. 집단지성의 힘을 믿어보기로 하죠."

앨런이 사무엘의 손을 꼭 잡은 채 이야기했다.

토론은 예상 시간을 훌쩍 넘겨 저녁이 다 되어서야 끝이 났다.

10여 개의 그룹으로 나뉜 직원들은 각자 노트북과 전공서적을 뒤져가며 나름대로의 해결책을 찾고 있었다.

앨런이 처음 제시한 마감시각에 다시 공장에 돌아왔을 때, 발표를 제안하는 앨런의 말에 귀를 기울이는 그룹은 단 하나도 없었다.

모두들 무언가에 홀린 듯, 현대공학이 아직 경험해보지 못한 속도와 거리의 영역을 탐색하는 데 빠져 있었다.

그리고 처음 토의를 시작한 지 12시간이 다 지난 저녁 7시가 되었을 무렵, 앨런은 아이디어가 정리된 팀부터 발표할 것을 제안했다.

빵과 샌드위치로 식사를 대신한 직원들의 얼굴에는 피곤이 가득했지만, 다른 팀들의 의견을 자세히 듣기 위해 단상 앞으로 바짝 붙어 모여 있었다.

가장 먼저 등장한 의견은 로켓을 이용하여 랑데부를 시도하는 것이었다. 하지만 얼마 지나지 않아 이들은 초속 200킬로미터, 시속 7억 2천만 킬로미터의 물체를 멈출 수 있을 만큼 강력한 로켓이 존재하지 않는다는 사실을 깨달았다.

그보다 랑데부를 시도하기 위해서는 로켓이 먼저 탐사선과 동일한 초속 200킬로미터의 속도를 가져야만 한다는 사실도 이 아이디어를 거절하기에 충분했다.

다른 팀 중 하나는 이온추진기와 발전기모듈을 결합한 새로운 우주선을 헬리온 탐사선 쪽으로 보내는 안을 제시했다. 일종의 완성된 수리용 부품을 배달하는 것과 같았다. 지구궤도 근처에서 새로운 부품과 보급품을 전달받은 헬리온 탐사선이 지구를 지나쳐 천천히 속도를 줄인 후에 다시 지구로 돌아오도록 하는 방법이었다.

하지만 이 방안 역시 실현하기 위해서는 수리용 부품을 미리 '초속 200킬로미터'로 가속해야만 한다는 딜레마에 빠지고 말았다. 게다가 새로운 수리용 탐사선을 제작하고 발사할 때 즈음에는 이미 헬리온 탐사선이 지구를 지나쳐갈 가능성이 더 높을 만큼 시한이 촉박했다.

가장 많이 나온 아이디어는 일종의 그물을 이용해 헬리온 탐사선을 '포획'하는 방안이었다.

이는 사라가 토성궤도에 있는 토마스를 구하기 위해 구조용 드론을 이용했던 것과 유사한 방법이었다. 하지만 두 계획 사이에는 큰 차이가 있었다.

토마스와 구조용 드론은 서로 비슷한 속도에서 만날 수 있지만, 헬리온 탐사선을 포획하기 위한 그물은 거의 정지한 상태에서 탐사선이 가진 10^{14}J의 에너지를 받아내야만 했다. 비교적 처음에 제시되었고 상대적으로 간단한 이 아이디어가 오랫동안 토론을 거친 까닭은, 이 정도의 에너지와 속도를 감당할 만한 물질이 아직 지구상에 없기 때문이었다.

설령 충분한 탄성과 강도를 지닌 그물에 헬리온 탐사선이 걸려든다 하더라도, 그 운동에너지를 줄여나가는 것은 별개의 문제였다.

NASA의 연구원과 SpaceZ의 직원들은 헬리온 탐사선이 가진 운동에너지를 줄이기 위해서는 세턴 V급 로켓 10여 개가 필요하다는 사실을 알아냈다. 이는 호크9급 로켓 약 60개가 만들어낼 수 있는 에너지였다.

이 외에도 레이저를 이용하여 탐사선을 감속시키자는 주장과 탐사선 앞에서 인위적으로 폭발을 일으켜 속도를 줄이자는 의견이 제시되었지만, 모두 현실성이 떨어지고 4개월 안에 검증할 수 없는 기술들이라는 이유로 거절되었다.

가능할 것처럼 보였던 모든 생각들이 불가능한 것으로 드러나자 밤늦은 시간까지 이어지던 팀별 발표는 점점 침체에 빠져들었다.

가라앉은 분위기에 다시 활력을 불어넣은 것은 케이트였다.

발표를 곰곰이 들으며 무언가를 열심히 적던 그녀가 손을 들어 자신의 의견을 개진했다.

"저기 그런데 그물 아이디어 말인데요. 굳이 한 번에 탐사선을 포획할 필요가 있을까요? 그러니까 제 말은……."

케이트가 자신의 태블릿 화면을 스크린에 띄우며 말을 이어갔다.

"헬리온 탐사선이 지구궤도에 진입할 무렵부터 이렇게 그물을 하나씩 순서대로 설치해놓으면 탐사선이 그물과 충돌하면서 조금씩 속도를 줄일 수 있지 않을까요?"

케이트가 일직선으로 그어진 탐사선의 궤적 위로 수직선을 그으며 그물의 위치를 표시했다.

"탐사선이 처음 충돌하는 그물은 가능한 가볍게 만들고, 그 다음에 충돌하는 그물에는 조금씩 중량을 얹는 거예요. 마치 자동차가 일렬로 놓인 여러 개의 스티로폼에 충돌하면서 속도가 줄어드는 것처럼요. 몇 번 충돌하고 나면 탐사선의 중량이 수십 톤까지 늘어나면서 속도가 더 줄어들 테고, 속도가 충분히 줄어든 다음에는 그 끝에 호크9 로켓 여러 기가 연결된 거대한 그물에 충돌하는 거죠. 물론 탐사선이 부딪히는 순간 로켓을 반대방향으로 점화해서 완전히 속도를 줄일 수 있고요."

케이트의 간단한 발표가 끝나자 장내가 다시 술렁이기 시작했다. 직원들은 다시 노트북을 열고 케이트의 제안이 공학적으로 가능한지 계산했다.

잠시 후, 처음 '그물 아이디어'를 제시했던 그룹의 팀장이 손을 들었다.

"케이트의 의견이 나쁘지 않은 것 같아요. 그물의 탄성이 조금 떨어지면 탐사선이 충돌하는 그물의 개수와 간격을 더 늘리면 되니까요. 정확한 것은 시뮬레이션을 돌려봐야겠지만, 첫 번째 그물은 대략 100kg 무게를 가진 것으로, 두 번째 그물은 그로부터 400킬로미터 정도 떨어진 위치에 300kg 무게를 가지도록 한 다음, 거리를 조금씩 좁혀가면서 수십 개의 그물을 배치하면 속도를 점차 줄여나갈 수 있을 것 같아요."

팀장이 설득력 있게 의견을 개진했다.

"다만 두 가지가 문제인데, 하나는 그물의 크기예요. 첫 번째 그물이 무거우면 탐사선을 파괴할 수도 있기 때문에 가벼운 무게를 유지해야만 하는데, 이 경우 크기가 가로 세로 수십 미터를 넘길 수가 없어요. 별다른 동력원이 없는 헬리온 탐사선이 과연 이 작은 과녁에 정확히 '맞을' 수 있을지 모르겠어요. 두 번째는 설치기간이에요. 적어도 20여 개의 그물을 수백 킬로미터의 간격을 두고 설치해야 하는데, 우리가 가진 로켓과 인력으로 앞으로 4개월 이내에 우주 공간에 이 정도의 작업을 할 수 있을지는 미지수예요."

팀장의 발표가 끝나자 장내가 잠시 소란스러워졌다.

"첫 번째 부분부터 상의해봅시다. 그물은 어떤 걸 써야 하죠?"

앨런이 마이크를 넘겨받아 질문했다.

"네, 그 부분은 이미 팀 내에서 의논을 했습니다. 기존의 탄성체에 비해 무게가 3분의 1 정도 가벼우면서 2배 이상의 탄성에너지를 저장할 수 있는 물질을 이용해서 가로 세로 수백 미터 크기의 그물을 만들어본 적이 있습니다. 헬리온 프로젝트를 처음 시작했을 때 보이저 1호를 회수하는 방법으로 그물을 검토한 적이 있었거든요."

NASA 글렌우주연구소에서 근무 중인 연구원이 손을 들어 대답했다.

"그럼 우주에서도 사용이 가능한 건가요? 크기는 얼마나 더 키울 수 있죠?"

앨런이 물었다.

"크기는 완성된 그물을 서로 이어나가기만 하면 되는 거라서 얼마든지 크게 만들 수 있는데, 문제는 생산력입니다. 지금 연구실에 있는 재료로는 당장 1톤 무게 정도의 그물을 만들 수 있는데, 원재료만 확보된다면 수십 톤 단위로 생산하는 것도 가능합니다. 1개월 정도 걸릴 테고요."

앨런의 질문에 그가 대답했다.

"네, 1개월은 너무 길어요. 지금 당장 원재료 회사와 연락해서 2주 안에 완성하는 걸로 하죠. 무슨 수를 써서라도요."

앨런이 단호한 목소리로 지시하며 사무엘을 바라보았다.

사무엘이 고개를 가볍게 끄덕이더니 어디론가 연락을 취했다.

그 사이 팀원들은 다시 모여 어떻게 '그물 아이디어'를 구체화시킬 것인지 토의를 시작했다. 앨런도 테이블 위에 걸터 앉아 직원들의 열띤 토의에 동참했다.

잠시 후, 앨런이 한 손으로 턱을 괸 채 다시 단상 앞으로 나섰다.

"정확히 그물을 어디에 얼마만큼의 간격으로 몇 개를 설치할지는 지금 케이트가 팀원들과 검토 중입니다만, 약 1만 킬로미터 거리에 걸쳐서 20여 개의 그물을 설치할 예정입니다. 탐사선과 처음 충돌하는 녀석이 제일 가볍고 뒤로 갈수록 크고 무거워지다가 마지막에 있는 그물에 부딪히는 것으로요. 마지막 그물의 네 귀퉁이에는 호크9 로켓을 5개씩 연결해놓는 게 방금 나온 초안입니다. 이 정도면 그물들이 헬리온 탐사선이 가진 운동에너지의 40퍼센트를 흡수하고 나머지 60퍼센트는 호크9 로켓의 역추진력으로 상쇄시킬 수 있을 것 같아요."

앨런이 직접 손으로 그린 스케치를 스크린에 띄우며 말했다.

"그물의 크기가 뒤로 갈수록 커지는 것 같은데 다른 이유가 있나요?"

앨런의 스케치를 확인한 NASA 직원이 손을 들고 물었다.

"네, 처음에는 그물의 크기를 모두 같게 하거나, 제일 앞에 있는 그물이 가장 커야 힐 것으로 생각했습니다. 하지만 탐사선이 일단 그물과 충돌하고 나면, 불확실성이 증가하기 때문에 진행 방향이 일직선을 향하지 못하고 틀어질 가능성이 있습니다. 뒤로 갈수록 그물의 크기가 커진다면 탐사선을 놓치지 않고 계속 붙잡아둘 수 있습니다."

앨런이 스크린 앞을 좌우로 걸어 다니며 설명했다.

"아까 20여 개의 호크9 로켓이 필요하다고 했는데, 지금 SpaceZ에 그만한 수의 로켓이 있나요?"

다른 NASA 직원이 자리에서 일어나 물었다.

"그 부분은 제가 방금 결정을 내렸습니다."

앨런이 잠시 고개를 숙이고 단상 위를 걷더니 다시 입을 열었다.

"그동안 고생한 직원 여러분께는 미안한 말이지만, 현재 지구 저궤도에서 조립 중인 화성탐사선 '마스익스페디션(Mars Expedition)'을 이번 헬리온 탐사선 구조에 이용할 생각입니다."

앨런의 말에 공장 안이 크게 술렁이기 시작했다.

SpaceZ는 헬리온 탐사선의 발사가 완료된 지 얼마 지나지 않아 앨런이 그토록 꿈꾸던 화성탐사선 제작에 들어갔다. 마스익스페디션으로 이름 붙여진 이 화성탐사선은 헬리온 탐사선에 사용된 설계와 부품들을 대부분 그대로 가져왔기 때문에, 몇 단계의 설계 수정만을 거치고 바로 우주선 제작에 들어갈 수 있었다.

보다 더 많은 중량을 더 빠르게 화성으로 수송할 수 있도록 마스익스페디션은 24개의 호크9 로켓이 4,000톤이 넘는 추력을 만들어 낼 수 있었다.

6개월 전부터는 NASA에서 훈련받은 20여 명의 우주비행사와 임무비행사들이 마스익스페디션의 본체에 해당하는 거주모듈과 화물모듈의 조립에 박차를 가하고 있었다. 앞으로 1년여의 조립과정을 더 거치면 앨런이 그토록 꿈꾸던 화성 유인탐사의 첫 발을 막 내디딜 참이었다.

그동안 자신의 모든 사업 역량을 오직 화성 유인탐사에 쏟아 부었던 그가 단 12시간 만에 자신의 첫 작품을 포기하고, 헬리온 탐사선의 구조를 하기로 결정한 것에 누구보다 놀란 것은 SpaceZ의 직원들이었다.

"사무엘, 지금 저궤도 임시정거장에 거주하는 우주인들이 이번 구조 작업에 동참해도 괜찮겠지요?"

호쏜 공장 안에 흐르던 적막함을 깨고 앨런이 사무엘을 바라보며 물었다.

"얼마든지요. NASA로서는 사라와 존을 다시 지구로 데려오는 것만큼 중요한 일은 없으니까요."

사무엘이 자리에서 일어나 앨런 옆으로 다가왔다.

"벌써 새벽 두 시가 지났군요. 만 하루도 안 되는 시간 안에 여러분의 열정과 아이디어 덕분에 어느 정도 방향을 잡은 것 같습니다. 이틀간 더 토의를 거친 후에 최종안을 결정하도록 합시다. 이 순간에도 먼 우주공간을 외롭게 떠돌고 있을 사라와 존을 생각하며 조금 더 힘을 냅시다."

사무엘이 앨런에게 악수를 청하자, 사람들이 하나 둘 박수를 치기 시작했다. 그리고 이내 오늘의 계획이 얼마나 실현가능할지 걱정스런 이야기를 나누며 공장 밖을 나섰다.

Space Net
⋮
⋮

2027년 3월 19일

1주일 후, 새벽잠에서 깨어난 사라가 조심스럽게 몸을 일으켰다.

무중력 공간에서 지내는 시간이 길어지면서 사라와 존의 체력은 눈에 띄게 떨어지고 있었다.

고무줄과 사용하지 않는 기구들을 이용해 임시로 근력운동기구를 만들었지만, 지금처럼 춥고 어두운 상황에서 산소를 소비하는 일을 하는 것은 사치에 가까웠다.

사라가 거주모듈 벽에 설치된 환경패널을 확인했다. 모듈 안 실내온도는 11도를 가리키고 있었다.

태양전지판의 효율이 예상보다 조금 높아진 덕에 며칠 전부터 온도를 조금 올릴 수 있었지만, 여전히 활동하지 않을 때는 실외용 우주복을 입지 않고서는 추위를 견딜 수가 없었다.

스케줄표에서 오늘이 다시 1주일 만에 임무컴퓨터를 작동시키는 날임을 확인한 사라가 조종모듈과 연결된 해치로 몸을 옮겼다.

하얀 입김이 서려오는 조종모듈 안에서 사라는 양손을 비비며 컴퓨터의 전원스위치를 올렸다.
잠시 후, 계기판 화면에 임무컴퓨터의 부팅을 알리는 진행창이 나타나더니 이내 계기콘솔 전체에 푸른빛이 들어왔다.

-전송 메시지 및 탐사선 상태 확인 완료
-탐사선을 지구궤도 근처에서 안전하게 포획할 방법이 결정되었음. 상세한 사항은 추후 다시 전송할 예정임
-전력상황이 가능하다면 3일마다 교신을 시도할 것

메시지를 확인한 사라가 입김을 내쉬며 차갑게 굳어버린 손을 주무른 후 답을 써내려가기 시작했다.

-현재 3번 생존모듈에서 존과 함께 거주 중
-전력 상태는 매우 불량하나 최소한의 생존환경 유지는 가능하며, 태양에 가까워질수록 상황이 호전될 것으로 기대함
-남은 전력량을 확인 후 3일에 한 번씩 교신할 수 있는지 검토하겠음

메시지의 전송 버튼을 누른 사라가 임무컴퓨터의 화면을 (항법) 모드로 전환했다.
외부의 신호가 없어도 스스로의 위치를 확인할 수 있는 관성항법장치가 꺼져 있었기 때문에, 탐사선의 구체적인 위치는 지구에서 헬리온 탐사선을 향해 지향 발사되는 신호와 별들의 위치를 이용한 천문항법에 의존해야만 했다.

10여 분이 흐른 뒤에 탐사선의 구체적인 거리와 속도 정보가 계기 화면에 나타났다.

-지구로부터의 거리 및 위치 : 18억 3천만 킬로미터
-적경 17시 14분 31초
-적위 +12도 04분 21초
-지구와의 상대속도 : 초속 200킬로미터, 시속 7억 2360만 킬로미터

'아직도 도착하려면 멀었군.'
위치 정보를 확인한 사라가 중얼거리며 전송 버튼을 눌렀다.
'우리를 안전하게 포획할 방법이라니…… 그게 가능하긴 할까?'
사라가 메시지가 전송된 것을 확인한 뒤 임무컴퓨터의 전원을 내리고 다시 거주모듈로 돌아오며 생각했다.
지난 1주일 내내 사라는 존과 함께 지구로 돌아갈 수 있는 방법에 대해 이야기했다. 하지만 이미 지칠 대로 지친 몸과 마음으로 인해 예전처럼 활발하게 아이디어를 주고받는 것은 불가능했다.
자신들이 할 수 있는 마땅한 방법이 떠오르지 않았기에, 두 사람의 마음속에는 조금씩 집으로 돌아가겠다는 낙관적인 기대가 사라지고 있었다. 그리고 어느덧 절망감이 자신의 자리를 찾아갈 무렵, 호쏜으로부터 도착한 희망적인 메시지는 사라에게 적지 않은 활력을 가져다주었다.

계획은 예상보다 순조롭게 진행되었다.
이틀 동안 케이트의 아이디어를 검토하고 시뮬레이션 한 NASA

와 SpaceZ의 연구원들은 이 계획이 무모하고 위험하지만 유일한 방법임을 받아들였다.

결국 이온추진기를 연구하던 NASA의 글렌우주연구센터는 한동안 '그물'을 대량으로 생산하는 공장으로 바뀌고 말았다. 어디에 사용할지도 모르고 실험적으로 진행했던 '우주그물' 프로젝트가 연구센터의 핵심 과제로 탈바꿈한 것이다.

앨런은 마스익스페디션의 일부분인 임시우주정거장에 모여 있는 우주인들에게 직접 영상메시지를 보내 자신이 계획하고 있는 안에 대해 상세히 설명했다. 이들은 얼마 전 마스익스페디션의 중력휠 모듈을 완성한 후, 최종 단계를 점검하던 중이었다.

앨런의 영상메시지에 의하면, 첫 번째 그물은 지구로부터 350만 킬로미터 떨어진 곳에 설치할 예정이었다. 마스익스페디션으로도 편도 2주일이 걸리는 먼 거리였지만, 헬리온 탐사선의 속도라면 단 6시간 만에 주파가 가능한 짧은 거리였다.

지구와 달 사이의 10배 가까이 떨어진 이곳이 바로 헬리온 탐사선이 포획용 그물과 처음 충돌하게 될 위치였다.

사무엘은 윗선에 상황을 보고하면서 언론을 통제하는 데 주력했다. 이미 집단 토의를 통해 수백 명의 직원들이 상황을 알고 있었지만, 누구도 이 사실이 대중들에게 알려지는 것을 원하지 않았.

맨 처음 등장했던 우려대로, 엄청난 속도와 에너지를 가진 헬리온 탐사선이 지구를 향해 돌진하고 있다는 사실이 알려진다면 NASA와 미국 정부는 엄청난 비난과 반대 여론에 휩싸일 것이 분명했다. 하지만 사무엘은 어디선가 소문을 듣고 취재를 온 기자들을 직접 상대하며 그들을 설득하는 데 많은 시간을 할애할 수밖에 없었다.

그리고 한 달이 지난 2027년 4월 19일.

케이프 커네버럴의 케네디우주센터에서는 제작이 완료된 그물을 임시우주정거장으로 전달하기 위한 호크9 로켓의 발사가 시작되었다.

만 하루 간격으로 총 13기의 호크9 로켓이 연달아 발사될 예정이었다.

유례없이 잦은 빈도로 로켓이 발사되는 것에 대해 언론과 대중들이 의문을 표현하자 앨런은 마스익스페디션에 탑재할 화물들을 일정상 한꺼번에 발사하는 것이라고 둘러댔다.

2주 후, 별다른 사고 없이 13기의 로켓이 성공적으로 지구 저궤도에 그물을 전달하자 본격적인 그물설치 임무가 시작되었다.

작업을 자동화할 시간적 여유가 없었기 때문에, 그물의 설치는 임무비행사 10여 명이 3개조로 나누어 직접 수행할 계획이었다.

이들은 24개의 호크9 로켓과 이온추진기휠이 탑재된 마스익스페디션을 타고 지구로부터 350만 킬로미터 떨어진 곳까지 이동했다.

지구가 손바닥으로 가려질 만큼 멀리 떨어진 이곳에서, 임무비행사들은 우주유영을 통해 접혀진 그물을 펴고 각 귀퉁이에 무게추를 연결했다.

헬리온 탐사선이 다가올 때까지 자신의 위치를 지킬 수 있도록, 자세를 제어할 수 있는 질소추진로켓이 그물의 위아래에 설치되었다. 또한 헬리온 탐사선에서 그물의 위치를 눈으로 확인할 수 있도록 강한 섬광과 전파를 발사하는 송신기가 그물 모서리마다 1개씩 설치되었다.

단 몇 시간 만에 첫 번째 그물의 작업을 완료한 임무비행사들은, 다시 마스익스페디션으로 몸을 옮겨 수백 킬로미터를 이동한 후 같은 과정을 반복했다.

이들이 약 1만 킬로미터의 거리에 걸쳐 19개의 그물을 설치하는 데는 꼬박 1주일의 시간이 필요했다.

마지막 20번째 그물은 그 크기가 300미터에 이를 정도로 가장 클 뿐 아니라, 각 모서리를 5개의 호크9 로켓과 연결되어 있었다.

결국 SpaceZ 공장에서 첫 회의를 가진 지 91일 만에 헬리온 탐사선을 잡아내기 위한 '포획틀'의 설치가 완료되었다.

작업 과정을 지상에서 확인하고 있던 앨런과 SpaceZ의 직원들은 마지막 작업이 끝나는 것을 알리는 교신에 환호성을 질렀지만, 프로젝트 성공 가능성에 대한 우려가 모두의 머릿속에 떠오르면서 얼마 지나지 않아 함성은 이내 잦아들었다.

Preparation

2027년 6월 19일

같은 시각, 사라와 존은 호쏜으로부터 모든 것이 준비되었다는 메시지를 전달 받았다.

태양과의 거리가 5억 킬로미터로 가까워지면서 이제는 임무컴퓨터와 생존시스템 1개를 가동할 수 있을 만큼 충분한 전력이 생산되고 있었다.

사라와 존은 더 이상 선외용 우주복을 착용하지 않은 채, 조종모듈과 거주모듈을 오가며 상황을 확인할 수 있었다. 지구와의 교신 딜레이도 20분 정도로 크게 줄어들었기 때문에, 이제는 탐사선의 상황을 거의 실시간으로 지구로 보고하고 의논하는 것이 가능해졌다.

"사라, 호쏜에서 보낸 임무계획 파일이 도착했어요."

메시지를 확인한 존이 사라를 호출했다. 잠시 후 사라가 거주모듈 해치를 열고 조종실로 들어왔다.

"네, 지난번에 호쏜에서 이야기했던 업데이트 파일도 함께 왔나요?"

사라가 물었다.

"응, 첫 번째 포획틀로 탐사선을 유도해줄 프로그램을 지금 설치하고 있어. 업데이트하는 데 생각보다 시간이 오래 걸리네."

존이 임무계획 파일을 열어 내용을 확인하며 말했다.

"좋아요. 그럼 우리가 이제부터 해야 할 일이 뭐죠?"

사라가 다시 물었다.

"다시 한 번 탐사선을 다이어트 해야 할 것 같아."

파일을 훑어보던 존이 대답했다.

"랑데부가 성공하기 위해서는 포획틀과 충돌한 탐사선의 무게를 최대한 가볍게 하는 게 중요하다고 되어 있어. 호쏜에서는 3톤 이하로 맞출 것을 요구하고 있는데, 그렇게 하려면 지금 이 안에 있는 대부분의 장비를 다 들어내야만 해."

존이 곤란한 듯한 표정을 지어 보였다.

"이런…… 3톤이면 외벽하고 임무컴퓨터, 생존시스템만 빼고 다 버리라는 이야기인가요?"

사라가 당황한 듯 존을 바라보며 물었다.

"아니."

"외벽하고 구조물만 남기고 나머지는 다 버리는 걸로."

존이 사라와 눈을 마주치며 말했다.

"네? 그럼 탐사선의 궤도는 누가 조종하죠? 24시간 동안 생존시스템 없이 어떻게 지내라고요?"

사라의 목소리가 조금 높아졌다.

"일단 랑데부 2시간 전까지는 우리가 탑승하고 있는 조종모듈을 탐사선의 나머지 부분과 그대로 연결해놓을 거야. 기본적인 생존환경 유지는 다른 모듈의 것을 이용하는 거지. 그리고 랑데부가 2시간 남았을 때, 조종모듈을 탐사선으로부터 분리하고, 우리는 우주유영용 우주복을 입은 채 이 안에 앉아 있으면 돼."

존이 말했다.

"결국 랑데부가 실패하면 끝이라는 거군요."

사라가 답했다.

"그렇지. 어차피 두 번째 기회는 없으니까. 그렇게 하려면 이 안에서 의자만 남기고 다 떼어내야 해. 에어로크도 내부 해치만 남기고 다 제거해야 하고, 계기판 임무컴퓨터 그리고 바닥에 위치한 생존시스템까지도 전부 다."

존이 조종실 안을 둘러보며 말했다.

"일정이 생각보다 빠듯해. 우리 둘이서 이 모든 걸 다 하려면 시간이 부족할 수도 있다고."

존이 사라의 어깨를 두드리며 조종실 뒤편으로 몸을 이동했다.

"네, 랑데부까지 앞으로 시간이 얼마나 남은 거죠?"

사라의 질문에 존이 조종실 창 위에 설치된 타이머를 가리켰다. 존이 방금 세팅해놓은 시계가 랑데부까지 23일이 남았음을 알리며 붉게 깜박였다.

Impact

2027년 7월 5일

랑데부를 1주일 남기고 사무엘은 결국 방어에 실패했다.

끈질긴 취재로 NASA의 말단 직원으로부터 헬리온 탐사선의 상황을 전해들은 CNN의 메이슨은 '통제불능의 헬리온 탐사선'이라는 제목의 특종 기사를 저녁 뉴스 시간대에 보도했다.

편협된 기사는 아니었지만, 우려했던 대로 여론의 반응은 극과 극으로 나뉘며 크게 분열했다.

지구의 안전을 위협할 수도 있는 일을 비밀리에 추진한 미국 정부에 대한 비난부터, 애당초 무리하게 추진한 프로젝트가 비극적 결말을 가져오고 있다는 기사들이 난무했다.

결국 다음날 아침, 엘리자베스 대통령이 직접 TV 연설에 나서며 사태를 진화하기 시작했다.

그녀는 6일 후면 헬리온 탐사선을 안전하게 지구로 데려올 수 있으며, 이번 계획이 실패하더라도 탐사선이 지구에 충돌하는 일은 결코 없을 것이라고 강조했다. 그리고 헬리온 프로젝트는 미국뿐 아니라 전 세계가 함께한 위대한 도전으로, 결코 그 의미가 사라지지 않을 것이라며 NASA의 입장을 지지하는 발언을 더했다.

관련 전문가들과 정부의 거듭된 설명으로 막연한 불안감은 어느 정도 가라앉았지만, NASA와 SpaceZ가 입은 타격은 거대했다.

사무엘은 이번 구조임무의 성공여부와 상관없이 프로젝트가 종료되는 대로 국장의 자리를 내려올 각오를 해야만 했다. 기업에 대한 대중의 관심과 이미지가 생명과도 같은 SpaceZ 역시, 실추된 이미지로 인해 헤아릴 수 없는 손실을 감수해야만 했다.

하지만 앨런은 별다른 동요를 보이지 않은 채, 호쏜에서 머물며 이틀 앞으로 다가온 랑데부 상황을 점검하는 데 몰두했다.

열화와 같은 대중의 지지와 함께, 끊임없이 쏟아지는 비난 역시 그에게는 익숙한 일들이었다. 이번 랑데부 미션이 성공적으로 마무리된다면, 지금의 걱정들은 곧 눈 녹듯이 사라질 것이라는 게 앨런의 생각이었다.

한편 마지막 그물이 설치된 곳으로부터 수백 킬로미터 떨어진 곳에는 두 명의 우주비행사인 찰리와 킴벌리가 마스익스페디션의 조종석에 앉은 채 랑데부를 기다리고 있었다.

헬리온 탐사선이 20여 개의 그물과 성공적으로 접촉한 뒤 성공적으로 속도를 줄인다면, 이들은 마스익스페디션을 이끌고 사라와 존을 구조하러 갈 계획이었다.

10여 명의 임무비행사들 역시 중력휠과 거주공간에서 스크린을 통해 상황을 확인하며 첫 번째 그물과의 랑데부가 성공적으로 이루어지기를 기다리고 있었다.

 랑데부를 24시간 남겨두고 사라와 존은 텅 빈 조종실에 앉아 마지막 사항들을 점검했다.
 지난 3주일 동안 쉬지 않고 작업한 결과, 이들은 조종모듈의 내부와 외벽에서 불필요한 장비들을 모두 제거하는 데 성공했다.
 마지막으로 통신안테나를 떼어냈기 때문에, 지구와 교신을 주고받는 것은 불가능했지만, 소형 UHF 안테나는 남겨둔 까닭에 랑데부가 성공한다면 비교적 가까운 거리에 있는 마스익스페디션과 통신을 하는 것은 가능했다.
 대부분의 내부 단열재까지 떼어낸 까닭에 조종실 내부의 온도는 급속도로 떨어져 선외활동용 우주복을 입지 않고서는 잠시도 견디는 것이 어려웠다.
 사라와 존은 점검 절차를 마친 후 잠시 거주모듈로 돌아와 다시 해치를 단았다. 이제 반나절이 조금 지나면, 지난 3년간 함께 했던 모든 공간을 떼어버리고 지구로 돌아갈 마지막 채비를 해야만 했다.
 "존, 혹시 뭐 따로 챙긴 것은 없어요?"
 사라가 개인물품을 정리하고 있는 존을 보며 물었다.
 "무게를 줄이기 위해 안테나까지 덜어낸 마당에 따로 가져갈 수 있는 게 뭐 있겠어. 아쉽지만 다 두고 가야지."
 존이 물품보관용 박스의 뚜껑을 닫으며 대답했다.
 "그러게요. 저도 이 태블릿 PC 빼고는 모두 제자리에 두었어요."
 사라가 말했다.
 "나중에 브라이언이 알면 기겁하겠군."

존이 웃음을 띤 얼굴로 말했다.

"그렇지만…… 지난 탐사 과정에서 적은 일기나 미처 전송하지 못한 자료들이 다 여기에 있는걸요."

사라가 아쉬운 표정으로 말했다.

"이제 정말 떠날 채비를 해야 하니 잠시나마 눈을 붙여두는 게 좋을 거야. 앞으로 어떤 일이 벌어질지 알 수 없으니까."

존이 몸을 돌려 눕는 자세를 취하며 말했다.

"이러한 순간에도 잘 수 있다는 게 부럽네요. 저는 마지막으로 우주복 상태를 다시 한 번 확인해보고 올게요."

사라가 선외용 우주복이 걸려 있는 자신의 거주모듈로 향하며 대답했다.

"랑데부 2시간 10분 전! 탐사선 분리 준비되었습니다."

우주유영을 할 때처럼 우주복에 헬멧까지 모두 착용한 사라가 텅 빈 조종모듈 가운데 좌석에 앉아 말했다.

옆 좌석에 앉은 존이 사라의 안전벨트 끈을 꽉 조였다.

"충격이 만만치 않을 거야. 어쩌면 정신을 잃을 수도 있으니 단단히 대비해놓자고."

존이 사라의 손을 맞잡으며 눈을 마주쳤다.

"성공할 수 있겠죠?"

사라가 눈꺼풀을 가볍게 떨며 말했다.

"앨런과 브라이언을 믿어봐야지. 사실 여기까지 온 것만 해도 기적에 가깝지만."

존이 불안감을 애서 감추며 태연한 척 대답했다.

"임무컴퓨터는 제대로 작동하고 있지?"

존이 화제를 돌려 사라에게 질문했다.

"네, 다행히도. 3시간 전에 첫 번째 그물로부터 나오는 신호를 수신했어요. 정중앙에 충돌할 수 있도록 계기착륙장치(ILS)와 유사한 신호를 보내고 있는 것 같아요. 아무튼 컴퓨터가 궤도를 조금 수정했고, 지금은 별다른 이상이 없어요."

사라가 덩그러니 한 대만 남겨진 조종콘솔의 모니터를 확인하며 대답했다.

"좋아, 이 정도 속도에서는 우리가 할 수 있는 게 없으니…… 그냥 하늘과 운명에 모든 것을 맡겨보자고."

"자, 그럼 이제 탐사선 분리 진행합니다."

조종실 창 위의 타이머가 T-마이너스 2시간을 가리키자 존이 벨트를 풀고 해치로 향했다.

지금부터는 탐사선의 조종을 제외하고는 모든 것을 수동으로 해결해야만 했다. 존이 해치 옆에 '비상사출'이라고 적힌 커버를 열더니 붉은색 레버를 아래로 당겼다.

해치 위로 난 작은 창 너머로 붉은색 경광등과 요란한 경보음이 울렸다. 작은 진동과 함께 조종모듈이 분리되자 창 너머로 들려오던 경보음 소리도 완전히 사라졌다.

분리가 성공적으로 완료된 것을 확인한 존이 다시 자리로 이동한 후 몸을 고정했다.

이제 사라와 존이 더 이상 할 수 있는 일은 없었다. 극한의 놀이기구에 탑승하듯이 두 사람은 좌석에 몸을 붙인 채 앞으로 일어날 일들을 가만히 기다릴 수밖에 없었다. 우주복에 저장된 산소를 최대한 아끼기 위해 두 사람은 아무런 대화도 없이 조용히 눈을 감았다.

잠시 후, 랑데부가 30분 남았음을 알리며 타이머가 깜박였다. 그리고 얼마 지나지 않아 UHF 통신장치에 연결된 스피커를 통해 알 수 없는 잡음이 수신되기 시작했다.

"헬리온, 여기는 마스익스페디션. 방금 조종모듈의 통신 신호를 확인했다. 응답 바란다."

마스익스페디션의 선장 찰리가 말했다.

"마스익스페디션, 여기는 헬리온. 우리도 신호를 확인했다. 현재 위치 확인 바란다."

존이 우주복에 연결된 외부 통신버튼을 누르며 말했다.

"현재 헬리온 탐사선과 마스익스페디션의 거리는 37만 킬로미터, 첫 번째 그물과 헬리온 탐사선의 거리는 36만 9000킬로미터에서 빠르게 줄어들고 있다."

찰리가 항법컴퓨터 화면 위에서 깜박이는 헬리온 탐사선의 위치를 확인했다.

"알았다. 우리는 현재 첫 번째 그물을 향해 날아가고 있다. 특별한 이상상황은 아직 보고된 바가 없다."

존의 목소리가 가볍게 떨리기 시작했다.

"알았다. 28분 후면 첫 번째 랑데부가 예정되어 있다. 생각보다 충격이 클 수 있으니 유의하기 바란다. 잠시 후에 우주선에서 함께 만나기를 기대하겠다. 신의 가호가 있기를."

찰리가 말했다.

"다른 사람과 이렇게 실시간으로 대화해보는 것도 정말 오랜만이군."

존의 목소리가 아직 채 흥분이 가시지 않은 듯 얇게 떨리고 있었다.

"자, 이제 집으로 돌아갈 시간이야. 조금만 더 참자고."

존이 오른손을 뻗어 사라의 왼손을 꼭 잡았다

첫 번째 충돌은 눈 깜짝할 사이에 일어났다.

타이머가 10분을 지날 무렵부터 두 사람은 눈도 거의 깜빡이지 않은 채 창밖을 응시하고 있었다. 그리고 타이머가 10초를 가리킬 무렵, 창밖으로 밝은 불빛이 멀리 보이는가 싶더니 이내 무언가가 조종실을 강하게 강타했다.

"젠장!"

충격이 워낙 컸던 까닭에 존과 사라는 앞으로 쏠리는 힘을 버텨내지 못하고 고개를 푹 숙였다. 깃털만큼 가볍고 탄성이 큰 재질로 만들어졌지만, 초속 200킬로미터의 속도 앞에서 그물은 여전히 무겁고 단단했다.

사라가 간신히 몸을 일으켜 고개를 들었을 때, 그녀는 놀라움을 감출 수 없었다. 그물과의 충격으로 인해 조종실 창문이 모두 산산조각 났을 뿐 아니라, 앞부분을 지지하는 프레임도 안쪽으로 휘어져 있었다.

"존! 정신 차려요, 존!"

사라가 손을 흔들어 존을 깨우는 순간 탐사선이 두 번째 그물과 충돌했다.

"이런!"

두 번째 충격은 첫 번째 충격보다 더 컸다. 존을 향해 몸을 숙이고 있던 사라는 비스듬한 자세로 충격을 받아낸 까닭에 그 여파가 더 컸다.

사라가 얼굴을 찡그린 채 몸을 돌려 앞을 보았을 때 이미 조종실 앞부분은 완전히 찌그러져 형태를 알아볼 수 없을 정도였다.

이미 조종실 내부의 공기가 모두 빠져나갔기 때문에, 의자를 통해 전달되는 충격음 외에는 아무런 소리도 들을 수가 없었다.

사라가 채 상황을 파악할 겨를도 없이 4초 후 세 번째 충격이 전해졌다.

이번에는 조종모듈 앞부분에 겹겹이 쌓인 그물이 충격을 흡수하는 바람에 첫 번째와 두 번째에 비해서는 다소 그 충격이 덜했지만, 여전히 익숙해지기 힘든 수준의 힘이었다.

매 충격마다 자동차가 정면충돌하는 수준의 충격을 받으면서 사라는 의식이 희미해지려는 것을 가까스로 이겨내고 있었다.

존은 여전히 응답이 없었지만, 충격에 저항하려는 듯 매번 무의식적으로 몸을 일으키려 하고 있었다.

여섯 번째 충격부터 사라는 어떠한 일이 일어나고 있는지 눈으로 확인할 수 있었다.

이미 사라의 무릎 앞까지 휘어져버린 조종실의 프레임 앞으로 하얀색을 띤 그물이 겹겹이 쌓여 있었다.

그물코가 겹친 틈새 사이로 다음 그물이 빠르게 다가오는 것이 보였다. 정확한 속도는 알 수 없었지만, 처음에 비해서는 제법 속도가 줄어든 것처럼 느껴졌다.

몇 개의 그물에 충돌했는지 그 개수도 헤아리기 힘들 즈음, 사라는 무언가 정상적이지 않다는 것을 직감했다. 언젠가부터 탐사선은 눈앞에 나타난 그물의 정중앙이 아니라 왼쪽 모서리 부분에 치우쳐 충돌하고 있는 것처럼 보였다.

 사라가 서둘러 외부 통신버튼을 누른 후 교신하려는 순간, 다시 전해진 충격으로 인해 몸이 앞으로 쏠렸다.

 "문제가 생겼어요. 탐사선이 정중앙이 아니라 왼쪽 코너를 향해……."

 사라가 충격 직후 다시 버튼을 눌러 교신을 시도했다.

 사라가 말을 끝마치기도 전에 헬리온 탐사선은 다시 그물과 충돌했다.

 확실히 이전에 비해 탐사선이 충돌하는 지점이 한쪽으로 치우쳐 있었다. 이대로 간다면 가장 중요한 마지막 그물과 조우하지 못한 채 옆으로 새어 나가버릴 수도 있었다.

 탐사선의 궤도가 비정상적이라는 것을 마스익스페디션에서도 이미 알아차리고 있었다. 찰리와 킴벌리는 탐사선을 가운데로 받아내기 위해 호크9 로켓이 연결된 마지막 그물의 위치를 조정하느라 애쓰고 있었다.

 "이제 3개 남았어요. 20초 후면 마지막 그물 위치에 도달합니다."

 찰리가 계기화면을 바라보며 급박한 듯 말했다.

 "이런…… 시간이 부족한데."

 킴벌리가 원격조종장치의 조종간을 손에 쥔 채, 마지막 그물의 위치를 조정하고 있었지만 20여개의 로켓이 매달린 거대한 그물은 생각만큼 빠르게 움직여주지 않았다.

그리고 킴벌리가 채 작업을 마치기도 전에, 헬리온 탐사선은 마지막 그물의 왼쪽 아래 사분면에 빠른 속도로 부딪혔다.

충돌을 감지한 센서가 자동적으로 호크9 로켓을 점화하자 이내 20여 개의 로켓이 거대한 불꽃을 우주공간으로 뿜어냈다. 하지만 헬리온 탐사선이 비대칭적으로 충돌한 까닭에 그물이 탐사선을 온전히 감싸지 못한 채 한쪽 부분에 지나치게 큰 힘이 쏠리고 있었다.

결국 호크9 로켓이 제 연료를 모두 태워버리기도 전에, 그물과 로켓을 연결하던 끈 중 하나가 자신에게 집중된 하중을 이기지 못하고 끊어져버렸다.

"헬리온 탐사선을 잃어버렸습니다!"

상황을 주시하고 있던 킴벌리가 소리쳤다.

"현재 속도와 방향은?"

찰리의 물음에 킴벌리가 재빠르게 컴퓨터 화면을 확인했다.

"우리와의 상대속도는 초속 1킬로미터, 거리는 1,000킬로미터입니다. 방향은 마스익스페디션의 중심축과 3도 틀어져 있습니다."

킴벌리가 대답했다.

"그래도 속도는 거의 다 줄여놓았군. 앞으로 15분 후면 이 근처로 올 텐데 좋은 아이디어 있는 사람?"

찰리가 차분함을 잃지 않으려는 듯 선내 방송장치를 통해 말했다.

"우리가 직접 이동하기에는 우리 우주선이 너무 둔해서 안 될 테고……."

찰리가 고민에 빠진 순간, 임무비행사 중 한 명이 조종실로 빠르게 이동해왔다.

"시간이 얼마나 있죠?"

임무비행사 에멀슨이 물었다.

"14분."

찰리가 짧게 대답했다.

"젠장, 방법은 하나밖에 없어요. 사라와 존에게 빨리 우주선에서 탈출하라고 하세요!"

에멀슨이 다급하게 이야기했다.

"그 다음은?"

찰리가 물었다.

"구조용 드론을 보내야죠. 최대한 많이 보내는 수밖에 없어요. 우리가 6기를 가지고 있으니까……."

에멀슨이 말했다.

"좋아, 일단 그 방법을 실행해봅시다."

찰리가 고개를 끄덕이며 킴벌리에게 눈짓했다. 킴벌리가 재빨리 조종실 뒤편의 드론조종콘솔로 몸을 이동했다.

"사라, 내 말 들려요? 사라!"

찰리가 교신을 시도했다.

마지막 그물과 충돌한 이후 사라는 곧 커다란 문제가 생길 것임을 직감했다.

호크9 로켓이 점화된 이후 꾸준한 감속도가 몸에 전해지고 있었지만, 양쪽 창문을 통해 확인한 그물의 모습은 비정상적이었다. 결국 사라가 충돌한 반대편의 로켓들이 시야에서 사라지더니 탐사선 전체를 흔드는 진동과 함께 그물을 이탈하고 말았다.

겹겹이 쌓인 그물들로 인해 완전히 가려져버린 앞을 응시하면서 사라는 큰 실망감에 빠졌다.

생존을 위해 그토록 노력했지만 마지막 순간 허무하게 실패했다는 것이 믿겨지지 않았다.

그녀는 고개를 돌려 존을 바라보았다. 존은 여전히 정신을 차리지 못하고 있었지만, 우주복의 생체신호기는 그가 아직 살아있음을 나타내고 있었다.

몸을 꽉 죄고 있던 벨트를 푼 뒤 사라는 존이 조금 더 편한 자세를 취할 수 있도록 의자에서 그의 몸을 내려놓았다. 그녀가 존의 손을 꼭 잡고 눈물을 흘리고 있을 무렵, 찰리의 목소리가 들려왔다.

"사라, 내 목소리 들려요? 사라, 존, 괜찮은 건가요?"

찰리가 다급하게 두 사람을 호출했다.

"네, 저희는 괜찮습니다. 찰리, 계획이 실패했어요. 탐사선이 마지막 그물을 이탈했습니다. 탐사선은 충격으로 인해 완전히 망가졌어요. 우주복의 산소도 채 두 시간이 남지 않았고요."

사라가 잠시 머뭇거리더니 이내 응답했다.

"알고 있어요, 사라. 아직 포기하기에는 일러요. 자, 시간이 얼마 없어요. 우리가 시키는 대로 지금 당장 실행하기 바랍니다. 혹시 지금 MMU 장비를 가지고 있나요?"

찰리가 차갑지만 단호한 목소리로 물었다.

"네, 호쏜에서 지시한 대로 MMU 1기를 조종실 뒤편에 고정해놓았어요. 그런데 충격으로 인해 손상된 것 같은데 제대로 작동할지 모르겠네요."

사라가 고정장치가 풀린 채, 조종실 뒤편을 떠다니고 있는 MMU

를 확인하며 말했다.

"지금 당장, 두 사람은 조종실 밖으로 나오세요. 두 사람의 몸을 고정하고 한 사람은 MMU를 착용한 채 다음 지시를 기다리세요. 우주복의 비상구조용 발신장치를 작동시키고요!"

찰리가 말했다.

"네? 우주선 밖으로 나가라고요?"

사라가 당황한 듯 되물었다.

"네, 지금 당장요. 시간이 없어요, 사라. 집에 안 돌아갈 거예요?"

찰리가 다그치듯 말했다.

"네, 알겠습니다."

사라가 잠시 멍하게 서 있더니, 이내 정신을 차린 듯 조종실 뒤편의 해치를 개방했다.

먼저 MMU를 탐사선 밖으로 내보낸 후에 존과 자신의 몸을 고정한 채 해치 밖으로 나섰다.

외벽의 대부분은 충격으로 인해 떨어져 나갔고, 해치 주변은 심하게 찌그러져 있었다.

그물들이 주변을 둘러싸고 있어서 하마터면 해치를 열지 못했을 수도 있다는 생각에 사라가 가슴이 서늘해지는 것을 느꼈다.

사라는 즉시 MMU에 올라탄 뒤, 존과 자신을 연결하고 있는 로프의 거리를 조금 더 당겼다. 그리고는 팔에 장착된 우주복 컨트롤 패널을 통해 비상구조 신호기를 작동시켰다.

잠시 후, 킴벌리는 사라의 비상구조 신호를 포착했다.

그는 재빠르게 구조용 드론에 해당 신호를 연동시킨 뒤, 발사 버튼을 눌렀다.

중력휠 부근에 동그랗게 배열되어 있던 드론들이 차례로 자리를 이탈하더니 잠시 동안 마스익스페디션 근처에 머무르며 두 사람을 구조할 최적의 궤도정보가 수신되기를 기다렸다.

"가능하겠어? 속도가 조금 빠른데?"

찰리가 고개를 돌려 킴벌리를 바라보며 물었다.

"4대는 가속용 로켓을 장착하고 있어서 상대속도가 시속 2,000킬로미터에 이를 때까지 구조가 가능해요. 가속용 로켓이 없는 나머지 녀석들은 시속 400킬로미터가 한계고요."

킴벌리가 고개를 저으며 말했다.

"지금 사라와 우리의 상대속도는 초속 1킬로미터니까…… 이런, 시속 3,600킬로미터군."

찰리가 실망한 듯 입술을 꼭 깨물었다.

"네…… 그래서 지금 컴퓨터가 최적궤도를 계산하지 못하고 있는 것 같아요."

킴벌리가 대답했다.

"남은 시간은?"

찰리가 물었다.

"9분이요."

킴벌리가 말했다.

"그럼 우리가 가속하면서 상대속도를 줄이는 방법밖에 없겠네요. 지금 사라가 우리를 향해 날아오고 있는 상황이니, 우리도 같은 방향으로 가속하면 속도를 맞출 수 있어요."

두 사람의 대화를 듣고 있던 에멀슨이 제안했다.

"음…… 그거 괜찮은 생각이군. 이온추진기를 최대로 가동하면······."

찰리가 항법컴퓨터를 확인하며 말했다.
"일단 시간이 없으니 이온추진기를 가동하기로 하죠."
에멀슨의 말에 찰리가 고개를 끄덕이며 이온추진기 창의 비상가속 버튼을 눌렀다. 이내 마스익스페디션의 이온추진기 휠이 파랗게 달아오르더니 우주선이 천천히 움직이기 시작했다.
"사라, MMU에는 연료가 충분하죠?"
찰리가 헤드셋을 만지며 사라에게 교신했다.
"네, 연료를 충전한 뒤로는 한 번도 사용 안 했어요."
사라가 답했다.

"그럼 지금부터 MMU 레버를 최대한 뒤로 당겨서 속도를 줄여요. 어떻게든 사라와 우리 사이의 속도를 줄여야만 구조 확률이 높아질 수 있어요."
찰리가 말했다.
"네, 알겠습니다."
사라가 대답과 함께 MMU레버를 뒤로 당겼다.
"우리도 같은 방법을 사용합시다. 비상용 자세제어 연료만 남기고 질소추진체를 모두 가속하는 데 사용하기로 하죠."
찰리의 말에 킴벌리가 고개를 끄덕였다.
잠시 후, 사라와 존이 가까워지면서 마스익스페디션의 근접경보가 울리기 시작했다.
"상대속도는?"
찰리가 물었다.

"시속 1,900킬로미터입니다. 아직 여전히 빠르지만, 해볼 만할 것 같아요."

데이터를 확인한 킴벌리가 드론 제어화면에서 오버라이드 버튼을 누르며 드론에 구조대기 명령을 내렸다.

항법컴퓨터의 계산에 따라 사라와 존이 마스익스페디션을 지나치자마자 4대의 드론이 속도를 내어 두 사람을 따라잡을 계획이었다.

"사라와 존이 곧 우리를 지나칩니다!"

계기화면을 응시하고 있던 킴벌리가 말했다.

멀리서 작은 불빛으로 보이던 두 사람이 점점 시야에 들어오더니 이내 빠른 속도로 마스익스페디션 근처를 지나쳤다.

이와 동시에 킴벌리가 발사 버튼을 눌러 추진로켓이 탑재된 4대의 드론을 발진시켰다.

마스익스페디션 근처에서 대기 중이던 녀석이 이내 강한 불꽃을 뿜어내더니 대공미사일처럼 빠른 가속력으로 사라와 존의 궤적을 뒤따랐다.

몇 초 후, 최대속도에 먼저 도달한 드론 2기가 사라와 존의 옆을 스쳐지나갔다.

커다란 공 모양의 구조용 드론이 하얀 추진체를 뿜어내며 감속하는가 싶더니 옆 부분의 문이 열리며 구명보트 모양의 에어백이 크게 부풀어 올랐다. 그리고는 카메라로 사라의 위치를 확인한 듯 구조용 드론이 천천히 두 사람을 향해 다가오기 시작했다.

부풀어 오른 에어백이 태양을 가린 까닭에 사라는 그 모습을 명확히 확인할 수 있었다. 마치 개기일식에서 태양을 가린 달처럼, 에어백 주위로 태양빛이 환하게 비추고 있었다.

잠시 후, 사라와 존이 에어백에 가볍게 부딪히자, 에어백의 윗부분이 자동으로 접히며 두 사람을 감싸 안았다.

사라는 자신을 둘러싸고 있는 작은 텐트와 같은 공간에 안도감을 느끼며 지그시 눈을 감았다. 무언가가 몸을 감싼다는 것은 언제나 마음을 편안하게 했다. 그리고 이내 헤드셋을 통해 찰리의 목소리가 들려왔다.

"사라, 존, 듣고 있나요? 드론이 성공적으로 두 사람을 구조했다는 신호를 보내왔습니다. 귀환 명령을 내렸으니 곧 우리 쪽으로 데려다줄 거예요. 이제 다 끝났습니다. 조금만 더 참아요."

찰리의 목소리에 사라는 다시 안도감을 느끼며 눈을 감았다.

지난 3년 8개월 동안의 여정이 머릿속을 빠르게 스쳐 지나갔다.

모든 것을 기억할 수는 없었지만, 자신이 경험한 모든 것이 천천히 의식 위로 떠오르는 것만 같은 기분이었다.

잠시 후, 사라와 존을 둘러싼 에어백에 작은 충격이 가해지면서 어딘가에 멈추는 듯한 느낌이 들었다. 그리고 이내 밝은 불빛이 에어백을 비추더니 헤드셋으로 자신의 이름을 부르는 소리가 다급하게 들려왔다.

사라는 한숨을 크게 내쉬며 자신의 이름을 어렴풋이 대답하고는 이내 정신을 잃어버렸다.

Suns
:
:

2027년 8월 5일

4주 후.

사라는 검은색 타호(Tahoe) 밴 뒷좌석에 앉은 채, 파랗게 끝이 없이 높은 하늘을 바라보고 있었다.

1주일 전, 사라는 의식을 회복한 존과 함께 엔데버 우주선을 타고 무사히 지구로 귀환했다.

구조 직후 사라와 존의 건강 상태가 생각보다 훨씬 더 좋지 않았기 때문에, 두 사람은 지구로 돌아오기 전까지 마스익스페디션에 마련된 의무실에서 집중적인 치료를 받았다.

지구 저궤도에 도착한 이후에도, 의사 출신의 임무비행사가 두 사람의 건강 상태를 확인하고 지구로의 귀환을 승인할 때까지 이들은 며칠을 더 그곳에서 대기해야만 했다.

존은 의식을 회복했지만, 첫 번째 그물과의 충돌 이후에 일어난 일을 전혀 기억하지 못하고 있었다. 사라가 농담조로 기억을 잃어버린 것이 부럽다고 이야기하자, 구조과정을 지휘했던 찰리와 킴벌리도 사라의 말에 동의하며 가볍게 웃었다.

지구에 도착한 직후, 사라는 우주선에서 스스로 걸어 나올 수가 없었다. 오랜 무중력 생활 동안 제대로 근력운동을 하지 않은 까닭에 그녀의 대퇴사두근은 간신히 스스로의 무게만 지탱할 수 있을 정도로 퇴화해 있었다.

NASA 직원들의 도움으로 우주선 밖으로 나왔을 때 사라는 강렬한 햇빛이 전해주는 따스함에 눈을 뜰 수가 없었다. 우레와 같은 박수와 환영인사가 쏟아졌지만, 가볍게 손을 들어 인사를 전하기에도 그녀는 너무나 쇠약해져 있었다.

이송용 침대에 누운 채로 그녀와 존은 존슨우주센터에 마련된 임시병실로 이송되었다. 그곳에서 며칠 동안 사라와 존은 외부와 격리된 채 심우주에서 노출되었을지도 모르는 미지의 물질에 대한 정밀검사를 받았다.

그리고 오늘은 사라가 처음으로 외부로 외출을 하는 날이었다.

공식적인 일정이었던 까닭에 그녀는 전용기를 타고 뉴욕으로 이동한 뒤, 자신을 뒤따르는 2대의 쉐보레 밴과 함께 워싱턴의 NASA 본부로 향하고 있었다.

사라의 건강상태를 우려한 NASA의 임원들이 일정을 연기할 것을 수차례 권유했지만, 사라는 가능한 빨리 위원회에 출석하겠다며 고집을 부렸다. 2년 전, 자신이 심우주 한가운데서 경험했던 일들을 공식적으로 확인하고 이야기할 수 있는 좋은 기회라고 여겼기 때문이다.

휠체어를 탄 채로 NASA 본부 회의실에 들어서자, 사무엘 국장을 비롯한 NASA의 임원진들과 백악관의 관계자 그리고 학계의 저명한 학자들이 기립 박수로 사라를 맞이했다.

그들은 불가능할 것 같은 상황에서 무사히 살아 돌아온 사라의 용기를 높이 평가하고 있었다. 사라가 자신을 반기는 사람들과 일일이 악수를 한 뒤 가운데 마련된 자리로 이동했다.

사라가 고개를 숙여 다시 한 번 인사를 건네자, 사람들이 이내 모두 자리에 앉았다. 비공개로 진행되는 회의였지만, 언론인을 제외한 관계자들이 모두 참석한 까닭에 회의실 안은 발 디딜 틈 없이 비좁았다.

"먼저, 사라의 무사귀환을 다시 한 번 축하합니다. 우리 모두는 사라의 용기와 도전정신에 높은 경외감을 보냅니다."

사무엘이 단상 옆으로 나와 진행을 시작했다.

"사라도 알고 있다시피, 오늘 이 자리는 헬리온 탐사선의 탐사 결과에 대한 공식적인 첫 번째 토론 자리입니다. 우리는 이번 탐험을 통해 값으로 매길 수 없을 만큼 귀중한 데이터를 얻었고, 또 현대 과학으로 이해할 수 없는 현상들을 탐사할 수 있었습니다. 하지만 데이터만으로는 모든 것을 설명할 수 없었기에, 그 누구보다 관련 현상을 직접 두 눈으로 보고 경험한 사라의 증언에 모두들 큰 기대를 가지고 있습니다."

사무엘의 모두 발언에 회의장 안이 조용해졌다.

"먼저 헬리온 탐사선이 보내준 자료들 덕분에, 우주에 대한 우리의 이해가 이전과는 비교할 수 없이 높아졌다는 점을 언급해야 할 것 같습니다. 무엇보다 이론적으로만 예상했던 웜홀의 존재를 직접 확인하고, 그 특성과 관련된 데이터를 얻었다는 점에서 저는 이번 프로젝트의 성과를 높이 평가하고 싶습니다."

'헬리온 탐사선 평가 위원회'의 위원장을 맡고 있는 하버드대학의 헤셸 배내쉬(Heshel Benesh) 교수가 말했다.

"앞으로 위원회는 다섯 차례의 회의를 통해, 그동안 지구의 여러 학자들이 분석한 결과를 공유하고, 사라와 존의 경험담을 통해 그 결과에 대한 해석을 진행, 보완할 예정입니다."

"오늘 첫 번째 회의의 주제는 지구로부터 201억 킬로미터 떨어진 심우주에서 사라가 처음 보고한 '장벽현상'에 대한 것입니다. 이 현상에 대해 각 분야별 전문가들께서는 사라와 토의하고 싶은 사항을 자유롭게 말씀해주시기 바랍니다."

헤셸이 주위를 둘러보며 발언을 마쳤다.

"먼저 무사히 지구에 귀환한 사라에게 다시 한 번 감사와 경외의 말씀을 드립니다. 저는 칼텍의 로렌 엘리(Lauren Elly)입니다. 사라가 아직 건강을 완전히 회복하지 못했기 때문에, 혹여나 부담이 되지 않도록 빠르게 진행하도록 하겠습니다. 여기 적힌 리포트를 보면, 사라는 당시 '우리의 지식으로는 설명할 수 없는 그런 성질을 가진 벽이 이 주위를 둘러싸고 있는 것 같다'고 표현했습니다. 제가 제대로 이해하고 있나요?"

로렌이 돋보기안경을 내려쓴 채 사라를 보며 질문했다.

"네, 맞습니다. 마치 탄성이 좋은 젤리 같은 물질이 큰 장벽을 이루고 있는 것 같은 느낌이었어요. 젤리는 끈적임이 있지만, 이 장벽은 그런 것이 없었어요. 탄력은 있지만 반발력은 없는…… 아무튼 난생 처음 느껴보는 그런 경험이었어요."

사라가 탁상용 마이크를 구부려 얼굴에 가져오며 말했다.

"젤리 같은 물질이라…… 그것을 사라 말고 다른 우주인들도 경험을 했나요?"

로렌이 서류를 뒤적이며 다시 물었다.

"네, 물론이죠. 토마스도…… 지금은 여기에 없지만…… 토마스도 같이 현장에 있었는걸요."

사라가 약간 당황한 듯 말을 더듬었다.

"네, 그렇군요. 다만 교신 기록에는 토마스가 유사한 말을 한 기록이 없어서 물어봤습니다."

로렌이 고개를 들며 말했다.

"당시에는 보이저 1호를 구조하는 데 집중하고 있었고요. 토마스도 손으로 직접 만져보고 이상하다며 저에게 주변을 더 탐색해볼 것을 지시했습니다."

사라가 자세를 고쳐 잡으며 말했다.

"네, 감사합니다. 저는 이번 탐사에서 가장 중요한 발견이 바로 이 '장벽현상'이라고 생각합니다. 사라의 표현에 의하면, 이곳이 바로 우주의 끝인 것 같은 느낌이 들었다고 했으니까요. 만약 사실이라면, 우리가 가진 모든 물리학 이론과 철학 그리고 가치관까지 뒤집을 만큼 강력한 발견이죠. 현대 천체물리학은 우주의 크기가 200억 광년에 이를 것이라고 생각했는데, 겨우 0.01광년도 안 되는 곳에서 끝이 나버린다면 얼마나 허무한 일이겠습니까."

로렌이 다소 냉소적인 말투가 섞인 목소리로 말했다.

"그래서 저는 이 부분에 대한 정확한 검증이 필요하다고 생각합니다. 사라가 훌륭하게 증언해주었지만, 아쉽게도 우리가 가진 데이터에는 이 '장벽현상'을 뒷받침할 만한 충분한 근거가 없습니다."

로렌이 다른 위원들을 쳐다보며 이야기했다.

"잠깐만요. 당시 여러 기의 드론들이 직접 탐사를 수행했어요. 전속력으로 달려와 부딪히기도 했고요. 여러 차례 같은 실험을 했지만, 단 한 기도 그 장벽을 넘어서 앞으로 나아가지 못했습니다."

사라의 목소리가 조금 높아졌다.

"네, 알고 있어요, 사라. 교신 내용에도 분명 드론을 이용해서 직접 탐사한다는 부분이 있습니다. 하지만 헬리온 탐사선은 드론을 제대로 회수하지 못했어요. 물론 웜홀로 빨려 들어갈 뻔한 급박한 상황이 있었다는 것은 알고 있습니다. 그러나 드론을 잃어버린 까닭에 사라의 주장을 뒷받침할 만한 구체적인 데이터가 지구로 전송되지 못했습니다."

로렌이 다시 사라를 쳐다보며 말했다.

"데이터가 전송되지 않았다고요? 아니요, 헬리온 탐사선의 드론 컨트롤 유닛에 실시간으로 전송된 데이터가 있을 텐데요. 아······ 이런······"

사라가 마지막 귀환 과정에서 조종모듈을 모두 분해해버린 사실을 떠올리며 탄식했다.

"네, 아쉽지만 그와 관련된 어떤 구체적인 데이터도 우리는 가지고 있지 않습니다. 다만 헬리온 탐사선의 고해상도 카메라가 촬영한 영상을 오랜 시간 분석해보았는데······ 테일러(Tayler) 교수님, 설명해주실 수 있을까요?"

로렌이 옆 자리에 자리한 테일러에게 발언권을 넘겼다.

"네, 이 카메라가 촬영한 영상은 아주 귀중한 자료입니다. 다만 카메라가 보이저 1호를 향하고 있었기 때문에, 안타깝게도 드론이 직접 부딪히며 탐사한 현장은 기록되어 있지 않습니다. 대신 우리 연구실에서는 이 영상에 촬영된 별의 위치와 빛의 세기와 같은 정보를 이용해서 그동안 '장벽현상'을 증명할 만한 증거를 탐색했습니다."

테일러가 노트북 화면을 바라보며 말했다.

"그 결과, 아쉽게도 영상에 나타난 것만으로는 '장벽현상'을 지지할 만한 증거를 찾을 수가 없었습니다. 별들 사이의 거리나 별빛의 세기는 우리가 지구에서 관측한 것과 완벽하게 일치하는 결과를 보였습니다. 또한 탐사선의 움직임에 따른 별들의 위치 변화를 보았을 때 그 별들이 진짜로 장벽 너머에 '존재'하고 있다는 결론을 얻었습니다. 물론 어디까지나 기존의 물리학이 유지된다는 가정 하에 서지만요."

테일러가 사라를 자극하지 않으려는 듯 차분한 목소리로 말했다.

"그럼, 제가 보고한 사항들이 모두 거짓이라는 말씀인가요?"

사라가 흥분한 듯 자리에서 일어나려 몸을 일으켰다. 하지만 이내 다리에 힘을 싣지 못하고 자리에 주저앉았다.

"사라, 그렇게 들렸다면 정말 미안하게 생각합니다. 우리는 다만 '장벽현상'이라는 역사적인 발견에 대해 사라의 의견과 경험이 궁금했을 뿐입니다. 이 현상을 하나의 물리적 사실로 채택하기 위해서는 부정할 수 없는 과학적 근거가 뒷받침되어야 한다는 걸, 사라도 잘 이해해줄 거라고 믿어요."

로렌이 사라를 달래듯 낮은 목소리로 말했다.

"네, 잘 알고 있어요. 저도 그렇게 훈련받은 사람이니까요. 하지만 지금의 상황은 제가 경험했던 것과는 너무 동떨어져 있어요. 저는 분명히, 그러니까 어떠한 노력을 해도 더 앞으로 나아갈 수 없는 그런 현상을 목격하고 경험했어요. 저뿐 아니라 보이저 1호도, 파이오니어 10호도 같은 현상을 겪었잖아요? 그런 것들이 증거가 될 수 있지 않을까요?"

사라의 목소리가 가볍게 떨리기 시작했다.

"사라…… 우리도 그러한 경험을 했다는 것을 잘 알고 있어요. 우리 모두 사라의 경험과 의견을 존중합니다. 다만 파이오니어 10호의 경우에는 다른 경과를 밟았다는 점을 이야기해주어야 할 것 같군요."

로렌이 다시 안경을 고쳐 쓰며 서류에 나타난 기록을 읽었다.

"파이오니어 10호는 보이저 1호가 웜홀로 사라진 직후 신호를 잃어버렸지만, 그로부터 3개월 후와 6개월 후에 두 번 미약한 신호가 수신되었습니다. 두 신호 모두 파이오니어 10호가 정지했던 것으로 생각했던 위치에서 수십 억 킬로미터 더 멀리 떨어진 곳이었어요. NASA에서 정밀하게 신호를 분석해본 결과, 파이오니어 10호기 추가로 보낸 신호들은 지구를 떠나 멈추지 않고 날아가고 있을 경우 예상했던 위치가 맞는 것으로 결론이 났습니다. 그러니까 파이오니어 10호는 멈추지 않고 잘 날아가고 있었던 거죠."

로렌이 담담한 어조로 설명했다.

로렌의 말에 사라는 고개를 저으며 침묵했다. 지금 이곳의 분위기는 자신의 말을 듣기 위한 자리가 아니라는 것을 사라는 충분히 알 수 있었다. 지금 자신 앞에 자리한 10여 명의 '전문가'들은 장벽 현상이 물리적으로 존재하지 않는다는 확신을 가진 채 자신에게 질문을 던지고 있었다.

"그렇군요. 파이오니어 10호 소식은 제가 지금 들은 것이라 저도 공부를 해봐야 할 것 같습니다."

사라가 다시 자세를 고쳐 잡으며 말했다.

"네, 관련 자료를 전달해드리도록 하겠습니다. 사라, 혹시 '장벽현상'에 대해서 더 말씀해주실 사항이 있나요? 구체적인 기록이라든지……."

로렌이 사라를 바라보며 물었다.

"글쎄요, 제가 지금 딱히 떠오르는 것은 없는 것 같습니다. 보고서에서 말씀드린 그대로입니다. 그곳에서 저는 분명 제 몸을 모두 감싸 안는 강한 저항을 경험했습니다. 그것은 일시적인 착각이 아니라, 며칠에 걸쳐 지속적으로 일어난 '확실한 자연현상'이었습니다. 제가 교신 내용에서 '우주의 끝'이라든지 '트루먼 쇼' 같은 감상적인 어휘를 사용하긴 했지만, 그것은 단순히 경험한 현상을 설명하기 위한 비유에 불과합니다. 지금 이 테이블이 아니라, 수백 억 킬로미터 떨어진 심우주에는 분명 현재의 지식으로는 설명할 수 없는 자연현상이 있었습니다. 저와 토마스는 그 현상을 이해하기 위해 과학적인 방법을 동원해 최선을 다했고, 안타깝게도 예상치 못한 사고로 인해 탐사를 정상적으로 종료할 수 없었습니다. 제 주장을 뒷받침할 만한 구체적인 근거들이 사라진 것은 안타깝지만, 그것들이 없다고 해서 제가 경험한 현상이 부정되는 것은 참을 수, 아니 받아들일 수 없습니다."

사라가 차분하지만 단호한 어조로 이야기했다.

"사라, 지금 이 자리는……."

로렌이 사라의 말을 끊으며 말했다.

"네, 잘 알고 있습니다. 저를 질책하기 위한 자리가 아니라는 것을요. 제가 흥분한 것처럼 보였다면 사과드립니다. 과학적인 근거가 부족하기 때문에 제 주장을 받아들일 수 없다는 위원님들 말씀도 너무나 잘 이해하고 있습니다. 저라도 그랬을 테니까요. 다만, 저는 제가 목숨을 바쳐 탐사했던 기억들이 여러분을 설득시킬 만큼 확고하지 못하다는 사실에 속이 상할 뿐입니다. 죄송하지만, 오늘 증언은 여기까지 하도록 하겠습니다. 감사합니다."

사라는 웅성거리는 사람들의 목소리를 뒤로 하고 스스로 휠체어를 움직여 회의장 밖을 나섰다.

경험보다 과학적 데이터를 중요시해왔던 그녀의 지난 경력은 이번 탐사로 인해 완전히 뒤바뀌고 말았다. 모두들 완곡한 표현을 사용했지만, 누구도 자신의 말을 믿지 않고 있다는 것을 그녀는 직감적으로 알 수 있었다. 아직도 생생하게 남아 있는 촉감과 두 눈으로 마주했던 시각의 기억은, 무의미한 숫자들 앞에서 너무 쉽게 부정되고 말았다.

사라는 보이저 1호가 처음 있던 곳에서 우주의 끝을 마주했다고 생각했다. 물리적인 끝은 아니더라도 적어도 인간은 스스로 통과할 수 없는 미지의 장벽 같은 것이 이곳에 존재한다고 믿었다. 하지만 서류에 기록된 데이터들은 사라의 주장을 증명하지 못했다. 아니, 어쩌면 사라의 경험을 전적으로 부정하고 있는 것이나 마찬가지였다.

직원들의 도움을 받아 휠체어를 탄 채 현관 앞 계단을 내려오면서 사라는 어지러움을 느꼈다.

한없이 높은 파란 하늘에서 가을 햇살이 따사롭게 쏟아지고 있었다.

사라는 아무런 말없이 밴의 뒷자리에 올라앉았다.

창문을 약간 내리자 이내 바람이 사라의 얼굴을 타고 머리카락을 흩날렸다.

숨을 크게 들이켠 후에, 그녀는 눈을 감고 자신이 경험했던 순간을 다시 한 번 떠올렸다. 아직 생생하게 살아 있는 장벽과의 접촉 순간을 기억하며 사라는 가슴 속에 무언가 단단한 믿음이 생겨나는 것을 느꼈다.

창문을 올리자 햇빛이 유리에 반사되며 사라의 눈을 부시게 했다. 사라가 눈을 살짝 감은 뒤, 다시 고개를 돌려 정면을 바라보며 말했다.

'태양은 이곳에서만 이토록 강렬하지.'

〈끝〉